El cuarto de la plancha

Inma Chacón

El cuarto de la plancha

Diseño de cubierta: Estudio Sandra Dios

PAPEL DE FIBRA
CERTIFICADA

© Inma Chacón, 2023, 2025
  Representada por la Agencia Literaria Dos Passos
© Contraluz (GRUPO ANAYA, S. A.)
Madrid, 2023
Calle Valentín Beatro, 21
28037 Madrid
www.contraluzeditorial.es

ISBN: 978-84-19822-44-4
Depósito legal: M. 24.625-2024
Printed in Spain

Para mi madre,
que me enseñó a mirar las caras
bonitas de la vida.

Y para mi padre,
que nos regaló una infancia feliz.

Su presencia, Señor,
que no nos falte nunca,
porque es razón de nuestras vidas.
Como un timón que gobernara el viento
celeste y alto de tu providencia,
ella nos guía con su pulso firme.

Antonio Chacón Cuesta, 1965

PRÓLOGO
Mi casa

Su mano suave y su mirada cándida
sin saberlo siquiera, dulcemente,
está en todo y en todos, como un hito
donde nos aferramos a diario,
es la fuente y la luz.
Cuanto recibe el toque de su gracia
se enriquece y cobra plenitudes.

ANTONIO CHACÓN CUESTA, 1965

Mi casa

Esta novela representa mi hogar, y mi hogar es mi madre, mi infancia, mi pueblo, mi adolescencia y toda una vida en la que mi madre ha sido mi referente más sólido.

Su casa es mi casa, siempre lo ha sido, por muchas otras en las que yo haya vivido. De ahí el título de la presente introducción, porque esta novela es una invitación a entrar en la casa de mi madre, que es el prólogo de mi vida y es ella misma y, a través de estas páginas, yo les invito a intentar conocerla, aunque sea desde la subjetividad de mi memoria.

Desde el umbral de la calle de la casa que dejamos en el pueblo al maravilloso cielo azul sobre la azotea del edificio donde vivimos en Madrid, la casa de mi madre es mi madre, su olor, su calidez, la hospitalidad que siempre demostró con todo el que llamaba a su puerta, la facilidad para abrirlas y la enorme bondad que derrochaba.

Cada palabra de estas páginas es un homenaje a ella, pero también a todas las madres, a todos los padres y a todos los hijos e hijas que puedan verse identificados conmigo.

En realidad, el libro empezó siendo una novela compuesta de anécdotas que mi madre me había contado sobre su familia, algunas de las cuales me han servido de inspiración para varias de mis novelas. Historias sobre sus antepasados que pensé que merecería la pena escribir tal y como sucedieron, sin la ficción a la que las había sometido anteriormente.

Cuando comencé el proyecto decidí recoger también anécdotas sobre mi madre que yo no quería olvidar. A medida que escribía me venían también a la memoria anécdotas de mi propia vida que fui enhebrando con las suyas. Y lo que iba a ser una publicación de apenas ochenta páginas sobre mi madre y sus antepasados se fue ampliando poco a poco hasta convertirse también en un libro sobre mí misma.

De modo que me gusta definir esta novela como una especie de diálogo entre las anécdotas de mi madre y las mías, o entre nuestras memorias. Una conversación entre recuerdos, donde mi voz se hace eco de la suya.

Porque sus recuerdos me llevaron a los míos, y decidí escribir algunos, a veces para completar los de mi madre y otras como punto de partida para alguna reflexión. Anécdotas que implican también a mi hermana gemela, fallecida unos meses antes de nuestro quincuagésimo cumpleaños.

De modo que esta novela es un homenaje a mi madre, hilvanando retazos de nuestras vidas para enhebrar su memoria con la mía.

La memoria como excusa. La traída y llevada memoria, que últimamente está traicionando a mi madre.

Gracias, mamá, por tus recuerdos, por tu forma de contarlos, por repetirlos, por olvidar que los has contado, por contarlos otra vez, y otra, y otra.

Por tu generosidad, por tu sonrisa, por tus carcajadas, por tu paciencia, por tu mirada, por tu amor, por tu ternura, por tu calma, por tu sentido del humor.

Por tantas horas felices.

El cuarto
de la plancha

Ya no importa el dolor ni el fracaso;
por encima de humana contingencia,
los eleva su amorosa humildad,
que se derrama, repetida y distinta
en cada cosa, grande o pequeña,
como si un milagro nos la hiciera rosal
que deshojamos —y florece fragante cada aurora—
sin preguntar por qué todas las noches
ha de quedar desnudo y sin espinas.

ANTONIO CHACÓN CUESTA, 1965

1. El umbral

Mi madre no tiene nombre. Solo se llama mamá, como todas las madres del mundo. Nunca se me habría ocurrido dirigirme a ella de otra manera; si acaso, a veces, cuando quiero mimarla o ser más cariñosa que de costumbre, le digo «mami», como me dice a mí mi hija pequeña, o *mamina*, como llaman a mi sobrina sus hijos casi italianos. No obstante, para mí, mi madre siempre ha sido mamá, como para miles de millones de personas. Sí, ya sé que no todo el mundo llama a su madre de la misma manera, hay otras variantes y otras lenguas, pero en todas ellas se produce el mismo fenómeno: tanto el concepto como el término que lo representa son unívocos e inequívocos; no hay polisemia ni sinonimia posibles, sino acepciones coloquiales como las que utilizo yo.

Sea cual sea el término elegido, una vez que una mujer se hace acreedora de llevarlo, se produce un cambio en su condición del que no hay vuelta atrás. No se puede dejar de ser madre, ni siquiera con la desaparición de un hijo se deja de serlo. La expresión «convertirse en madre» no es una forma de hablar. La transformación es real e implica cambios en casi todos los aspectos que nos definen, ya sean corporales, mentales, familiares, laborales o sociales. En ocasiones, hasta se nos identifica por este atributo, sobre todo en el colegio de nuestros hijos o cuando despuntan en algo.

Es precisamente en ese momento, cuando dejamos de ser fulanita de tal o menganita de cual, para pasar a ser la madre de fulanita de tal o de menganita de cual, cuando empezamos a entender muchas cosas de nuestras madres que nunca se nos habían pasado por el pensamiento. Nos igualamos a ellas. Ostentamos su título. Su responsabilidad. Su instinto de protección animal. Nos colocamos en el mismo umbral de la vida, del que todo parte.

No creo que haya ninguna emoción que supere a la de una recién parida cuando conoce a su hijo. Cuando le cuenta los deditos de las manos y los pies. La primera vez que el bebé le busca el pezón como un animalillo indefenso, o se aferra a su dedo meñique como si supiera que nunca podrá encontrar un lugar más seguro en el mundo.

Casi siempre que una embarazada habla de su miedo al parto yo suelo decirle las mismas palabras.

–¡No sabes la envidia que me das! ¡Vas a vivir el momento más feliz de tu vida!

Y no se lo digo por decir. Estoy completamente segura. He hecho la prueba. He preguntado a decenas de mujeres, y todas las que han sido madres me han dado la misma respuesta. Después, cada vida y cada experiencia toman caminos dispares, pero ese momento, el momento en que se conoce a un hijo, no puede superarse. Igualarse sí, cuando nace el siguiente y, si nace otro más, el otro, y el otro. Me atrevería a decir que se trata de una emoción universal, pero solo puede entenderla quien la haya sentido, nadie más.

Supongo que habrá excepciones, ¿en qué no las hay?, y, por supuesto, si las cosas no salen bien, estoy segura de que no habrá dolor más terrible, un dolor que solo puede entender quien lo haya vivido.

El dolor de una madre no puede medirse, no hay magnitud que lo abarque. Únicamente otra madre con idéntico daño puede ponerse en su piel. Nadie más.

Por otro lado, de la misma manera que no se puede dejar de ser madre, no se puede dejar de ser hijo y no se puede dejar de ser padre. Es cierto que en el último caso hay hombres que delegan o rechazan algunas responsabilidades –con muchísima menos frecuencia también sucede entre las mujeres–, pero no cambia el hecho que produjo el cambio: la conversión en padre o madre es irreversible.

Parecen una perogrullada estas reflexiones, y probablemente lo sean, pero creo necesario advertir que, en *El cuarto de la plancha*, mi madre siempre será mi madre, sin nombre y sin apellidos. No podría citarla de otra forma.

Por la misma razón, mi padre siempre será mi padre.

Mi padre y mi madre. Papá y mamá. No hace falta más. No hay duda posible de a quién me estoy refiriendo.

Es más, para evitar posibles agravios comparativos con la verdadera protagonista de este libro, no aparecerá ningún nombre propio en ninguna de sus páginas. Haré una excepción con el nombre de alguna ciudad y con los de algunos personajes relevantes, porque la cita me parece obligada en determinados casos, y en otros porque considero que aporta mayor significado al relato.

La forma de referirme a mi hermana gemela también será una excepción: no la citaré por su nombre, pero sí la identificaré por nuestra condición de gemelas. Por un lado, porque fue una relación completamente diferente a la del resto de las personas con las que he convivido, y por otro, porque la perdí de repente cuando teníamos cuarenta y nueve años, y tuve que aprender a vivir otra vez, como le sucedió a mi madre con la pérdida de mi padre, cuando él tenía cuarenta y cinco, casi la misma edad de mi hermana.

Al igual que con el vínculo de la paternidad y el de la maternidad, no hay analogía posible con un gemelo. Y aquí también me atrevo a asegurar que se trata de un sentimiento universal que, en toda su plenitud, no podrá entender más que otro gemelo, aunque las personas que viven o han vivido muy cerca de ellos puedan aproximarse en cierta medida. Ni siquiera los mellizos pueden comprender lo que sucede entre dos gemelos idénticos.

Mi madre solía decir: «Son ellas dos, y el resto del mundo». Y era cierto. No he conocido relación más diferente ni más generosa.

Es un sentimiento que no se puede explicar; sin embargo, este libro no pretende centrarse en nosotras ni en nuestra memoria, sino en la vida y la memoria de mi madre, a quien he tenido la fortuna de poder acompañar en sus últimos años, con su miedo a la muerte, a la soledad y a lo desconocido, sus recuerdos, sus olvidos, su ternura, su capacidad de amar y la seguridad de que se encuentra a las puertas de lo irremediable.

Sí, mi madre es el origen de estas páginas, sin nombre ni apellidos, pero con un artículo posesivo que le confiere a nuestra relación el nexo de pertenencia más fuerte de todos los que puedan existir. Mi madre es mía. Es más, la relación que nos une es absolutamente excluyente. Es solo mía. Es cierto que parió también a mis hermanos, incluso yo crecí en su vientre con mi gemela, cosa de la que presumo a la menor ocasión, pero nunca digo «nuestra madre», sino «mi madre», mía, por mucho que también lo sea de otros ocho hijos más.

Sucede lo mismo a la inversa. La relación madre-hija se define precisamente por esa univocidad. La famosa frase «madre no hay más que una» tampoco es una frase vacía. Mención aparte merecerían, desde luego, los casos de adopciones –madre adoptiva y madre biológica– y las de parejas homosexuales femeninas –madre una y madre dos–. Necesitaría reflexionarlo para poder desarrollarlo, y no tendría sentido en este contexto, pero yo diría que se cumple la misma pauta: dos madres únicas o dos únicas madres.

Yo me fui a vivir con la mía hace un par de años porque la notaba muy triste y lloraba sin razón aparente, como si estuviera deprimida. Después supimos que lloraba porque había sufrido pequeños derrames cerebrales que le afectaron a la parte frontal del cerebro, donde se segrega la serotonina, la hormona que produce la sensación de felicidad. No estaba deprimida, sino empezando un proceso degenerativo que, unido a las lógicas consecuencias de sus años, le iría mermando la memoria y la capacidad de concentrarse.

Fue entonces cuando decidí escribir las anécdotas que empezó a repetirnos, sin darse cuenta de que las habíamos escuchado muchas veces y, para mi sorpresa, también algunas completamente nuevas para mí.

Un tesoro que quise guardar para poder escuchar su voz siempre que quiera.

2. El pasado remoto

A mi madre le da miedo la muerte, y, no sé por qué, es católica de misa diaria siempre que puede o, mejor dicho, siempre que pudo. Ahora no. Ahora la ve desde el salón de su casa. Los días de diario en 13 TV, los sábados y domingos en La 2.

Los lunes le lleva un sacerdote la comunión, y los miércoles, unas señoras de la parroquia que charlan un rato con ella y son adorables. A veces, solo a veces, conseguimos llevarla a la iglesia en una silla de ruedas. Pero suele resistirse al paseo, entre otras cosas porque le aterra pensar que la vamos a tirar, y porque todavía le puede la coquetería y no le gusta que nadie la vea como si estuviera impedida, la conozcan o no.

El pasado verano, el día de la Revolución francesa, cumplió noventa y cinco años. Ella siempre presume de esa fecha, a pesar de que se declara monárquica de toda la vida como su padre, que en la guerra civil ingresó en la cárcel republicana por su lealtad a la corona y, terminada la guerra, en la de los sublevados, porque no quiso levantarse de su sillón cuando se lo ordenaron para recibir a Franco en el casino del pueblo.

–Yo solo me levanto ante el rey.

Y acabó sentado entre rejas.

Mi madre nos cuenta las historias de sus padres un día sí y otro también, como si fuera la primera vez, precedida de una coletilla que tampoco deja de repetir.

–Creo que ya os lo he contado.

Es cierto, lo ha contado a menudo, ella lo sabe, pero continúa su relato con la misma emoción que si nos estuviera descubriendo un secreto y le quedase poco tiempo para desvelarlo.

También repite muchísimo una frase que parece haber adoptado como un mantra, para alejar el miedo a la muerte que no puede reprimir.

–Últimamente me acuerdo mucho de mi madre. Será que me voy a morir.

Pobre mamá. Es como si la memoria remota se estuviera expandiendo sobre la reciente, capa sobre capa, y la estuviera sepultando. De vez en cuando me pregunta cómo me llamo o cómo se llaman mis hijas, mis hermanos o los hijos y nietos de mis hermanos. Sonríe como si fuera un despiste y finge que no tiene importancia para que no me preocupe, pero yo sé que, en ese momento, siente que se le está borrando su historia, porque no solo ha olvidado nuestros nombres, sino las emociones y los sentimientos asociados a cada uno de nosotros.

Olvidar es asomarse al vacío, deshacer lo vivido, diluirlo o difuminarlo, alejarlo poco a poco hasta perderlo de vista.

Cada sílaba de un nombre, cada letra, cada sonido perdido se lleva consigo un instante, una parte del otro, la evocación de un momento que creíamos que nos acompañaría siempre. Y la parte se transforma inevitablemente en el todo, en una suerte de metonimia diabólica capaz de tomar lo uno por lo otro.

–Fíjate, yo ahora no me acuerdo de la muerte de tu hermana –me dice de vez en cuando, con la voz más dulce del mundo y los ojos más dulces aún.

Y yo le digo que mucho mejor, que para qué recordar cosas tristes. Pero me entran unas ganas de llorar… La parte por el todo, o el todo por la parte, ¡qué más da! El caso es que el olvido se muestra inmisericorde, cruel e invasivo. Una rueda que avanza despacio, aplastando los retazos de un tiempo que ya nunca se convertirá en pasado.

La muerte de mi padre, sin embargo, la recuerda perfectamente después de más de medio siglo. El pasado remoto y sus deseos de volver. Parece una contradicción, pero no creo que lo sea. Probablemente, el pasado se presente más limpio, más sano, depurado por un tamiz hecho a medida, para que todo se ajuste sin roces y seamos capaces de recordarlo sin tener que volver a vivirlo. Sin daño.

–Lo llevamos en una ambulancia desde Madrid para no pagar el entierro en todos los pueblos por los que había que pasar. Tu tía me tapó la cara al pasar por el mío, para que no viera la torre de la iglesia ni el cementerio.

Se refiere a una de las hermanas mayores de mi padre. Ella siempre la cita por su nombre, pero lo omito aquí por las razones que expliqué anteriormente.

–¿Por qué haría eso? –le pregunto, como todas las veces que me lo ha contado ya.

–No sé... Será porque estaban enterrados mis padres... No sé...

Y se queda mirando al vacío, reviviendo el momento.

Hace casi cincuenta y cinco años.

No me imagino lo que debió de sufrir.

No creo que pueda imaginarlo nadie.

No en el grado en que ella sufrió.

No.

–¡Qué tonterías se hacen a veces! –continúa mi madre, cargada de razón.

Y después añade en un tono reflexivo, donde aún guarda el desconcierto y las manos de mi tía delante de sus ojos:

–Como si se pudiera sufrir más de lo que ya estaba sufriendo.

Por fortuna, existe la esperanza de que el tiempo actúe y transforme lo insoportable en soportable.

–Deja que el tiempo haga su trabajo –me dijo a mí una amiga en uno de los momentos más difíciles de mi vida.

En aquel entonces me resistí a darle la razón, en parte porque no quería que se empezase a borrar lo vivido, y en parte porque creo que no era el momento, todavía no; todavía no podía darle ninguna oportunidad al tiempo.

Pero es cierto que cura. Al menos la sangre. Las heridas se cierran poco a poco y van dejando paso a las cicatrices, esas huellas que nunca se borran, las que se resienten con los cambios de temperatura y humedad, y parece que laten, hundidas en la piel.

A mi madre se le notan cada día más, igual que las venas azules y abultadas de las manos, preciosas manos deformadas por la artrosis, pero bellas aún. Manos de madre, temblorosas y permanentemente activas: cuando no escribe crucigramas, dobla pacientemente un papel, se lima las uñas, o sencillamente se las mira. Antes le gustaba mucho coser, pero ahora casi no puede, aunque a veces nos sorprende. En cierta ocasión, ante la incredulidad de la chica peruana que la cuida, se empeñó en arreglar un delantal que se había descosido: enhebró la aguja ella sola y lo cosió como en sus mejores tiempos, con las puntadas algo más largas pero perfectamente alineadas, todas iguales.

De sus cicatrices no se lamenta nunca, es como si se hubiera acostumbrado a llevarlas y no hiciera falta nombrarlas. De la espalda y del cuello sí se queja, siempre le duelen. También se queja de que está sola, porque se olvida de que sus hijos nos estamos turnando para acompañarla de día y de noche.

Está más mimosa que nunca, reclama nuestra atención como una niña pequeña y le tiene miedo a morirse.

–A mí la muerte me da mucho miedo, y la tengo ya cerca… Será por eso por lo que ahora me acuerdo tanto de mi madre.

Y yo le pregunto por qué tanto miedo, ella no debería tenerlo: es buena, la más buena del mundo; ha sufrido mucho, mucho más que la mayoría de la gente que conozco; se ha sacrificado siempre, sobre todo por sus hijos, incluso más allá de lo necesario.

En medio de su dolor, consiguió mostrarnos la cara mejor de la vida, la más amable. Para que la mirásemos de frente, para que no nos costara vivirla, para que supiéramos que merece la pena levantarse cada día, buscar un rayo de sol, aunque estemos en medio de la negrura más absoluta, y construir recuerdos bonitos pase lo que pase.

Qué suerte tuvimos.

Porque todas las madres no son iguales, algunas ostentan el título con más orgullo que otras, o más ganas, o más derecho, no sé…

Algunas amigas me han contado cosas de sus madres que jamás hubiera imaginado que podían suceder. En cierta ocasión, una de ellas, escritora también, me propuso participar en un proyecto que estaba poniendo en marcha, donde debía explicar mi experiencia de cuando mi madre me contaba cuentos. Para aceptar la propuesta empecé por una frase más bien retórica, en la que me preguntaba a mí misma a quién no le ha contado su madre un cuento o miles de ellos.

–Te sorprenderías con las respuestas que he recibido –me contestó mi amiga.

Y me sorprendió, desde luego, la cantidad de madres diferentes a la mía que pueden encontrarse.

Por supuesto, conocía historias de madres cuya imagen no se corresponde con mi idea de la maternidad, pero siempre las había considerado como excepciones, cuando en realidad es más habitual de lo que yo hubiera imaginado.

El caso es que nosotros hemos sido afortunados con la nuestra.

Querida mamá, qué suerte tenerte.

3. El abrigo en el armario

La vida empieza muchas veces. Es algo que he dicho en más de una ocasión y repetiré en muchas otras. Unas veces empieza por propia voluntad, porque decidimos emprender un camino diferente al que llevábamos y dejar otros de lado, y otras veces porque la misma vida se empeña en un quiebro al que no podemos negarnos, sin alternativas, sin más opción que la que se impone delante de los ojos: o sigues, o no hay otro lugar por donde avanzar. Ni senderos, ni sendas, ni atajos, ni desfiladeros, ni arroyos, ni ríos, ni mares, ni océanos. No existe la posibilidad de quedarse parados mirando.

Vivimos tantas vidas como caminos por los que transitamos, obligados o no, y todas merecen la pena ser vividas, aunque algunas se esfuercen en parecer otra cosa.

Me lo enseñó mi madre, recién cumplidos los cuarenta y un años, cuando emprendió un viaje sin retorno a una ciudad desconocida, en contra de la opinión de los que creían que se hundiría en la desesperación, en la ausencia de un hombre que se fue demasiado joven y la hacía feliz. Muy feliz.

–No seas loca. ¡Cómo vas a mudarte a Madrid! ¿De qué vas a vivir? Aquí tienes muchos amigos que pueden ayudarte a salir adelante y tu hijo puede trabajar en la fábrica.

Se referían a mi hermano mayor y a una fábrica de motores con patentes propias situada en el pueblo, que se había ganado fama internacional.

Mi hermano apenas tenía catorce años.

Mi padre era el alcalde del pueblo, y su muerte había conmocionado a toda la provincia. El féretro se instaló en el ayuntamiento y de allí salió a hombros hacia la parroquia donde se ofició la misa de cuerpo presente. Todo el pueblo se volcó en la despedida. Mucha gente llegó desde los pueblos vecinos, e incluso desde la capital de la provincia, para rendirle tributo en un entierro multitudinario que presidió mi hermano mayor con muchísima entereza.

Caminó tras el féretro hasta al camposanto como si fuera el cabeza de familia, tan sereno como los adultos que portaban el ataúd y como los que se habían congregado para acompañar a la comitiva fúnebre, tan entero y tan controlado.

Todos en silencio. Guardándose las lágrimas.

Los hombres no lloraban a mediados de los años sesenta, y las mujeres se quedaban en casa de la recién viuda durante el sepelio, rezando el rosario. Las cabezas cubiertas con un velo negro, las ventanas y las contraventanas cerradas.

Desde la parroquia hasta el cementerio había que pasar por mi casa necesariamente. Me pregunto qué sentiría mi hermano al ver pasar el féretro por la puerta. Y cómo evitarían las mujeres que rezaban el rosario que mi madre escuchara el silencio de la comitiva.

–Hoy te has portado como un hombre –cuenta mi madre que le dijeron al terminar la ceremonia–. Toma, te lo has ganado.

Y le dieron un cigarrillo que ella piensa ingenuamente que fue el primero.

–Lo enviciaron con catorce años. Pobrecito. Me tenía que haber negado a que fuera al entierro. No sé a quién se le ocurrió que tenía edad para pasar lo que pasó.

Los demás no vimos a mi madre hasta después del entierro. Ella había preferido que recordásemos vivo a mi padre. La noche anterior nos habían distribuido para dormir en casas de amigos y familiares, para que no presenciáramos la llegada y la salida del ataúd, expuesto durante horas sobre la mesa del comedor que se usaba tradicionalmente para las grandes ocasiones.

Las campanas de la iglesia se oyeron a la mañana siguiente con toda claridad desde la casa donde pasamos la noche mi gemela y yo. Un tañer lento y seco, sin redoble, sin repique, sin más ritmo que el silencio que retumbaba entre una campanada y la siguiente.

Cuando terminaron los rituales nos llevaron a casa, con la previa advertencia de que no podíamos llorar.

–Delante de vuestra madre no se llora –nos dijo la hermana menor de mi padre con toda su buena intención, pero también con un resultado nefasto que nos marcaría para siempre.

Mi gemela y yo acabábamos de cumplir once años.

Nunca podré olvidar la imagen de mi madre vestida de negro, sentada en el sillón en el que había velado el cuerpo de mi padre. Amado cuerpo, frío, rígido, pálido, sin voz y sin caricias, ausente del hombre más bueno del mundo.

Mi madre nos abrazó en silencio, conteniendo el llanto, como nosotras. Abrió los brazos para que nos acercásemos y los cerró para abarcarnos a las dos. Nunca lo podré olvidar. Nunca. Nunca.

Un latigazo seco, sin lágrimas, sin aspavientos. Un desgarro de herida sin sangre. Un quejido sin lamento. Un pozo profundo, sin luz y sin fondo.

Quien nos dijo que no se lloraba delante de mi madre quiso protegerla, y ella nos abrazó en silencio porque quiso protegernos a nosotras. Pero sin llanto no hay cauce por el que vaciar el dolor, no hay grito, ni alivio, ni desahogo. Ni forma de entender qué ha pasado cuando acabas de cumplir once años.

Tampoco podré olvidar nunca que, cuando llegamos a Madrid, mi madre se escondía en su cuarto, metía la cabeza en el armario, donde ya no quedaba de mi padre más que un abrigo de paño de lana, y rompía a llorar abrazada a él, creyendo que no la escuchábamos.

El abrigo existe todavía; mi madre se lo ajustó a mi hermana pequeña, quien lo usó durante mucho tiempo. Supongo que hoy lo seguirá guardando en algún armario. Un recuerdo táctil imperecedero.

Es curiosa la capacidad de los objetos para retener el tiempo y el espacio, y devolvérnoslos cada vez que los miramos, como si fueran fotografías que fijan un momento concreto de la vida.

Yo siempre he dicho que las cosas son cosas, no hay que aferrarse a ellas, sino aprender a desprenderse. Tengo una amiga que dice que el contenido de un cajón que no se haya abierto en un año se puede tirar directamente sin mirarlo, a no ser que se trate de documentos o de joyas. Sin embargo, pensando en el abrigo de mi padre, pienso que hay cosas que trascienden la materialidad y, en cierto modo, se convierten para nosotros en una parte de lo recordado. El abrigo que guarda mi hermana no es el abrigo de mi padre, es una parte de él. Ya no conserva su olor, pero, si mi hermana volviese a ponérselo hoy, más de cincuenta años después de la última vez que él lo llevó, ella ocuparía el mismo espacio que él ocupó y se sentiría abrigada de idéntica forma.

A mí me pasó lo mismo con una chaqueta roja que se ponía mi gemela con mucha frecuencia. Su hija mayor me la regaló cuando ella murió, y yo me la ponía pensando que mi hermana me abrazaba y me daba su calor.

Tres años después, el padre de mi hija pequeña sufrió una muerte súbita. Estuve dieciséis años con él y lo había querido con locura. Aunque llevábamos unos años separados, nuestra relación, además de en nuestra hija, se basaba en el recuerdo del amor que habíamos vivido. Un amor loco, apasionado, profundo, lleno de todo tipo de momentos posibles, buenos, malos, pésimos, regulares y hermosísimos.

Fui yo quien tuve que vaciar su casa, la que había sido de los dos, donde vivíamos cuando nació nuestra hija, donde mi hija mayor –fruto de mi matrimonio anterior, con el hombre más bueno de todos los que he conocido– hizo las amigas que casi treinta años después siguen siendo sus amigas.

Mi casa, su casa, nuestra casa.

La casa en cuyo jardín plantamos un laurel pequeñito que hoy es un árbol enorme.

La casa donde murió.

La heredó mi hija pequeña. Tenía catorce años –los mismos que mi hermano mayor cuando murió mi padre– y tardó bastante tiempo en entender que una casa vacía se acaba cayendo. Había que venderla o alquilarla –así lo hizo mi madre con la nuestra del pueblo–. De venderla, mi hija no quiso ni oír hablar; consintió en alquilarla con la condición de que cuando ella fuese mayor pudiera vivir allí y conservase los muebles.

Es muy difícil explicar lo que sentí al vaciarla. Yo sola. Completamente sola, a excepción de los operarios de una empresa de mudanzas que contraté. No sé por qué no pedí ayuda a algún amigo o a mis hermanos, quizá porque aquella casa era él, como el abrigo era mi padre. Y también era yo. Los dos. Y era mi forma de despedirme, sin testigos, para dejarme llevar sin necesidad de controlarme.

La casa estaba prácticamente igual que cuando me marché. Me sorprendió mucho que en casi todos los cajones, en las mesillas, en el aparador y en su mesa de despacho guardaba fotografías mías.

Preparé una caja con las fotos y algunas cosas que podría gustarle conservar a nuestra hija, y el resto fue a los camiones de mudanza.

A un lado, uno con todo lo que me parecía que no debíamos conservar, al otro, un segundo camión con destino a un guardamuebles, con aquello que sabía que a mi hija le alegraría volver a ver al cabo del tiempo, cuando fuese mayor.

Entre las cosas que guardar, había tres saxofones de su padre: un barítono, un soprano y un alto. El barítono y el soprano se los regalamos a su hermano –el primero había sido de él y se lo había prestado–, el alto lo conserva mi hija como un amuleto.

A veces lo acaricia y lo mira. Es como si el aire de los pulmones de su padre aún estuviera en la boquilla, en el cuello, en el cuerpo y en la campana del saxo. Como si pudiera sentirlo o tocarlo. El saxofón es su padre. Pero no solo el que tocaba él: cualquiera que vea o que escuche lo es. Tanto es así que se ha tatuado uno pequeño en un costado, a la altura del corazón.

Podría decirse que la sensación a la que yo me refiero tiene un efecto similar al que produce el fetichismo o las reliquias religiosas, pero sin adjudicarle ningún poder sobrenatural o mágico, aparte del enorme poder evocador que pueden alcanzar, y su capacidad de quedarse en nosotros como si imprimieran carácter.

Mi hija pequeña y los saxos estarán unidos de por vida. Igual que mis hermanos y yo estaremos unidos siempre al abrigo de mi padre.

De la misma manera, hay reacciones ante determinados acontecimientos que se quedan en nosotros para siempre. Aunque pensemos que se han superado, aunque el tiempo y la memoria consigan que se pierdan en un limbo del que quizá no regresen. Pero ahí están, en los pliegues de la piel, en el brillo de los ojos, en el tono de voz, en la forma de mirar y dejarnos mirar. Imprimiendo carácter.

La decepción ante la noticia de la muerte de mi padre, la primera muerte que me tocaría vivir, supuso para mí una de esas reacciones.

La misma mañana en la que él viajaba hacia el pueblo en una ambulancia, con los ojos cerrados para siempre, nos habían llevado a rezar a un cristo milagroso muy venerado en el pueblo, para que pidiéramos por su curación.

Como caso excepcional, nos habían permitido subir hasta el retablo del altar mayor para besarle al Cristo los pies.

Nueve niños, uno detrás de otro, por las escaleras de caracol que terminaban a los pies del único que podía obrar el milagro.

Desde lo alto del retablo podía verse la nave central de una iglesia que parecía inmensa, completamente vacía.

Dice la leyenda que el brazo del Cristo se partió y se separó del cuerpo, no recuerdo cómo, y se había soldado solo. La imagen conservaba la marca de la soldadura, una cicatriz sobrenatural, donde residía su capacidad milagrosa.

Las heridas de las manos y del costado sangraban redentoras, tan bien esculpidas que parecían húmedas y saladas.

Los pies atravesados por un clavo enorme.

Nuestro beso en la sangre.

Nuestra oración en silencio.

Del hermano mayor al menor, en estricto orden, pero todos con la misma plegaria.

—Para que papá se ponga bueno. Para que papá se ponga bueno. Para que papá se ponga bueno.

Un imposible.

Un absurdo.

Un desvarío.

Una insensatez.

Una torpeza de los que sabían que ya no había lugar para esos rezos y no se detuvieron a pensar en las consecuencias que podrían acarrearnos.

Adiós a la inocencia.

Aquella visita supuso para mí un antes y un después en mis creencias y en mi confianza en el mundo de los adultos. El inicio de mi segunda vida, cuando mi infancia se rompió en añicos y las ropas se tiñeron de negro. Las de mi madre, completamente. Las nuestras, de alivio de luto. Blanco y gris para los niños. Para las niñas, blanco y negro, grises en todas sus gamas y algún toque de florecitas moradas.

Y para todos, una tristeza infinita y el desarraigo. La vida que empieza otra vez, muy lejos, muy diferente, incomprensible a ratos, ajena. En un entorno extraño, con calles interminables y distancias que no podían recorrerse a pie. Una vida de ciudad para la que nadie nos había preparado.

4. Tiempo de descuento

A nuestra llegada a Madrid, mi madre nos construyó uno de esos recuerdos que se quedan para siempre, uno que reproduje en una escena de mi primera novela, como homenaje a mi madre, cambiando los elementos para que tuvieran sentido en el tiempo y el lugar donde se desarrollaba la historia.

Mi hermana gemela y yo estudiábamos internas en un colegio de monjas de Madrid junto a mi hermana pequeña (la menor de las niñas y la séptima en el orden general). El resto de mis hermanos estudió en un pueblo cercano al nuestro, también en un internado; los niños en uno de curas y las dos niñas mayores (segunda y tercera en el orden general) en uno de monjas, donde mi gemela y yo cursamos el primer año del bachillerato, internas también. O sea que mi gemela y yo estudiamos internas en dos colegios diferentes: el primer curso del bachillerato elemental, en el mismo colegio que mis hermanas mayores, en un pueblo cercano al nuestro; y después en un colegio de Madrid, con mi hermana pequeña, donde cursamos el resto del bachillerato elemental y el bachillerato superior.

Desde nuestro colegio de Madrid se podía ver a lo lejos, muy a lo lejos, la sede de una marca alemana de electrodomésticos de enorme prestigio, situada en una zona de ampliación de la capital donde se estaban construyendo edificios muy modernos para la época. La primera televisión de mi casa, la primera lavadora y el primer frigorífico habían sido de esa marca. El logotipo de la empresa, en forma de anuncio luminoso situado en lo alto del inmueble, resplandecía en amarillo cuando nosotras subíamos las escaleras del internado, de camino a los dormitorios.

Mi madre trabajaba en el servicio de administración de una clínica muy conocida en Madrid, en el turno de tarde y, desde el autobús en que regresaba a casa al final de la jornada, también veía el edificio coronado con la marca de nuestros electrodomésticos.

No sé cómo, seguramente por azar, o porque lo comentaríamos algún día al pasar en el autobús, mi madre supo que veíamos el mismo edificio casi al mismo tiempo —ella cuando volvía de trabajar y nosotras cuando subíamos al dormitorio para acostarnos— e inmediatamente estableció una costumbre que se quedó para nosotras en un recuerdo imborrable.

—Cuando subáis las escaleras por la noche, mirad el edificio del anuncio; así estaremos juntas, porque yo también lo estaré mirando. Y si algún día pasáis más tarde o más temprano, no os preocupéis: al día siguiente recogéis mi mirada por la mañana, porque yo la habré dejado ahí para vosotras.

Todavía recojo sus miradas cuando veo el edificio. Porque todavía están allí. Ya no existe el anuncio de luces amarillas, pero a mí me sigue deslumbrando siempre que lo miro.

Qué grande, mi madre.

Y era tan joven… Cuarenta y un años recién cumplidos, la edad que tiene ahora mi hija mayor. Acababa de quedarse viuda de un hombre con el que fue la mujer más feliz de la Tierra.

Corría el mes de septiembre de 1965 cuando él la dejó.

—¡Qué pena me da de ti! —le dijo antes de cerrar los ojos, tras nombrar a sus hijos uno por uno.

Cómo no iba a darle pena. A él y todos los que los rodeaban. Nueve niños, el mayor de catorce años y el pequeño de cinco, y una vida maravillosa truncada de golpe.

«¿Qué va a ser ahora de ella?», pensaba la familia, los amigos y todos los que los habían visto mirarse como se miraban y quererse como se querían.

Sin embargo, mi madre era mucho más fuerte de lo que nadie imaginaba. Mucho más. Lo sigue siendo con casi un siglo de vida.

Pero le teme a la muerte.

Yo a veces me indigno, porque pienso que ha sido la Iglesia católica la que le ha infundido ese miedo. El fuego del infierno, las ánimas del purgatorio, los sufrimientos eternos, la justicia divina y el temor de Dios le han calado muy hondo y, ahora, cuando la religión debería ser el bálsamo que la ayudase en el trance, la aterra enfrentarse al momento que debería traerle la paz y el descanso.

Noventa y cinco años creyendo en un más allá donde reencontrarse con sus seres queridos y, cuando debería alegrarse porque pronto volverá a ver a mi padre, a los suyos, a mi hermana, a la suya y al suyo, a sus íntimos y a toda una corte celestial a la que siempre se ha encomendado, resulta que tiene pavor. Y si yo le pregunto qué es lo que tanto la asusta, me dice que el trance, el no saber cómo será.

—Será dulce —le respondo yo, intentando mostrarle otra cara de la muerte, como ella hizo con nosotros con las de la vida.

Y añado que lo vimos en mi hermana, que murió con una sonrisa en los labios; en su hermana mayor, que vio el famoso túnel y la luz resplandeciente y caminó confiada hasta que, al llegar al final, dijo no haber encontrado a ningún conocido y se volvió para atrás; en su hermana pequeña, que creyó morirse por un golpe de calor y se preparó abrazada a su crucifijo más querido, herencia de mi abuela.

—¿Y qué sentiste? —le pregunta mi madre de vez en cuando, como si fuera la primera vez, y mi tía le responde, también como por primera vez.

—Mucha paz.

—A mí me da miedo que duela.

—Yo no sentí nada, solo que me estaba muriendo, y no me importaba. No vi ningún túnel ni nada parecido. Me dio pena de mis hijos —y añade como si las dos lo hubieran hablado otras veces y hubieran llegado a un acuerdo—. Pero ya sabes que yo me tengo que morir antes que tú.

—Pero si yo soy mayor que tú, te saco tres años. Por edad, me moriré yo antes.

—De eso nada, que ya se me adelantó mi marido y no voy a repetir.

—¡Anda, y a mí también el mío!

Y se ríen de la ocurrencia, y continúan riéndose mientras simulan una disputa por ganarse el primer puesto en su carrera particular, porque las dos quieren librarse del sufrimiento de perder a la otra.

Las dos hermanas, viejitas y desmemoriadas, esperando a la muerte, sabiendo que no falta mucho para encontrarse con ella. Mi tía, tranquila, porque ya la ha sentido, y mi madre pensando que el trance será doloroso. Yo creo que por eso se resiste y aguanta, a pesar de su espalda encorvada, de sus piernas, que no le responden como ella quisiera, del pudor que le produce tener que dejar que la cuiden y de un día a día en que de vez en cuando se olvida de cómo se llaman sus hijos y nietos.

¡Qué tristeza! ¡Pobrecita, mi madre!

Se resistió a que contratáramos una interna como gato a la defensiva, pero llegó un momento en que no nos quedó más remedio. Nosotros ya no tenemos edad para levantarla, lavarla, acostarla y todos los etcéteras que su pudor no le dejaría nombrar. Así es que contratamos a una chica peruana que enseguida desarrolló hacia mi madre un cariño grandísimo y se ganó el de ella con la misma facilidad. A mí me gusta llamarla «Sol del Perú», y así es como ha entrado en nuestra casa, como una presencia cálida y amable que le hace a mi madre la vida mucho más fácil.

A muchos de mis amigos les sucede lo mismo, hemos llegado a la edad en que los padres dependen de nosotros, como nosotros dependíamos de ellos cuando éramos niños y los necesitábamos para sentirnos seguros.

La historia repetida.

Ahora son sus inseguridades las que hay que gestionar. Sus vacíos, sus recelos, sus saltos de memoria y un tiempo de descuento al que aferrarse, porque puede más el terror hacia lo desconocido que la necesidad de descansar.

Todos sabemos que vamos a morir, es lo único de lo que podemos estar seguros. Lo dijo Sócrates cuando lo condenaron a beberse la cicuta. Famosa cicuta que lo hizo eterno y nos dejó una reflexión que se ha convertido en un dicho popular incuestionable, un axioma sobre el que han teorizado los filósofos de todos los tiempos.

Pero llega un momento, como el caso de mi madre, en que ya no se trata de una reflexión, sino de la seguridad de su cercanía.

Ella sabe que le queda poco tiempo; su miedo no es teórico, ni abstracto, ni puntual. Ni siquiera se plantea una cuenta atrás que podría interrumpirse de golpe, sin aviso, de forma repentina.

–A mí me gustaría morirme dormida. Sin enterarme.

Nos mira con una mirada que últimamente cuesta mantener, porque sus ojos ya no son los que eran, vivos y sabios. Con frecuencia parecen perdidos, como si estuvieran muy lejos y no supieran que han de volver.

Y nosotros también nos sentimos perdidos, porque queremos que siga viviendo y al mismo tiempo deseamos que se cumplan pronto sus deseos, que no se deteriore más, que se quede dormida, que no sufra, que no haya que ingresarla y llenarla de cables y tubos, que se vaya tranquila.

Y cada noche nos acercamos a su cama deseando y temiendo al mismo tiempo que sea la última vez que la arropamos, el último beso, la última caricia. Las buenas noches de la despedida.

–Hasta mañana, mamá, que duermas bien.

5. El disparo

Las vidas de mi madre empezaron el 14 de julio de 1924. Ella se siente muy orgullosa de compartir cumpleaños con la revolución que cambió la historia del mundo y del pensamiento. Libertad, igualdad, fraternidad.

Ella no ha sido nunca consciente, pero, contra aquello que representa ese lema francés, heredado de los constructores de las catedrales del medievo, se sublevaron los que llevaron a su país al desastre cuando ella acababa de cumplir doce años. El comienzo de su segunda vida. Y no solo por vivir una guerra; ni por el hambre; ni porque pasó parte de la contienda interna en un colegio de Córdoba, donde las monjas intentaban que confundiera el ruido de las bombas con una tormenta, y donde se alojó un regimiento, no recuerda de qué ejército. Cuando tenían que refugiarse en el sótano por los bombardeos, las monjas colocaron unas sábanas para mantenerlos separados de las niñas, y las mayores se asomaban por las rendijas para mirarlos; ni porque apresaron a su padre y no lo reconoció al regresar, cuando escapó con las ropas medio quemadas, gracias a un agujero que abrieron las granadas que lanzaron los milicianos dentro de la iglesia donde lo llevaron preso.

—A mi padre se lo llevaron en pijama. Mi hermana mayor ya estaba casada y llegó de la calle diciendo que venían los milicianos a por su marido; entonces salió mi padre a la puerta para decir que no estaba en casa, y resulta que venían a por él. Se lo llevaron tal como estaba. No le dejaron vestirse.

No obstante, no fue esa la única razón por la que mi madre empezó una segunda vida. No fue solo a causa de la guerra, sino por la pérdida definitiva de su infancia, porque quizás hubiera podido conservarla, a pesar de todo el horror, si un fusil no hubiera disparado contra ella.

El tiro se efectuó desde la torre de la iglesia, la misma iglesia de la que había escapado su padre de milagro con el pijama chamuscado; la misma que quemarían después los sublevados para castigar a los milicianos que se habían refugiado en su interior.

Mi madre jugaba en el patio de su casa cuando le dispararon.

Los juegos de los niños deberían mantenerlos a salvo. Envolverlos con su escudo protector y permitir la ilusión de que la vida será siempre así, un día igual a otro, sin preguntas, sin preocupaciones, sin sobresaltos. Protegidos por las manos amorosas de los padres. Manos todopoderosas, capaces de solucionar cualquier problema y arreglar cualquier juguete. Manos que acarician y calman. Manos en las que confiar, firmes y fuertes, a las que aferrarse sin miedo y sin dudas.

La infancia es un lugar donde poder acomodarnos. El reducto más puro de la vida, protegido e inexpugnable. Un territorio seguro, fortificado contra todo tipo de peligros.

O sería mejor decir que debería serlo.

—Mi madre, en vez de atravesar el patio y venir a por mí, me decía que corriera hacia el otro lado del patio, donde estaba ella con mis hermanos. «¡Corre, corre! ¡Ven aquí! ¡Corre! ¡Cruza deprisa!» Me lo decía como si fuera fácil cruzar. «¡Venga, no seas tonta, corre!» Pero yo estaba paralizada.

Aún recuerda el sonido de la bala. Alcanzó la pared desviada apenas unos centímetros de su cabeza, milímetros quizá. Un mínimo espacio entre la vida y la muerte. Un juego del destino. Un golpe de suerte al que no le da ninguna importancia, porque lo más significativo, lo que siempre resalta al contarlo, lo que hizo que su infancia se rompiera en añicos, fue que su madre no cruzase el patio para rescatarla. Si lo hubiera hecho, probablemente ninguna de las dos habría sobrevivido, pero su mente de niña no pudo con el abandono, el miedo, el resplandor de la boca del fusil, el fogonazo, la bala incrustada en la pared a unos milímetros de su cabeza y la falta de la mano de su madre tirando de ella.

–¡Qué cosas! Con lo buenísima que era mi madre y lo que pensó siempre en nosotros, y me dejó allí sola.

Y lo era, todo el mundo quería a mi abuela. La llamaban con el tratamiento de doña delante de su nombre en diminutivo, y la adoraban. Murió un año exacto antes de que naciera mi hermana mayor, pero en mi casa hemos escuchado tantas historias de ella que se diría que la hemos conocido.

Curiosa memoria. A veces construye recuerdos por sí misma y los incorpora sin tener en cuenta si sucedieron o no. Otras veces deforma el pasado, lo adapta a su aire y nos hace creer que estuvimos donde no lo hicimos, o nos apropiamos de vivencias ajenas como si fueran nuestras y las recordamos tan vívidamente que volvemos a experimentar lo que nunca experimentamos.

Cuando mi abuelo estaba en la cárcel, o mejor dicho en la iglesia que actuó como tal, les permitían a las mujeres que les llevasen a sus maridos agua y comida una vez al día. Mi abuela le llevaba a mi abuelo un botijo del que todos los presos bebían con mucha más sed que del suyo propio, hasta que el carcelero se cansó de hacerse el distraído y le dijo a mi abuela:

–Me va a buscar usted la ruina. Por favor, traiga agua de verdad la próxima vez.

Y lo hizo. A partir de entonces no volvió a llenar el botijo con lo que no debía y le agradeció la deferencia a aquel hombre con un bocadillo como el de mi abuelo.

En aquellos días, el hambre no tenía nombre, ni dueño, ni intenciones, ni edades, ni preferencias en las que cebarse, ni casa donde no se hubiera instalado. La de mi abuela no fue una excepción.

Sus hijos la admiraban porque probaba las setas antes de dárselas a nadie a comer; porque les hacía tortilla de mondas de patatas y una receta con granos de trigo a la que llamaba paella; porque siempre estaba contenta; y porque una vez terminada la guerra salvó al carnicero del pueblo de la venganza de los vencedores.

Un día, cuando mi abuela se dirigía al mercado, escuchó a dos falangistas hablar a su espalda.

–Vamos a por el carnicero, que le vamos a dar un paseíto.

Mi abuela apretó el paso para avisar al condenado y pudiera escapar. Desde entonces, la mejor carne del mercado siempre acababa en su mesa. Mi madre se sentía orgullosa. Lo cuenta muchas veces, muchas, y nosotros la escuchamos y nos admiramos como si se tratase de la primera vez.

También nos ha contado que después de la guerra algunas mujeres iban a su casa para pedirle protección a mi abuela.

–¡Ay, que me quieren purgar y rapar! –le decían, siempre con el doña delante de su nombre en diminutivo.

–A ti no te va a purgar nadie. ¡Vamos, pasa! –y las escondía hasta que había pasado el peligro.

Otras no tuvieron tanta suerte y terminaron encerradas después de sufrir la humillación. Mi madre no recuerda dónde, pero sí que iban a verlas a través de unos agujeros de la pared. Las habían condenado a muerte y una de ellas se encontraba embarazada.

—¡Qué morbosos, los niños! La iban a fusilar después del parto. Y nos encantaba mirarla. ¡Qué crueldad! ¡Cómo podía gustarnos hacer eso! ¡Si se hubiera enterado mi madre, nos lo habría prohibido!

Es curioso, porque yo no la había escuchado contar esa historia hasta hace bien poco tiempo. Ni siquiera recuerdo habérsela escuchado cuando mi hermana estaba investigando sobre las presas de la posguerra para escribir su última novela, a raíz de conocer el caso de una presa republicana embarazada, muy parecido al que ahora recuerda mi madre.

Puede que su imaginación haya mezclado las cosas, o quizá no se atreviera a contarlo, por vergüenza o por remordimiento. Quizá no se acordase antes precisamente por eso, porque no se lo permitía su forma de pensar, de creer y de vivir.

Es posible que ese recuerdo haya permanecido en un rincón de su cerebro —junto con otros con los que últimamente nos sorprende—, agazapado, paciente, esperando hacer el menor daño posible antes de salir a la luz.

Y ahora, cuando la edad le permite decir lo que piensa, la memoria la ha liberado del peso. Sin autocensura, sin inhibiciones, sin diplomacia, sin normas de educación.

—Mi pobre madre sufrió mucho —nos dice ahora con frecuencia— por lo de mi padre.

Pero enseguida se calla. Yo creo que su memoria aún la protege en determinadas cosas y con determinadas personas. La protege y se calla. Porque su boca jamás podría pronunciar una sola palabra sobre mi abuelo que pudiera perjudicarle.

—Con nosotros era muy estricto –le decimos a menudo cuando él sale en la conversación.

—Con nosotros también –recuerda ella levantando un poco la cabeza, en ese gesto que hacemos todos, como si buscáramos en el techo las palabras con las que continuar–. Era muy exagerado, sobre todo en las cosas de la mesa.

—A nosotros trataba de educarnos como si estuviéramos en el siglo XIX: los niños no hablan si los mayores no les preguntan, en la mesa no se habla, no se ponen los codos, así no se coge el cuchillo, hay que comérselo todo, el pan también, hay que sentarse rectos, hay que andar derechos, hay que… hay que… hay que…

—Lo hacía para protegerme a mí. Él sabía que me iba a quedar sola y no quería que supusierais un problema.

—O sea que nos veía como un problema. Por eso no nos quería y nos trataba así.

—Sí os quería, cómo no iba a quereros. Claro que os quería. Pero se preocupaba por mí.

Mis primos dicen que tenía un gran sentido del humor. Bromeaba mucho con ellos y era muy cariñoso. El típico abuelo que se hacía querer.

A los nietos que vivían en el mismo pueblo que el suyo los visitaba con frecuencia, casi a diario, sobre todo cuando vivía mi abuela, y ellos lo recibían siempre con la misma ilusión.

Y a los que llegaban de fuera, los acogía en su casa y les hacía sentir como si cada día fuera una fiesta.

Era muy estricto en los modales, sobre todo en las normas de urbanidad, en eso estamos todos de acuerdo. Pero mis primos lo veían como un abuelo que a veces se comportaba como un cascarrabias, pero enseguida bajaba la guardia y bromeaba con ellos, y no como al general implacable que nos parecía a nosotros.

6. El uno y el dos

Mi condición de gemela ha marcado mi vida. Y la seguirá marcando hasta que muera. No se pueden entender algunos aspectos de mi historia sin apelar a dicha condición, porque no es solo mi historia: también es la de la persona con la que nací. No se deja de ser una mitad por mucho que la otra desaparezca.

Vivir con un gemelo determina la forma de ver a los demás, de interpretar el mundo, de comunicarse y de expresarse. A nosotras, al menos, nos sucedió. Como dijo mi hermana en uno de los poemas que escribió para mí:

> *porque tengo la memoria*
> *compartida*
> *y el gesto y el rostro*
> *y el olor*
> *(...)*
> *que fuimos hambre y miel,*
> *y su carencia.*
> *Y seguimos siendo el uno*
> *y el dos.*

Por otro lado, el hecho de perder a mi gemela tan pronto me obligó a plantearme cuestiones que tampoco podrían entenderse si no hubiéramos nacido al mismo tiempo, de la misma bolsa y unidas a la misma placenta.

Dicho de otra manera, haber tenido una hermana gemela determinó mi forma de ser, de sentir, de relacionarme con los demás y de comunicarme, incluida mi forma de hablar. Y, al perderla, no tuve más remedio que construirme de nuevo, partiendo de la base de que seguiríamos siendo para siempre el uno y el dos.

Aunque parezca mentira, uno de los cambios más difíciles a los que tuve que enfrentarme, a raíz de la muerte de mi hermana, fue el uso del singular para construir oraciones con el sujeto en primera persona. Hasta entonces no había reparado en que la mayoría de los gemelos utilizamos el plural en este tipo de oraciones.

Crecer junto a un gemelo es compartir algo muy difícil de explicar y de entender, porque lo abarca absolutamente todo, desde el vientre de la madre hasta la cara, los gestos, el color del pelo, los gustos, la manera de hablar y de reír.

Un solo óvulo, fecundado por un solo espermatozoide, que se divide en dos por alguna razón que la ciencia no ha llegado a averiguar. Es decir, compartimos el ADN, las moléculas que determinan lo que somos.

Pero hay más: en la mayoría de los casos, ante la dificultad de los otros de diferenciarnos y llamarnos a cada uno por nuestro nombre, los sustituyen por un apelativo genérico al que atendemos los dos indistintamente. Así se facilitan las cosas. Si nos llaman, uno de los dos contestará, no importa cuál.

Dicen que el nombre propio es un elemento imprescindible para que el ser humano se constituya y se identifique como sujeto, y que, en todas las fases del proceso de desarrollo de la persona, determina la manera de establecer el diálogo con los demás y con uno mismo.

Nombrar es construir.

En el caso de los gemelos, ese diálogo se establece con un nombre común que nos identifica como un par. Nos sentimos unidos no solamente por cuestiones genéticas y vivenciales, sino por la forma de interactuar con el mundo y con nosotros mismos desde pequeños, a través del nombre común que nos adjudican.

No somos fulanito y menganito, dos sujetos con nombres diferentes, sino una pareja llamada «los tal» o «los cual».

Por lo general, en la familia seremos los mellizos, los gemelos o *los mellis,* obviando normalmente la diferencia entre una forma de engendrarse y otra.

Y fuera del entorno familiar, ante la dificultad de adjudicarnos nuestros nombres, sobre todo en el colegio, nos llamarán en la mayoría de los casos por el apellido.

Así es nuestro diálogo con el mundo. Nos construyen en conjunto, nos tratan como un par y nos hablan en plural.

¿Cómo no vamos a hablar nosotros como hablamos? Lo extraño sería que utilizáramos el singular.

La vida compartida en estas condiciones solo puede producir dos reacciones antagónicas: una unión inquebrantable o el rechazo más absoluto. No creo que haya medias tintas. Los gemelos idénticos no pueden permanecer indiferentes el uno del otro, o se atraen o se repelen como imanes.

En mi caso, la unión con mi hermana gemela fue inquebrantable.

Desde que nacimos un 3 de junio, hasta su fallecimiento un 3 de diciembre, cuarenta y nueve años y medio después, compartí con ella los momentos más importantes de mi vida, los menos importantes, los que tuvieron algún significado para mí, aunque fuese secundario, y los que no tuvieron ninguna trascendencia.

Hasta la misma casa estuvimos a punto de comprar. Un chalé de dos pisos y un solo jardín que cuidaríamos las dos, en un pueblo que nos recordó al nuestro, a unos pocos kilómetros de Madrid.

Afortunadamente, alguien nos advirtió del error que estábamos a punto de cometer, creo recordar que el propio agente inmobiliario, y al final compramos dos casas en ese mismo pueblo, prácticamente una enfrente de la otra, en una especie de complejo urbanístico compuesto por chalés adosados y pisos con jardín. Mi hermana se compró un piso y yo un adosado.

Nosotras no nos dábamos cuenta del efecto que producíamos en los otros. Para nosotras, como para las personas más cercanas –familia y amigos en general–, no éramos tan iguales; parecidas sí, claro, mucho, pero no iguales.

Nos hacía gracia que nos confundieran, nos divertía la mirada de los demás buscando las diferencias. Siempre la misma mirada de asombro. Nosotras nos mirábamos una a la otra y nos reíamos ante su incapacidad de encontrarlas, aunque nosotras sabíamos dónde estaban.

A menudo, incluso provocábamos la confusión, sobre todo con quien presumía de distinguirnos perfectamente, cuando les asegurásemos que hasta mi madre y mis hermanos nos confundieron alguna vez.

Recuerdo una ocasión en que engañamos a una pareja de mi hermana, que se jactaba de poder distinguirnos hasta en un cuarto a oscuras.

–Yo jamás os confundiría, jamás –había dicho ese mismo día, poco antes de caer en nuestra trampa.

Fue un tiempo después de separarse de su primer marido, en una tarde de verano. Habíamos salido con un amigo mío, en plan de parejitas, y nos había pillado en la calle una tormenta impresionante. Así es que decidimos ir a mi casa para secarnos.

Yo también estaba separada de mi primer marido, me había comprado un piso cerca de mi madre, y mi hija mayor estaba pasando el fin de semana con su padre. La pequeña aún no había nacido.

No había nadie en la casa.

Llegamos los cuatro empapados y muertos de risa. A ellos les di unas toallas y les pedí que se acomodaran en el salón, y nosotras entramos juntas en el baño.

Al cabo de un rato, para gastarle una broma al que decía que podría distinguirnos en la oscuridad, mi hermana y yo salimos del cuarto de baño con las ropas intercambiadas y las cabezas enrolladas en unas toallas.

Antes de que los chicos se dieran cuenta, casi sin darle tiempo a mirarnos, mi hermana se abalanzó sobre su pareja, vestida de mí, se sentó a horcajadas sobre él y le dio un beso en la boca.

Él la rechazó espantado, la empujó hacia fuera creyendo que yo me había vuelto loca de repente, me miró a mí, vestida de ella y, con un espanto en los ojos que no podía controlar, empezó a decirme:

—Yo no… yo… no…

Yo me había quedado en la puerta del salón, con un brazo apoyado contra el quicio, a la altura de la cabeza, y el otro sobre la cadera, en actitud desafiante.

—Pero ¡qué haces! —le grité indignada.

Él no paraba de decir «yo no…, yo no…», mientras nos miraba alternativamente sin saber cómo terminar su negativa.

Hasta que las dos rompimos a reír a carcajadas y él respiró aliviado, sudando por todos los poros y rogándonos por lo que más quisiéramos que nunca más, por favor, nunca más, porque no sabía cuánto tardaría en reponerse.

Hubo muchas anécdotas parecidas, sobre todo en el colegio, donde las monjas, y la mayoría de las alumnas, eran incapaces de diferenciarnos. No obstante, hasta el fallecimiento de mi hermana no fui consciente de que el parecido era mayor del que nosotras teníamos asumido.

7. Ahora tienes que ser tú

Hay una creencia, extendida incluso entre algunas familias de gemelos, en la que se confunde erróneamente la unión inquebrantable que se desarrolla entre nosotros con la falta de individualidad, como si el hecho de compartirlo todo llevase aparejado no poder desarrollarnos como individuos separados e independientes.

Amparándose en dicha creencia, al gemelo más extrovertido se le adjudica un poder sobre el otro que se traduce en dominación y, por lo tanto, al más introvertido se le considera el dominado.

En nuestro caso, yo siempre fui bastante introvertida, y mi gemela muy extrovertida. De modo que me adjudicaron el papel de tímida y dominada. Otro error que se comete con demasiada frecuencia: asociar la introversión con la debilidad y, en consecuencia, con la facilidad para dejarse dominar. Y no es así, al menos entre mi gemela y yo nunca lo fue. Entre nosotras no había debilidades ni fortalezas. Por mucho que los demás se empeñasen en decir «esta es más tal» o «esta es más cual», el resultado jamás influyó en nuestra relación. Es cierto que pudo influir en nuestra personalidad. Si se le dice a un niño constantemente que es vergonzoso, se hará vergonzoso, eso está claro. Y yo lo fui.

La timidez me ha acompañado toda la vida. Ahora sigo siéndolo, aunque distingo entre la timidez, la introversión y la vergüenza. Sigo siendo tímida e introvertida pero ya no soy vergonzosa.

Desde mi punto de vista, una persona tímida, o introvertida, se siente incómoda cuando tiene que exponerse ante los demás, pero se expone cuando es necesario, sin consecuencias. Mientras que una persona vergonzosa no supera la incomodidad, le produce inseguridad y sufre al exponerse.

Para mí, el tímido o introvertido es muy diferente al vergonzoso. Este último no se acepta a sí mismo y se rebela contra su propia condición.

Hasta que fui adulta, y comprendí que tenía que aceptarme como era, luché contra la timidez con un resultado nefasto. Era un pez que se mordía la cola, mientras más luchaba, más sufría, más insegura me sentía y me volvía más vergonzosa.

Mi hermana, por el contrario, era muy extrovertida, pero también ella tenía cierto grado de vergonzosa. Cuando éramos pequeñas, era ella la que hablaba y cuando fuimos adultas, dependiendo del contexto en el que nos encontrábamos, prefería que fuese yo quien tomase la iniciativa.

—Hoy habla tú, que hablas mejor —me pedía de vez en cuando, porque decía que yo era capaz de seguir cualquier tema de conversación, o de iniciarlo cuando se producía algún silencio.

No era cierto. Ella podía ser la reina de cualquier fiesta (en mi familia muchas veces la llamábamos cariñosamente «la reinona»). Poseía un magnetismo que dejaba huella y una simpatía que eclipsaba a cualquiera que estuviera cerca. A mí también, por supuesto, aunque no era un problema para mí; al contrario, me encantaba su manera de ser, admiraba su facilidad para destacar de una manera natural, pero nunca me habría sentido cómoda en su papel.

He leído algo sobre el tema. Algunas teorías psicológicas sostienen que las personas como mi gemela encuentran su fuerza en el exterior, en las interacciones sociales y en su manera de exponerse a los demás, mientras que las personas como yo las encontramos en nuestro interior, en la reflexividad.

Sea como sea, a ella le encantaba que yo fuese tal como era y a mí me encantaba ella. De modo que entre nosotras había un encaje perfecto. Porque no éramos iguales, sino complementarias, y en nuestra complementariedad no había dominio ni sumisión, sino un equilibrio sin matices donde las dos nos sentíamos cómodas.

Lo he hablado con otros gemelos y a todos les pasa lo mismo: la gente siempre pregunta cuál es el dominante, y nosotros nos preguntamos por qué tiene que haberlo. No digo que nunca lo haya, puede ser, pero en los gemelos que yo he conocido no sucede así, por mucho que los demás se empeñen en verlo.

Mi hermana dependía de mí y yo de ella, no podía ser de otro modo si queríamos conservar el equilibrio, pero nunca supuso una merma o una sumisión; al contrario, suponía redoblar nuestras fuerzas, apoyarnos ambas en nuestros sueños, admirarnos mutuamente, alegrarnos con los triunfos de la otra y llorar con ella sus penas.

—Ahora tienes que ser tú —me decía mucha gente cuando mi hermana murió, sobre todo personas que habían tenido más trato con ella que conmigo. También me lo dijeron algunas personas que acababan de conocerme o hacía muchos años que no tenían contacto con nosotras. Es decir, la mayoría no me conocía o me conocía muy poco.

Y a mí me resultaba incomprensible. No podía entender a qué se referían.

Nosotras siempre habíamos sido dos, cada una con su personalidad, su vida, sus amigos, sus aspiraciones y sus sueños. Siempre lo supimos, eran los demás los que no lo veían.

Quienes me decían «ahora tienes que ser tú» no sabían que yo siempre he sido yo, muy unida a mi gemela, pero yo. De la misma manera que ella siempre fue ella, muy unida a mí, pero ella. Dos personas diferentes capaces de compenetrarse hasta más allá de lo comprensible. Una compenetración difícil de entender para quienes no han vivido cerca de nosotras.

La dualidad.

Y no hay dualidad sin diferencias.

Sin embargo, desde un punto de vista puramente físico, cuando alguien conoce a dos gemelos idénticos no ve a dos personas distintas, ni siquiera ve a una pareja que se parece entre ellos: ve a la misma persona dos veces, repetida, y se las queda mirando siempre con el mismo desconcierto, en busca de cualquier diferencia que le ayude a identificarlos.

Lo he vivido en incontables ocasiones, pero lo entendí un día en que mi hermana me acompañó a casa de una amiga a cuyos hijos no conocía. Cuando entramos en el salón, el más pequeño, de apenas tres años, se quedó mirando a mi hermana y exclamó muy convencido:

—¡Anda! ¡Otra Inma!

Poco después me lo ratificó el empleado de la gasolinera donde ambas cargábamos el depósito de nuestros coches, los dos de la misma marca italiana, uno de color verde manzana y el otro metalizado en gris plomo.

El gasolinero era un chico joven, simpático y cercano, muy dado a las bromas y los chascarrillos. Unos días después del fatídico 3 de diciembre de 2003, fui a echar gasolina en un coche diferente al que yo solía conducir y, cuando iba a pagarle, me preguntó con toda su ingenuidad:

—Entonces, ¿cuál es la que se ha muerto?

—Evidentemente, yo no —le contesté medio en broma, sin saber cómo explicarme.

Hasta que me hizo la segunda pregunta y comprendí que la respuesta no buscaba identificar a las personas que había visto en incontables ocasiones. Para él, solo existía una misma persona —repetida—, y dos coches diferentes.

—Pero ¿eres la del coche gris o la del verde?

Su segundo marido nos llamaba «las clónicas». De todas las parejas que hemos tenido, fue una de las pocas que entendió nuestra relación. Él fue el que nos propuso compartir una casa de dos pisos y un único jardín. Uno de los pocos que entendió que nuestra unión era tan fuerte, tan sólida e indestructible, que cualquiera que intentase interponerse de algún modo entre nosotras saldría inmediatamente despedido.

La mayoría de nuestras parejas no llegaron a entenderlo. En algunas hubo celos, en otras, falta de generosidad a la hora de intentar comprender la singularidad de nuestra condición. Otras vieron en nuestra relación la consabida dependencia —de la que quisieron liberarnos—, y otras, sencillamente, no supieron convivir con la mitad de un binomio que inevitablemente necesitaba a la otra. Situación de la que nosotras no queríamos huir.

No había dependencia. Había diferencia de caracteres, por supuesto, pero no implicaba el dominio de una sobre otra. Ni sumisión ni dependencia, al menos no como algunos la interpretaron; si acaso, una dependencia mutua en la que no había peligro de anulación de alguna de las partes.

Ambas nos respetábamos profundamente, jamás hubo un ápice de envidia de ninguna de las dos. Jamás. Al contrario, nos enriquecíamos mutuamente y, cuando se producían las comparaciones, siempre había motivo para alegrarnos. Si ella ganaba en la comparación, ganaba yo. Si yo ganaba, ella ganaba también.

No puede haber relación más generosa.

Uno de nuestros amigos decía que nos reíamos «en estéreo», y era cierto, porque solo hacía falta que una empezase a reírse para que las dos estallásemos en carcajadas idénticas. El mismo timbre, la misma intensidad, el mismo eco reverberado en el aire. La misma alegría. Ni siquiera hacía falta un motivo. A veces nos reíamos porque sí, porque teníamos ganas y éramos capaces.

Nunca he vuelto a reírme igual. De vez en cuando, su hija mayor me devuelve su risa. De vez en cuando. También me la devuelve mi hija mayor, que lleva su nombre con el mismo orgullo con que yo se lo puse. Las dos se ríen conmigo en estéreo de vez en cuando y me devuelven su eco, pero solo de vez en cuando.

Y el silencio de la risa pesa tanto...

—Antes erais una en dos, y ahora sois dos en una —me dijo José Saramago en cierta ocasión, para tranquilizarme ante la inquietud que me produjo una observación suya anterior, que yo había interrumpido y no le dejé terminar.

—Ay, Inma, cada vez que te veo... —me había dicho nada más verme, para iniciar la conversación.

Y yo le interrumpí la frase.

—Pero será bonito, ¿no, José? ¡Será bonito!

Le corté porque no quería que me dijese que no podía soportar verme, como me había ocurrido con otros amigos de ella, o como sucedió con una periodista hacía un par de meses, que estuvo a punto de no poder hacerme la entrevista para la que me había citado porque decía que le parecía estar delante de un fantasma.

Pero Saramago me tranquilizó con su maravillosa respuesta, una frase que se ha quedado para siempre en mi vida como una definición.

–Claro que sí, es muy bonito, no te preocupes. Antes erais una en dos, ahora sois dos en una.

Qué inteligente. Y qué sabio.

Él sí nos vio siempre a las dos. Una en dos. La dualidad. Y siguió viéndonos duales. Dos en una. Como ella dijo en su poema, «seguimos siendo el uno y el dos».

Incluso hay gente que sigue equivocándose y me llama por su nombre. Algunos me abrazan de una forma muy especial, y yo siento que ese abrazo no es para mí.

Y es bonito que la gente la siga viendo aunque ya no esté con nosotros. Para la mayoría de la gente es bonito, como para el escritor portugués.

Fueron grandes amigos. Le aconsejó que modificase el título de su primera novela. Ella la iba a titular *¿Algún amor que no mate?*, y él le sugirió que le quitase las interrogaciones.

–Los amores no matan; si lo hacen, no es amor.

Le presentó la novela en una comida ante la prensa y posteriormente en el Círculo de Bellas Artes de Madrid, donde desarrolló la misma idea: los amores no matan. Aún no le habían concedido el Premio Nobel de Literatura, pero su nombre ya se barajaba en las quinielas desde hacía años.

Yo estuve en aquella comida, sentada a la derecha de Saramago. Mi hermana se sentó a su izquierda. Hay gente que no lo recuerda, porque también suele suceder así. Algunas veces, la gente recuerda que estuvimos las dos en algún evento al que acudió una sola, y otras veces sucede al contrario: recuerdan haber visto a una, cuando estuvimos las dos.

Una en dos, dos en una.

La misma persona, dos veces. Repetida o desdoblada, según las necesidades de la memoria.

8. El lazo azul

Casi todos los recuerdos míos que aparecen en estas páginas los viví con mi hermana gemela. No hay un solo momento de la infancia y de la adolescencia en el que ella no participe de algún modo. A veces me decía:

–Tengo la sensación de que cualquier cosa que me pasa, si tú no estás conmigo, por muy buena o por muy mala que sea, no termino de vivirla hasta que no te la he contado.

A mí me sucedía igual. Teníamos una confianza sin límites la una en la otra. Nos lo contábamos prácticamente todo.

Ella decía que yo era su memoria. Si alguien nos contaba algo que no recordaba, se giraba hacia mí y me preguntaba:

–¿Nos acordamos de eso?

Era una relación tan diferente a cualquiera de las que he vivido. Tan intensa. Tan difícil de explicar...

Ni siquiera sabíamos quién era la mayor de las dos.

Cuando nacimos, una prima nuestra estaba pasando una temporada en nuestra casa. Poco antes de su llegada, le habían dicho a mi madre que los bebés venían atravesados en forma de aspa y, debido al peso que ya presentaban, resultaba difícil que pudieran moverse para darse la vuelta. El parto iba a resultar difícil. A mi prima, que tenía entonces trece años, le dijeron que la mandaban a nuestra casa para ayudar a mi madre en sus últimas semanas de embarazo, pero, en realidad, sus padres quisieron apartarla de una relación que no les gustaba.

Ella estaba feliz con nosotros, se sentía útil, le encantaban los niños y, aunque mi madre tenía ayuda en casa, otras dos manos siempre le vendrían bien, pues estaba a punto de pasar de tener tres hijos a cinco, el mayor de tres años, la segunda de dos, la tercera de uno, y aún no sabía andar.

Un par de meses después de la llegada de mi prima, a los casi diez del embarazo de mi madre, se presentaron las primeras señales del parto y avisaron al médico y a la comadrona.

—El médico solo miraba. Le daba indicaciones a la comadrona y nada más. Ni me tocó —nos ha contado mi madre muchas veces.

Por entonces era bastante frecuente que atendiese a las parturientas la comadrona. El doctor acudía para supervisar el trabajo de la primera o para solucionar algún contratiempo, pero casi nunca intervenía.

En nuestro caso, no dejó de dar indicaciones que la comadrona siguió al pie de la letra y mi madre escuchaba horrorizada.

—¡Sujétalo por el hombro! ¡Métele el dedo en la boca y tira! ¡Así, tira!

Y así nacimos las dos. De nalgas y ayudadas por la comadrona mientras dirigía el médico la operación. Éramos tan parecidas que, para poder distinguirnos, la comadrona decidió ponerle a la mayor un lazo azul en la muñeca, a modo de pulsera.

Eran las seis y media de la mañana cuando nació la primera, y las siete menos cuarto cuando nació la segunda. Mi padre escribió un poema poco después, dedicado a sus cinco hijos, en el que se refería a nosotras así:

Pariguales espigas
que aquel alba de junio
granaron a la vez
tan diminutas…

Toda la casa había estado pendiente del dormitorio principal durante las horas previas al parto, y todo el pueblo había estado pendiente de la casa durante los últimos meses. Mi madre apenas salía: había engordado tanto que casi no podía andar, y la noticia de que los bebés venían atravesados había corrido como la pólvora.

De manera que aquel alba de junio –como diría mi padre–, el comentario general de muchas casas del pueblo se centraba en lo mismo: habían sido niñas, habían nacido bien, y mi madre, pese a lo complicado del parto, se encontraba perfectamente.

Casi cuarenta años después, mi prima nos contó la historia del lacito, añadiendo los detalles que mi madre no conocía o se le habían olvidado. Ella siempre nos dijo que «alguien nos quitó el lacito» y así lo contamos nosotras durante toda la vida, hasta que un día, después de la presentación de uno de los libros de mi hermana, mi prima nos sorprendió con su propia anécdota. La recuerdo contándonoslo entusiasmada, recreándose en cómo nos miraba extasiada, igual que si estuviera contemplando un milagro. Imposible identificarnos a no ser por el lacito que llevaba la mayor en la muñeca.

–Me pasaba horas enteras delante de la cuna, buscando alguna diferencia que pudiera distinguiros.

Le habría encantado cogernos en brazos. Lo deseaba con todas sus fuerzas. Sobre todo, le habría encantado sacarnos de la bañera, extender los brazos con la toalla preparada y envolvernos como a las muñecas.

Pero la hora del baño era el momento más crítico del día, no había tiempo para jugar. Mi madre prefería que ayudase a las niñeras con mis hermanos mayores. Mi prima ayudaba a bañarlos, a ponerles el pijama, a darles la cena y a llevarlos a la cama.

Aún no había termo en la mayoría de las casas del pueblo. El agua solía calentarse en ollas grandes al fuego de la cocina. En mi casa supongo que también la calentarían así hasta que compraron la primera lavadora eléctrica, por entonces, un electrodoméstico muy rudimentario que había que llenar y desaguar a través de un tubo de goma, muy útil para llenar la bañera con agua caliente. Primero se calentaba el agua para los tres mayores. Mientras ellos se bañaban, se iba calentando una segunda lavadora y mi madre daba de mamar a las pequeñas. Después de la toma, mientras los mayores cenaban y se iban a la cama, mi madre y una de las niñeras nos bañaban a mi hermana y a mí.

Pocas veces le permitieron a mi prima cogernos en brazos o entrar en el cuarto de baño cuando estábamos en el agua. Pocas veces le dieron la oportunidad de extender la toalla para nosotras. Muy pocas.

Hasta que un día la hora crítica se convirtió en un caos. Los mayores no querían irse a la cama y las pequeñas tenían tanto sueño que no paraban de llorar. Todas las manos de la casa no habrían sido suficientes para que las cosas se colocasen en el sitio donde deberían estar. La cena de los mayores no estaba lista. La lavadora no había desaguado a tiempo y no terminaba de llenarse. Los cinco niños lloraban. Las niñeras estaban nerviosas, mi madre también. Y mi prima quiso ayudar:

—¿Voy desvistiendo a las niñas?

Mi madre le dijo que sí, y al hacerlo, nos regaló una de las anécdotas que más hemos contado mi gemela y yo en nuestra vida. Al principio, durante casi cuarenta años, según la versión de mi madre, que no recordaba quién nos había quitado la ropa. Después añadimos los detalles de la versión de mi prima, igual a la de mi madre, pero con su actuación en el papel protagonista.

Porque ella fue la que nos desnudó y nos colocó encima de la cama de matrimonio. Ella fue la que nos quitó los faldones, los patucos, las camisitas interiores de hilo, los pañales, las fajas que sujetaban el cordón umbilical y, para estupor de mi madre, el lazo azul.

Mi madre no pudo reprimir un grito de horror cuando nos vio en su cama. Completamente desnudas, completamente deshechas en llanto, completamente idénticas.

–¿Y el lazo?

–Se lo he quitado para que no se moje.

–¿Y quién lo tenía puesto?

–¡Ay, no lo sé!

Nunca lo supieron. Para evitar que sucediera algo parecido de nuevo, ese mismo día nos pusieron los pendientes. Azules para la que sería la mayor desde ese momento y blancos para la que sería la pequeña, independientemente del momento en que hubiéramos nacido.

Mi prima regresó con sus padres después del verano. Debió de casarse más o menos cuando nosotros nos trasladamos a Madrid. Vivía al lado de la playa. Una de mis hermanas pasó muchos veranos en su casa, y la hija de mi prima pasó también algunas temporadas en la nuestra. Me imagino que ella iría a llevarla y a recogerla, o que iría a visitar a mi madre en alguna ocasión, porque se querían muchísimo, pero nunca se le ocurrió contarnos la historia del lacito hasta que mi hermana publicó una de sus primeras novelas, cuatro décadas después de aquella historia que se convirtió en nuestra anécdota más repetida.

Para nosotras fue una sorpresa preciosa saber que había sido ella quien nos quitó el lacito. Su padre fue uno de nuestro tíos preferidos y tanto ella como sus hermanos estuvieron siempre muy presentes en las conversaciones de nuestra casa.

Recuerdo a mi tío haciendo tintinear las monedas en su bolsillo, y mirándonos con una sonrisa que hablaba más que él –y eso que él nunca estaba callado– cada vez que le dábamos un beso de bienvenida a nuestra casa del pueblo. Aquel sonido y aquella sonrisa se han quedado para siempre juntos en mi memoria, unidos a una sensación de plenitud que tenía mucho que ver con el enorme cariño que siempre nos demostró, pero también con la moneda de cinco pesetas que nos daba después del beso. ¡Cinco pesetas! ¡Un duro! Una fortuna, en comparación con los dos reales –la mitad de una peseta– que solía darnos mi padre los domingos, una «paga» que fue aumentando con el tiempo, pero nunca llegó a igualarse con el duro de mi tío.

9. Un hospital como casa

Si pudiera ponerme ahora delante de mi abuelo, le preguntaría si mi madre tiene razón. ¿Nos quería? ¿O su deseo de proteger a su hija le impedía vernos como al resto de sus nietos?

Lloré mucho el día en que murió.

Recuerdo que nos comunicaron su muerte en el colegio y que a nuestras compañeras les extrañó que nos afectara tantísimo. Una de mis primas, una de las nietas a las que él había querido y se lo había demostrado, era compañera de clase de mi gemela y mía, y a ella también le extrañó lo afectadas que estábamos.

Mi prima había tenido una relación muy bonita con él, era de los que vivían fuera del pueblo y cada vez que iban a visitarlo se quedaba en su casa. Lo sintió, claro está, pero no entendía que nosotras lo llorásemos como lo estábamos llorando.

Pero no fue por tristeza. No creo que lo sintiéramos como una pérdida. El sentimiento fue otro. Solo se pierde a quien se ha tenido alguna vez cerca del corazón.

Mi padre había muerto hacía dos años y medio, y nos habían obligado a contener el llanto. La muerte de mi abuelo nos dio un motivo para abrir las compuertas. Lloramos para resarcirnos. Para liberar las lágrimas. O para liberarnos nosotras. Lo supe en su momento de una manera inconsciente y lo sé ahora después de haberlo analizado a lo largo de mi vida, y de las otras muertes cercanas que me ha tocado sufrir.

El sentimiento de contención obligada por la muerte de mi padre se nos había quedado enquistado, latente, esperando volver.

Una marca de la que yo no he sabido liberarme desde que tenía once años.

Dice mi hija pequeña que las cosas que provocan sufrimiento son las que nos marcan, porque son las que nos cambian. Y tiene razón: la desaparición de mi padre me convirtió en otra persona. No solo porque me cambió la vida radicalmente, sino porque, siendo una niña, me encontré con una situación incomprensible para mí, que aún hoy en día me cuesta aceptar.

Mientras fuimos felices hubo cambios significativos en mi vida, pero no recuerdo ningún hecho que me marcase o que supusiera un antes y un después.

Por supuesto, hay hechos muy importantes que no olvidaré, como la primera comunión de mi gemela y mía. La procesión en la que fuimos desde el colegio a la parroquia, con nuestros vestidos blancos de organza, nuestros casquetes, de los que salían unos velos de tul que llegaban hasta el suelo, las medallas de oro colgadas del pecho, los misales y los rosarios de nácar. Mi hermana mayor iba vestida de angelito, y el que nos sigue, de monaguillo. Mi gemela y yo teníamos seis años, a punto de cumplir los siete, o sea que el que nos sigue tendría cinco, y la mayor de las niñas tendría nueve.

Recuerdo también el nacimiento de mis hermanos pequeños, sobre todo el del último. Una de las niñeras, de una forma bastante temeraria, cogió en brazos al penúltimo y, ante nuestro estupor, lo lanzó al aire varias veces gritando:

–¡Ya no eres el más pequeño! ¡Ya no eres el más pequeño!

En aquella época vivíamos en una casa en cuyo patio había un jazmín azul que inundaba las noches de un olor que no he vuelto a percibir en ningún otro lugar. Olor a recuerdos de infancia. A seguridades. A familia. A hogar. Olor azul. Impregnado en la memoria como si en el mundo existiera un único jazmín de ese color, uno solo, el que estaba en un rincón de nuestro patio.

En la casa que yo compré frente a la de mi hermana quise imitar el patio del jazmín azul. Planté uno en una esquina y coloqué unas baldosas parecidas, rojizas y alargadas, adornadas con otras más pequeñas con un dibujo en blanco y azul índigo. El jazmín no soportó el frío seco de Madrid y murió enseguida, y el suelo no era igual que el de mi recuerdo; sin embargo, aquellos dos patios se quedarán para siempre unidos en mi corazón como sinónimos del tiempo feliz.

Cuando mi gemela y yo cumplimos seis años, nos trasladamos a la última casa en la que vivimos en el pueblo. Era una casa con mucha historia. Había sido un hospital. Allí nacieron dos personalidades de las que nos sentimos muy orgullosos: en el año 1530, el primer tratadista de ajedrez del mundo, Ruy López de Segura, y en el año 1778, José Álvarez Guerra, el bisabuelo materno de dos grandes poetas de las letras españolas, Manuel y Antonio Machado.

El edificio tenía una iglesia con salida a la calle. Después, al transformarse en vivienda, la puerta se convirtió en un ventanal y se dividió el espacio en dos alturas. En la parte inferior tenía mi padre el despacho, y la superior conservaba la estructura de la iglesia, y la usábamos los niños para jugar, como el resto del piso de arriba.

Las niñeras nos encerraban en la iglesia cuando nos portábamos mal, y no nos dejaban salir durante un buen rato. Había una lápida en la zona donde en su momento se situaba el altar, y nos amenazaban con que el muerto saldría de su tumba si protestábamos.

Nosotros hacíamos lo mismo cuando queríamos asustarnos entre los hermanos o con los amigos.

–¡El muerto! ¡Que viene el muerto!

Y todos salíamos corriendo despavoridos porque realmente pensábamos que había un cuerpo debajo de la lápida.

Enfrente de nuestra casa había una carpintería. El dueño era muy amigo de mi padre y, siempre que se lo pedíamos, nos hacía espadas de madera. Me recuerdo a mí misma huyendo del muerto, blandiendo mi espada y corriendo escaleras abajo para llegar a la seguridad del piso inferior, donde, curiosamente, jamás se nos ocurrió pensar que podría llegar el difunto.

En el patio central de la casa había otra lápida de mármol, supongo que procedente de la iglesia. Le habían dado la vuelta y la habían colocado a modo de asiento sobre unos pilares. Si se tocaba por debajo, se notaban las letras inscritas, o sea que la lápida había pertenecido a una sepultura clarísimamente. Sin embargo, jamás nos dio miedo. Era el muerto de arriba el que nos asustaba, porque abajo nos protegían mi madre y mi padre. Ellos nunca iban arriba para controlarnos los juegos. Al menos que yo recuerde. A no ser que los invitáramos, como cuando las niñas hacíamos funciones de teatro en una las habitaciones y llamábamos a toda la casa para que hiciese de público, previo pago de una moneda de dos reales (cincuenta céntimos de peseta).

No es que fuese terreno vedado para los mayores. Recuerdo a mi madre, por ejemplo, jugando con nosotros en la azotea el día de la matanza, rellenando de agua las tripas que sobraban de hacer los chorizos. Aquel día no se iba al colegio.

Aunque la matanza solía ser a finales de octubre o principios de noviembre, mi memoria ha guardado los momentos de la azotea siempre como un día de sol. La muerte del cerdo, sin embargo, la recuerdo en la calle trasera de la casa, entre la neblina, con ese frío que cala en las mañanas de invierno en mi tierra. No se me olvidará el chillido del animal mientras el matarife lo desangraba, ni el olor del pelo quemado que inundaba la calle.

También recuerdo a mi madre en la azotea en las tardes de verano, regándonos a todos con la manguera, una vez pasado el infierno de las horas obligatorias de siesta. La recuerdo también pasándose al tejado de la casa de al lado, porque habíamos tirado un zapato.

—Tu padre se puso negro conmigo. Porque, claro, después de verme a mí, vosotros también os pasabais al tejado de la casa de al lado cuando os daba la gana. Yo lo había hecho también en mi casa, cuando era pequeña, y no le daba importancia, pero tu padre se enfadaba muchísimo.

A mi padre lo recuerdo muy pocas veces en el piso superior, solo para asistir a algunas de nuestras funciones. Mi sensación era que el piso superior solo nos pertenecía a nosotros. De alguna manera, había una especie de acuerdo tácito: arriba podía suceder de todo, no hacían falta permisos, y mis padres no subían para no romper lo pactado. Quinientos metros cuadrados solo para nosotros. Nuestro territorio salvaje y particular. Libre de adultos y de normas que no fuesen las que poníamos nosotros. Un mundo lleno de niños, de juegos y de imaginaciones.

El territorio de mis padres era el piso inferior. El de mi padre, la zona del despacho, y el de mi madre, el resto, donde ella marcaba las normas que todo el mundo debía respetar. Un espacio de seguridad donde nada ni nadie podría hacernos daño.

En nuestro piso, por el contrario, reinaban la aventura y la improvisación, los espías, los espadachines, los peligros, los malos, los buenos, el teatro y nueve niños inventando trastadas con un montón amigos. Un territorio donde el muerto podía campar a sus anchas.

Mi hermano mayor había montado el «club» de los niños en dos habitaciones que se comunicaban por una puerta. Las niñas habíamos montado el nuestro en la habitación donde organizábamos los teatros. Cada club con sus normas. En el de los niños no se podía entrar sin permiso, y en el nuestro ellos entraban cuando se les antojaba, les diéramos permiso o no.

El resto de las habitaciones, además de la iglesia, la azotea y una especie de corredor que daba al patio, donde anidaban las golondrinas, eran para todos.

Dos de las habitaciones permanecían cerradas con llave, con su consiguiente incitación al misterio: el chacinero, llamado así porque era donde se curaba la chacina, es decir, los embutidos de la matanza; y una antigua cocina cuyo suelo se encontraba en muy mal estado.

El hecho de que permanecieran cerradas aumentaba el interés que nos provocaban, además de suponer un aliciente al que era difícil no sucumbir.

También había un espacio triangular al lado de la iglesia, muy oscuro, parecido a una leñera, donde tampoco debíamos meternos.

Como era de esperar, a riesgo de una buena reprimenda, no había habitaciones prohibidas que se nos resistiesen.

Guardo muchísimos recuerdos de aquella época. Una de las más felices de mi vida. Al carpintero que nos hacía las espadas, le pedíamos que no se lo dijera a mi padre, porque se enfadaría si supiera que nos aprovechábamos de su amistad.

–No, no, claro que no. Ni se me ocurre –decía cuando le pedíamos silencio absoluto.

Inocentes de nosotros, que volvíamos siempre que se nos rompía la espada y había que reemplazarla. Supongo que mi padre o mi madre le pagarían de vez en cuando por su trabajo, porque éramos nueve niños rompiendo espadas y pidiendo por favor que guardara el secreto. El mismo carpintero acompañó a mi madre a Madrid cuando se mudó, para hacer algunos trabajos en el piso. Dibujó una figura femenina en el quicio de una ventana, que mi madre conservó durante décadas como recuerdo. Soñadora mi madre, siempre soñadora.

También recuerdo los veraneos en un pueblo a pocos kilómetros del nuestro, junto a un balneario de finales del siglo XIX que aún sigue activo. Unos amigos de mis padres tenían un chalé con piscina que hacía las delicias de todos.

Mis padres alquilaban una casa donde se iba la luz con tanta frecuencia que siempre había quinqués de carburo preparados. Una especie de farolas portátiles que dejaban un olor de lo más desagradable. A veces, la luz tardaba varias horas en volver. Era el momento de contar historias de miedo alrededor de la mesa camilla, o sentados en el suelo, rodeando a las niñeras, con las que pasábamos la mayor parte del tiempo.

Otras veces pasábamos el verano completo en una finca situada a pocos kilómetros del pueblo, a donde mi padre podía ir y venir a diario. Allí nos bañábamos en una alberca que a mí me parecía enorme. El agua estaba tan fría que los mayores no lo podían soportar. A los niños, en cambio, no había manera de sacarnos, aunque tuviéramos los labios morados y la piel arrugada.

Igual sucedía en el pueblo, donde había varias albercas que actuaban como piscinas de agua helada y verde. Costaba dos reales la entrada. Por un real más, te daban un tomate o un pepino recién cogidos de la mata, con un poco de sal. Nunca he comido pepinos y tomates más ricos.

A mi madre le encantaba el campo, le recordaba los veranos de su infancia, cuando se quedaba con sus primos en la finca de su abuela materna. Si mi padre no hubiera muerto, probablemente se hubieran hecho una casa para pasar los veranos, una casa con porche y piscina, en un olivar que compraron poco antes de que nuestra vida saltara por los aires.

Nada más terminar el verano, cuando ya empezaban los fríos del otoño, llegaba la feria.

El circo, los algodones de azúcar, los turrones, los cacharritos. La ilusión de un mes de octubre que empezaba con la alegría desbordada en las calles.

Después nos ponían los primeros calcetines de la temporada y sustituíamos las sandalias por zapatos cerrados.

Uno de los recuerdos más bonitos que tengo de los otoños de mi niñez es el calor de los calcetines como un bálsamo bendito, porque mi madre estiraba los veranos hasta que pasaba la feria y había que pensar en la vuelta al colegio.

Era todo un ritual. Mi madre sacaba los zapatos que había guardado cuando terminaba el curso escolar, y comprobaba si nos servían los de los hermanos mayores.

Como mi gemela y yo éramos dos, nunca había dos pares para heredar; además, la hermana que nos antecedía torcía mucho un pie y dejaba los zapatos inservibles, supongo que heredados de la mayor. De modo que mi gemela y yo empezábamos cada otoño en la zapatería comprando unos zapatos nuevos, siempre de la misma marca, la suela de goma y la piel tan rígida que todavía no entiendo cómo mi hermana podía deformarlos.

Con los zapatos regalaban una pelota de goma del tamaño de un puño pequeño, dura y compacta, de color verde. Yo creo que debían de hacerlas con la misma goma que las suelas, porque eran indestructibles también.

Botaban muchísimo más alto y fuerte que cualquier otra pelota, y tenían el olor característico de la goma encerrada en un cajón, uno de esos olores de la niñez, tan evocador como el de los lápices de colores o las lavazas, una mezcla de agua, jabón y lejía, después de la colada, cuyo olor resulta difícil olvidar.

Aquellos zapatos se han convertido en un objeto mítico para toda una generación. No creo que haya un solo español que fuese niño en los años sesenta que no recuerde sus suelas de goma –se las llamaba también «de tocino»– y no haya querido tener una de aquellas pelotas.

Podría escribir muchísimas páginas sobre los recuerdos bonitos de mi infancia. Supongo que cualquiera podría. La niñez suele prestarse a que seamos generosos con ella.

La mía fue tan bonita… Se me vienen a la memoria tantas anécdotas… Tan entrañables… Como las tardes de invierno, al calor de la mesa camilla, con el brasero de picón y las faldas de paño para que no se escapase el calorcito. Nos contaron cientos de cuentos al abrigo de aquellas faldas, de las que tratábamos de no salir, por miedo al golpe de frío que esperaba al otro lado, y a los sabañones que podían formarse cuando no se tenía la precaución de salir poco a poco.

En los días de verano, íbamos con algún mayor a comprar hielo para la nevera, que tenía un compartimento donde se colocaban las barras que mantenían fresco el interior. El hielo se vendía en una fábrica. Yo no podía imaginarme cómo hacían aquellas barras, entre blancas y transparentes, que había que llevar al hombro y protegerse con paños, pues no se podían tocar durante mucho rato porque quemaban. ¡Qué contrasentido! ¡Y qué fascinación! Unos años después, supe que un tío mío tenía una fábrica de hielo en Madrid, y yo soñaba con el momento de ir a ver cómo el agua se transformaba en hielo por arte de magia.

Cuando aún vivíamos en la casa del jazmín azul –nosotros siempre la llamamos por el nombre de la santa que lleva la calle, una joven gaditana con una leyenda terrible–, mi madre nos apuntó a las cuatro niñas mayores en un taller de costura que había unas casas más arriba, en nuestra misma acera, muy cerca de la fábrica de hielo, probablemente para quitarnos de en medio durante un par de horas. Mi gemela y yo no habíamos cumplido los seis años, y las mayores tendrían siete y ocho. Nos recuerdo sentadas en unas sillitas de enea pintadas de colores, mirando siempre hacia arriba, porque todas las chicas que había en el taller nos parecían altísimas. En cierta ocasión, se compraron todas unas sandalias de goma que tenían un adorno en forma de mariposa. Es curioso, porque nunca he olvidado aquellas sandalias, ni la ilusión que nos hubiera hecho poder participar en la algarabía que se montó mientras elegía cada una el color de sus zapatillas. Nos hubiera encantado poder comprarnos un par de aquella preciosidad, pero lo vivimos como si fuera una cosa de mayores con la que no podíamos soñar, y ni siquiera se le dijimos a mi madre.

Otro recuerdo que no olvidaré es el de los cántaros y las fuentes de agua potable. En la mayoría de las casas no había agua corriente; algunas, como la mía, tenían un pozo que servía para atender las necesidades básicas, pero no para beber, de manera que había que ir a buscarla a las fuentes que había distribuidas por diferentes rincones del pueblo, a las que llamábamos «caños». Una de ellas estaba en la plaza del ayuntamiento. A las chicas que trabajaban en mi casa les gustaba ir a aquel caño porque decían que allí no había sanguijuelas. ¡Sanguijuelas! La sola palabra me horrorizaba. Para evitarlas, se colocaban en la boca de los cántaros unos coladores de tela blanca donde jamás vi nada que no fuera agua, pero yo no apartaba la vista hasta que no se habían llenado los cántaros, y procuraba no beber nunca de los botijos, porque, aunque también se vigilaba que no entrase ninguna, la sola idea de que pudieran haberse colado me quitaba la sed.

Había otras dos plazas, ambas porticadas, unidas por un arco, una más pequeña que otra. Cuando se acercaba el verano, la pequeña empezaba a llenarse de puestos de melones. Toda la plaza se llenaba de melones, depositados en el suelo en forma de pirámides que poco a poco se iban achatando, y de un olor dulce y entrañable que se extendía por todo el pueblo.

En fin… hay tantas anécdotas… Vivencias que en su día solo formaban parte de la cotidianeidad y hoy me parecen la expresión de una vida tranquila y feliz, segura, conservada bajo un manto protector que ha convertido los días de mi niñez en un tiempo extraordinario.

Historias que han contribuido a mi evolución personal. A todas les debo parte de lo que soy y cómo soy, y las recuerdo con un cariño inmenso. Mi niñez es mi pueblo, mi casa, mi Arcadia, el centro de la felicidad, donde nada malo puede ocurrir.

Ni siquiera el muerto de la iglesia influyó de una forma negativa en mi desarrollo. Incluso, me atrevería a decir, en el desarrollo de ninguno de mis hermanos o de nuestros amigos. No creo que le produjese a ninguno un trauma, un tabú o nada similar. Al fin y al cabo, era nuestro muerto y lo utilizábamos a nuestra conveniencia.

Mi hija tiene razón. Nos marca lo que recordamos con dolor, aquello a lo que hemos tenido que enfrentarnos y superar. Generalmente, cosas irremediables, sin vuelta atrás.

El primer quiebro de mi vida sucedió cuando tenía once años. El dolor más intenso que había sufrido nunca. Mi primer encuentro con lo irreparable.

Desde entonces, sé que existe la muerte y sé que puede volver cuando se le antoje. Le he visto la cara en demasiadas ocasiones. Cuando menos lo esperas. Sin aviso o anunciándolo con tiempo, siempre vuelve.

10. El gato de Schrödinger

Hay una pregunta que no suele hacerse esperar cuando alguien conoce a un par de gemelos. La misma pregunta formulada una y otra vez con idéntica curiosidad.

—¿Quién nació antes?

A mi gemela y a mí nos la hicieron muchísimas veces. Nosotras nos mirábamos antes de contestar, sabiendo que más de uno aprovechaba la ocasión para contarnos la teoría de que el último en nacer es el mayor, porque se engendró antes que el otro. Un criterio que podría ser válido en los hermanos mellizos, si no se hubieran movido durante todo el embarazo en el vientre materno, pero jamás funcionaría en los gemelos, puesto que se engendraron al mismo tiempo. Es más, ¿cuándo se ha calculado la edad de las personas desde el momento de la fecundación y no del nacimiento? ¿Se puede calcular exactamente cuándo nos engendraron? En algunos casos, sí, claro, cuando únicamente se haya producido una cópula, pero lo habitual es que solo podamos calcular una fecha aproximada. ¿Cómo celebraríamos entonces los cumpleaños? ¿Estimativamente? Sería absurdo, además de muy difícil. Pero el mundo de los gemelos es tan fascinante que da para elucubraciones como esta.

El caso es que nosotras, ante la consabida pregunta, terminábamos planteando una paradoja que bien podría compararse con la del gato de Schrödinger: las dos podríamos ser la mayor y la pequeña. Yo podía ser ella y ella podía ser yo, como el gato dentro de la caja, muerto y vivo a la vez.

No podíamos estar más identificadas. En nuestro caso, se cumplían casi todas las cosas que se cuentan sobre los gemelos: la telepatía, la capacidad para sentir en común, las enfermedades, la premonición de que al otro le está sucediendo algo, las fotos de los carnés intercambiadas, hablar al mismo tiempo para decir exactamente lo mismo, etc., etc., etc. Por ejemplo, las dos nos rompimos el mismo hueso del mismo brazo por el mismo sitio, con una diferencia de unas pocas semanas.

Yo fui la que se lo rompió en segundo lugar. Pocos días más tarde salía de viaje al extranjero y fui a cambiar moneda al banco. Cuando le di mi carné de identidad a la cajera, me miró muy extrañada y me preguntó si no me llamaban también por otro nombre. Al decirle que no, me volvió a preguntar y citó a mi hermana.

–Ah, claro –le contesté riéndome–, esa es mi hermana. Es que somos gemelas.

Entonces me miró como si no entendiese nada y, casi al borde de las lágrimas, me señaló el brazo en cabestrillo.

–Pero ¡es que ella lleva la misma escayola!

No era cierto, se la habían quitado hacía casi un mes y así se lo dije entre risas a la asombradísima cajera.

Dudo que ella recuerde la diferencia de fechas cuando cuente que conoció a dos gemelas con el mismo brazo escayolado. De lo que sí estoy segura, por su cara y su tono de voz, es de que lo habrá contado más de una y más de dos veces, y en algunas de ellas es probable que alguno no lo ha haya podido creer.

A nosotras nos han pasado muchas cosas que parecen increíbles. No las voy a contar porque sería largo y no tendría sentido, pero considero importante resaltar las que ejemplifican mejor la fuerza de nuestra unión. La más curiosa, junto a la del lacito azul y la del brazo roto, sucedió al inicio del puente de agosto de 1974, poco después de nuestro vigésimo cumpleaños.

Mi hermana se había casado con su primer marido. Ya tenía a dos de sus tres hijos, la primera de un año recién cumplido y la segunda no llegaba al mes. Se había quedado embarazada con dieciocho años, para gran disgusto de mi madre y el consiguiente escándalo familiar.

Después del nacimiento de su primera hija, para evitar un segundo embarazo, le había pedido a su ginecólogo que le recetase la píldora anticonceptiva –entonces la llamábamos *antibaby* y estaba totalmente prohibida en este país–, y él le recetó unas pastillas que resultaron ser un complejo vitamínico. A los trece meses nació su segunda hija, que hoy bromea con el engaño del médico retrógrado y la ingenuidad de mi hermana.

Yo aún estaba soltera. Vivía en casa de mi madre, donde nos habíamos reunido para comer, no recuerdo si para celebrar algún acontecimiento, quizás el santo de mi hermana pequeña, o sencillamente porque sí, como hacíamos en tantas ocasiones.

Después de comer se marcharon todos menos mi madre y yo. Mi gemela, su marido y sus hijas se dirigieron hacia una playa situada a unos cuatrocientos kilómetros de Madrid, y yo me eché en el sofá de la salita de estar para dormir la siesta.

De la pared donde se apoyaba el sofá colgaba un tapiz enorme que representaba a Dante y a su adorada Beatriz, una de las reliquias de la casa de mi bisabuela que aún se conservan en casa de mi madre.

Me dormí a los pocos minutos de estirar las piernas. Me encantan esas siestas de verano en las que el sonido de la televisión te adormece como una canción de cuna y, media hora después, también actúa como despertador. Una siesta que dura el tiempo justo para mí, ni un minuto menos, para que el descanso sea reparador, y ni uno más, para no sentir la culpa de lanzarme a los brazos de Morfeo.

Aquella tarde, sin embargo, la televisión debía de tener el volumen muy bajo, o quizá mi madre la apagó para que no me molestase. El caso es que cuando llegó la hora en que debía despertarme, en lugar de recuperar la consciencia, continué en una especie de duermevela muy pesado, y no conseguía abrir los ojos. Fue una sensación muy extraña, la he sentido en otras ocasiones, siempre después de una siesta demasiado larga, pero no con tanta intensidad. Era como si soñase que estaba soñando y fuese consciente de que quería despertarme, pero, cuanto más lo intentaba, más profundamente sentía el sopor del duermevela.

Muchos años después, cuando le conté mi sueño a un sobrino mío muy aficionado al cine, me habló de la película *Origen* y me aconsejó que la viera, porque me iba a impresionar. Ojalá hubiera podido verla con mi hermana, porque, efectivamente, el paralelismo era impactante.

En mi sueño dentro de otro sueño, el lugar del tapiz de la pared lo ocupaba un espejo del mismo tamaño, desde el respaldo del sofá hasta el techo. Cuando conseguí salir del duermevela, me sorprendió comprobar que el espejo continuaba en la pared. Enseguida me miré en él, me incorporé y comprendí que me había despertado dentro de otro sueño.

Contra toda lógica, la imagen que me devolvía el espejo no respondía a mis movimientos. Si yo levantaba un brazo, mi imagen levantaba el contrario, si yo me inclinaba hacia mi derecha, mi imagen se inclinaba hacia su izquierda, si yo intentaba incorporarme, ella se tumbaba, y así con cualquier movimiento, siempre mirándome con ojos retadores.

No sé cuánto tiempo permaneció contradiciéndome. En el mundo de los sueños el tiempo es mucho más relativo que en el espacio-tiempo de la física teórica. Freud decía que la idea abstracta de su existencia se genera en un espacio concreto de la conciencia. En cambio, el inconsciente la ignora. Los sueños, por tanto, son atemporales.

No existe el tiempo en el inconsciente, según el padre del psicoanálisis; sin embargo, percibimos su transcurso, lo sentimos, aunque sea de una forma distinta, deformado, latente, suspendido en un lugar en el que, en determinadas ocasiones, podríamos volvernos locos si estuviéramos despiertos.

A mí me gusta comparar el sueño y la vigilia con un viaje en tren. En los sueños, veríamos el trayecto desde un plano cenital que nos permite ver el principio y el final del viaje. No importa la velocidad que alcance la locomotora. El tiempo se suspende en la ecuación; solo importa el espacio, la línea que une las estaciones de origen y destino.

En estado de vigilia, por el contrario, viajamos en el interior del tren; solo podemos contemplar el trayecto en su linealidad, una estación detrás de otra, dependiendo de la velocidad del convoy. El tiempo en movimiento.

También podría compararse con la proyección de una película que, despiertos, veríamos desde el principio hasta el final, mientras en un sueño la veríamos con un solo golpe de vista, extendiendo todos los fotogramas sobre un plano.

El caso es que a veces recordamos haber tenido un sueño muy largo, cuando en realidad solo llevábamos dormidos un instante.

A mí me pareció que el mío duraba una vida entera.

Resultaba estremecedor comprobar que mi imagen se había rebelado contra mí. Sus ojos clavados en los míos en una especie de desafío que me producía palpitaciones. Su boca en una media sonrisa congelada que no llegó a modificar en ningún momento. Sus músculos tensos.

El tiempo suspendido a su favor.

Hasta que, de pronto, su mirada retadora se fue transformando en otro tipo de miradas, cada cual más desasosegante. En cuestión de segundos pasó del desafío a la burla, de la burla al desprecio, a la prepotencia, a la amenaza y, finalmente, a la malicia del regusto previo a un daño premeditado, esa especie de deleite en el dolor que aún no se ha infligido, pero se conoce el sufrimiento que va a provocar.

Sonrió como si yo supiera que no había nada que pudiera detener lo que estaba a punto de ocurrir. Siniestra, despiadada, perversa. Sacó el brazo hacia mi lado del espejo, me rodeó el cuello con la mano y comenzó a apretar. Y cuanto más apretaba, más intentaba yo despertarme.

Cuando mi hermana volvió de la playa después del puente, lo primero que hizo fue ir a casa de mi madre. Necesitaba verme y no sabía por qué. Y lo primero que hice yo fue contarle el sueño que había tenido el día que se marchó, sin preguntarle cómo lo habían pasado ni qué tal el viaje.

—No te puedes imaginar qué sueño tan horrible he tenido.

Ella me miró como si pudiera intuirlo. Parecía sospechar que mi sueño tenía que ver con el impulso que le había obligado a dirigirse a casa de mi madre directamente, en lugar de ir a la suya como hubiera sido más lógico.

Le conté el sueño hasta llegar al momento en que la imagen me miraba amenazante y percibí la amenaza de una forma tan real que estaba segura de que iba a cumplirse de inmediato.

—¡Qué absurdo morir de un sueño! —repetía yo una y otra vez, intentando volver a la consciencia—. ¡Tengo que despertarme! ¡Tengo que despertarme! ¡Tengo que despertarme!

—¿Y qué paso? ¿Cómo termina el sueño? —me interrumpió mi gemela para sacarme del bucle en el que volví a caer.

—Me mata. Al final me mata y me despierto.

Mi hermana me miró todavía más espantada que antes, sin saber qué pensar y qué sentir, y me preguntó con una angustia similar a la mía.

—¡¿Y cómo te mata?!

—Me estrangula.

Entonces me miró con un «no puede ser» en los ojos con el que también miró a su marido.

—Es lo mismo que yo le iba contando en el coche cuando salimos para la playa, porque quería escribir un cuento de terror cuando llegase.

Supongo que él aún lo recordará y podría corroborarlo.

La pregunta más inmediata estaba clarísima. ¿De dónde partió la historia? ¿Se la transmití yo a ella mientras la soñaba o fue ella quien me la transmitió a mí mientras se la contaba a su marido?

Nunca lo sabremos, de la misma forma que nunca sabremos a quién le pusieron el lacito azul.

No hay duda de que nuestras mentes se fundieron durante aquella tarde de verano. Una en dos, o dos en una, no lo sé, pero existió una conexión digna de utilizarse en un programa de fenómenos paranormales.

El presentador de uno de estos programas quiso llevarnos en una ocasión a su tertulia para explicar la conectividad entre las mentes de los gemelos univitelinos. Según él, se estaban haciendo pruebas en Estados Unidos para ver cómo funcionarían los gemelos en ciertos proyectos sobre espionaje, y el experimento estaba dando resultados asombrosos.

La teoría quería demostrar que, ya que cada una de las células de los gemelos proceden de una sola, desdoblada, si se activa una neurona en el cerebro de uno de ellos, su neurona gemela se activará también, se provocará la misma reacción en los dos individuos y, a la larga, quién sabe si el mismo pensamiento, aunque ambos estuvieran distanciados por cientos de kilómetros, como nos había sucedido a mi hermana y a mí.

Yo me negué a formar parte del programa sobre sucesos paranormales. En aquel momento era profesora de universidad y me horrorizaba pensar que mis alumnos pudieran verme en la televisión para contar cosas que muchos no creerían y alguno podría utilizar como descrédito hacia mí.

Pero a mi gemela le hubiera encantado y trató de persuadirme de que aceptase, hasta que se cansó de escuchar mi negativa repetidamente.

En fin, podría seguir contando cosas increíbles sobre mi gemela y sobre mí relacionadas con nuestra condición de gemelas, es un mundo sorprendente, pero me alargaría demasiado y me apartaría de los objetivos de este libro, del diálogo entre las anécdotas de mi madre y las mías, de su memoria, de su desmemoria, de su miedo a la muerte y de las diferentes vidas que tuvimos que emprender las dos, sobre todo a raíz de nuestras pérdidas más importantes.

11. Una casa con dos puertas

El dolor de la pérdida es físico. De ahí que se lo llame «dolor».

Es un daño que se percibe en el cuerpo. Una especie de garra que aprieta sin piedad. De la frente a la nuca, de la garganta a los pulmones, del corazón al estómago.

La pena se siente por fuera y por dentro.

Nos arrastra como una marea que sube y baja sin control y nos empuja hacia el fondo.

Los músculos se tensan, la respiración se agita hasta tal punto que el aire no entra ni sale. El llanto se agota antes de que llegue a ser reparador. El estómago se dilata y se contrae. El corazón se desboca. El cuerpo se confunde, aturdido, desesperado.

Y duele. Duele mucho.

Siempre me han llamado la atención los diferentes términos que se asocian al dolor, la íntima relación que mantienen el malestar físico y el psicológico, y la capacidad de las palabras para asociarse tanto a uno como a otro.

Verbos como lastimar, herir, dañar, padecer; o sustantivos como desgarro, suplicio, llaga, sufrimiento; son algunos ejemplos de otros muchos términos que pueden aplicarse tanto al dolor físico como a la tristeza.

Yo he sentido cuatro veces en mi vida ese dolor desgarrado ante la muerte. Las dos primeras, con las de mi padre y mi abuelo, con dos años y medio de diferencia. Las otras dos con la de mi gemela y la del padre de mi hija pequeña, separadas por casi el mismo tiempo.

La de mi hermana gemela ha sido la peor, porque he sentido que la perdía para siempre en muchas ocasiones. En primer lugar, cuando me comunicaron el diagnóstico sobre la enfermedad que le provocaba el dolor por el que ingresó en el hospital; en segundo, cuando la sedamos; en tercero, cuando murió y, después, en las incontables ocasiones en que he soñado que volvía y me despertaba con la repetición de su muerte.

El diagnóstico me lo dijo por teléfono una de mis hermanas, la anterior a nosotras, enfermera de profesión. Me llamó a la universidad, preguntó si estaba sola y, cuando le dije que estaba reunida con unos compañeros, me pidió que me sentase. Entonces me dijo el nombre y el «apellido» del cáncer que los médicos estaban buscando desde que ingresó, y el mundo se cayó sobre mí.

Un amigo mío había muerto hacía unos años de un cáncer con ese mismo «apellido». Yo sabía que no tenía tratamiento. Empecé a dar puñetazos contra la pared, me tiré al suelo llorando y les pedí por favor a mis compañeros que me quitasen ese dolor.

Sentía una presión insoportable en el pecho y en el estómago. Como si me los estuvieran apretando con una fuerza extraordinaria. La cabeza me iba a estallar, tenía la sensación de que se me estaba reduciendo, o retrayéndose, como si fuera a darse la vuelta como una pelota de goma rota. No sé… No se puede explicar. Jamás había sentido nada semejante.

Mis compañeros llamaron al servicio médico y acudió la psicóloga, quien intentó tranquilizarme.

–Hemos llamado a tu hija para que venga a recogerte. No puede verte así. Se asustaría mucho. ¿No te parece?

Mi hija mayor llegó al cabo de un rato. Recuerdo el momento en que la vi. Intentando controlar su desesperación para que yo no descontrolase la mía. Pobrecita. Fuerte para mí, aunque estuviera rota por dentro. Sin poder ocultar la inmensa tristeza de sus ojos. Mi niña. Mi apoyo siempre. Mi yerno y ella estaban pasando un momento muy complicado de salud. Tan difícil que nadie habría imaginado que podía llegar otro peor. Parecía que los astros se habían confabulado. ¡Cómo era posible tanto sufrimiento!

Recuerdo que nos abrazamos, pero no recuerdo más. La sensación que tengo es de un consuelo grandísimo.

Fuimos directamente al hospital. Cuando entré en la habitación de mi hermana, me sorprendió su entereza y su falta de dramatismo.

–¿Qué haces tú aquí? –me preguntó–, ¿no estabas en la universidad?

Yo la miré sin decir nada. Enseguida comprendió que habían hablado conmigo, y quiso tranquilizarme.

–¿Estás bien? –me preguntó alargando la mano para que se la cogiera.

–¿Y tú?

Me tumbé a su lado. Apoyé la cabeza en su pecho y estuvimos calladas durante unos minutos. Después le pregunté qué sentía, y ella me respondió que era igual que cuando tienes un accidente de coche y piensas que ha llegado tu hora. Lo aceptas porque sí, sin rebelarte. Porque sabes que no tiene sentido otra cosa.

Unos días después, volví a preguntarle qué sentía, y empezamos a hablar sobre la posibilidad de que hubiera otra cosa después. Ella siempre fue muy descreída, se confesaba atea prácticamente, mientras yo dejaba abierta la puerta del agnosticismo.

–¿Y si hay un Dios? –le pregunté.

–¡Pues imagínate el chasco que me voy a llevar!

Las dos nos reímos de su respuesta y continuamos hablando sobre la posibilidad de la existencia de Dios y del más allá.

–Si lo hay –le dije yo–, mándame una señal, te lo pido por favor.

Ella respondió con el mismo tono descreído y, en cierto modo, también dejó un resquicio de duda en el aire.

–¡De eso nada, guapa! Debe de ser muy difícil. Si se pudiera, papá ya nos la habría mandado.

En aquel momento le di la razón sin pensar en nada más. Después, una vez hubo muerto, le agradecí enormemente que cerrase toda posibilidad de mandarme una señal y, aunque creo verlas en algunas cosas que se repiten a mi alrededor, celebro su clarividencia y me alegro de no tener que estar esperando, como hubiera sucedido si me hubiera dicho que me la enviaría.

Tres años después, murió el padre de mi hija pequeña mientras yo estaba de viaje. Mi hija se había quedado con mi madre y tardaron varias horas en localizarme.

Si se pudiera cuantificar el dolor, si existiera la posibilidad de calcularlo con alguna medida de peso o de volumen, si fuera tangible y se pudiera guardar en algún sitio para intentar amortiguarlo, diría que el de aquella muerte abrió el recipiente donde tenía guardado todo el que había sufrido hasta entonces, y lo rebosó.

Una muerte sobre otra. Y sobre otra. Y sobre otra.

No podía soportarlo. ¡Otra vez no!

La cabeza, el corazón, los pulmones, el estómago.

¡Cómo es posible que duelan así!

Mi hija me necesitaba y yo no podía estar con ella. Y otra vez la misma frase.

—¡Quitadme este dolor! ¡Quitadme esto! ¡Quitádmelo! ¡Quitádmelo!

Mis amigos llamaron a urgencias. Su intención era llevarme a Madrid en ambulancia para que pudiera ver a mi hija cuanto antes, pero el doctor me inyectó un calmante y lo desaconsejó totalmente. Estábamos a más de cuatrocientos kilómetros de distancia. No podía dejarme viajar así.

Después me dijo mi madre que mi hija había intentado subirse por las cortinas. Lo decía haciendo un gesto con las dos manos, como de agarrarse a una liana, porque la niña había intentado trepar de verdad, literalmente. Tenía catorce años, hacía tres años que había muerto mi hermana gemela, su segunda madre. Las profesoras del colegio me habían dicho que evitaba llorar en mi casa para que yo no sufriera. Y la caja donde guardaba ella su dolor también se abrió y se desbordó.

12. Las ramas del árbol

A la muerte de mi gemela, la casa del pueblo les correspondió en herencia a sus hijos. Su marido se quedó con un piso del centro de la capital que compraron poco antes de casarse y alternaban con el del pueblo, sobre todo al principio, a donde se trasladó él definitivamente al cabo de unas semanas. Una vez firmado el cuaderno particional, mi cuñado vació la casa del pueblo y mis sobrinos la pusieron a la venta.

No quedó nada de ella enfrente de mi casa. Yo no pude soportar sus persianas siempre bajadas, y también me marché. Vendí la casa y me mudé a la de mi madre. Mi refugio siempre. Después me compré un piso a pocos metros del de ella. También a la vuelta de la calle.

Había hecho lo mismo cuando me separé de mi primer marido: me fui a vivir con mi madre y después me compré un piso en una calle perpendicular a la suya, al que también me trasladé cuando me separé del padre de mi hija pequeña.

Si lo pienso detenidamente, me doy cuenta de que desde la muerte de mi padre nunca me he sentido anclada en ningún lugar. He vivido en quince casas distintas y de ninguna me ha dado pereza mudarme. Al contrario, me encantan los principios y las primeras veces de cualquier cosa. El primer día de colegio, el primer paraguas, los primeros patines, el primer sujetador, la primera fiesta de nochevieja, el primer beso, el primer bolso, el primer trabajo, la primera paga, la primera noche en una casa nueva, el primer jardín, la primera mirada de mis hijas. En fin...

Cuando salí de casa de mi madre para casarme por primera vez, mi marido y yo alquilamos un piso al lado del de mi gemela y su primer marido, donde vivimos un tiempo precioso y feliz. Después vivimos al lado de otra de mis hermanas, la mayor de las chicas, y tras la muerte de mi gemela estuve a punto de trasladarme a la ciudad donde vive mi hermano mayor.

Primero busqué trabajo en una universidad, donde estuvieron dispuestos a contratarme sin problemas, después le eché el ojo a un piso enfrente del de mi hermano y, antes de ir siquiera a verlo, le comuniqué a mi expareja mi intención de marcharme. Nuestra hija tenía entonces once años y no podía tomar yo sola la decisión.

—No me hagas esto, por favor. Perderé a la niña si te vas.

—Se me hace muy cuesta arriba vivir aquí.

—Pues vuelve a Madrid.

—Es que cada rincón por donde paso me recuerda a mi hermana. Necesito una ciudad en la que no tenga demasiados recuerdos con ella.

—Sí, lo entiendo, pero está demasiado lejos.

—Te la mandaría todos los fines de semana en el AVE.

—Está a punto de entrar en la adolescencia, dentro de nada querrá estar con sus amigos y no querrá venir. La perderé si te vas.

—¡Cómo la vas a perder, si te adora!

—Por favor, yo apelo a tu corazón.

Cuando alguien apela al corazón como último recurso, ya no quedan argumentos racionales para negarle lo que pide. Ya no mandan los pros o los contras que puedan avalar una postura o la opuesta. No. Ya solo manda el sentimiento. El corazón se impone. No hay nada más que poner sobre la mesa. Nada que pese tanto ni convenza con igual rotundidad.

Me quedé, claro, porque mis razones se apoyaban en argumentos parecidos a los suyos. Su pérdida no tenía por qué ser menor a la mía. La niña era su vida. Su razón para respirar. Su latido. Su oxígeno. Su pulso.

Y acerté en mi decisión, porque nadie podía imaginar que solo les quedaban tres años para disfrutar el uno del otro.

En lugar de irme con mi hermano mayor, me mudé a casa de mi madre. Mi refugio siempre, como he dicho, el lugar más seguro al que acudir, donde pisar en tierra firme. Mi anclaje. Pero no solo ella. Mi familia entera es mi anclaje. Todos mis hermanos. En todos me he apoyado en algún momento de mi vida. Las ramas de un árbol donde busco la sombra cuando el sol me aplasta.

Me separé de mi primer marido cuando tenía veinticinco años. Ahora me parece que era una niña. No tenía recursos económicos suficientes para vivir sola con mi hija, y mi madre me ofreció volver a su casa. Yo lo habría aceptado sin dudar, necesitaba refugiarme bajo su ala, pero lo rechacé porque mi hermano pequeño tenía un perro y, además de darme miedo, me había provocado un problema de salud cuando vivía allí, antes de casarme.

Mi hija tenía catorce meses, y me horrorizaba que el perro pudiera contagiarle alguna enfermedad; por eso me fui en un principio con mi gemela. Hasta que, un mes y pico después, decidí buscar algo para mi hija y para mí. Yo hubiera seguido viviendo con mi gemela para siempre, pero ella estaba casada en aquel momento con el padre de sus hijos, y no podía interferir más tiempo en su vida familiar.

Cuando mi madre se enteró de que estaba buscando dónde quedarme, insistió en que volviera a su casa, y yo le repetí mis recelos con el perro. Al día siguiente, recibí una llamada de mi hermano pequeño que no olvidaré nunca:

—Entre vosotras y el perro, no tengo ninguna duda de quién tiene que estar en esta casa.

Y le regaló el perro a un amigo suyo que tenía una finca a las afueras de Madrid. En realidad, no hubiera hecho falta, el animal estaba perfectamente sano, con sus vacunas y sus controles veterinarios en regla, pero hay miedos que se incrustan profundamente y no hay manera de arrancarlos, aunque desaparezca la causa que los provocó. Yo creo que el miedo a los perros es así, irracional y atávico.

Mi hermano lo sabía. Renunció a su mascota cuando mi madre le contó la razón por la que me negaba a mudarme a su casa. Él siguió viendo a su perro en la finca de su amigo siempre que quiso, y yo le estaré eternamente agradecida por su generosidad. Es más, me avergüenza haber consentido que el perro saliera de su casa para que entrase yo.

También le estoy agradecida al penúltimo de mis hermanos, que vive con mi madre y jamás ha pronunciado una queja ante las frecuentes avalanchas de hermanos, cuñados, sobrinos y sobrinos nietos, para los que es capaz de preparar una comida o una cena improvisada en un momento. Y porque siempre que le pido ayuda para cualquier cosa que a mí me parece un mundo, él me la da como si fuese lo más sencillo de hacer.

Y como le estoy agradecida al resto de mis hermanos. A mi hermana pequeña, que se ha presentado en mi casa en varios momentos difíciles de mi vida para hacer realidad una frase que le agradeceré siempre.

–Las penas con pan son menos –me decía entregándome un sobre con una cantidad que jamás consintió en que le devolviese.

Y ya lo creo que mis penas fueron menos.

A mi hermana mayor le tengo que agradecer lo mucho que me ayudó en varios momentos difíciles de mi vida, como cuando llegué al colegio interna, y mi gemela se puso enferma y tuvo que incorporarse casi un mes después. Yo me refugié en mi hermana mayor y no me separaba de su lado, echando de menos a mi padre y a mi gemela con una sensación de orfandad que se extendía mucho más allá de la muerte que acababa de sufrir.

La segunda de las chicas es enfermera, y siempre ha estado para todos en cualquier problema relacionado con la salud. Ella nos ha acompañado en todos los partos, en todas las intervenciones quirúrgicas y en todas las preocupaciones.

Y todos los demás, que siempre fueron generosos cuando tuvieron que serlo. Como cuando tuve que pedirles ayuda en nombre de mi gemela. Se separó tres años después que yo, y se vino a vivir conmigo hasta que encontró un piso donde poder llevar a sus hijos. Fue una época muy dura para ella, con un trabajo por la mañana y otro por la tarde, tres niños pequeños y una economía que con cierta frecuencia no le llegaba para pagar los recibos. Más de una vez llamé yo a mis hermanos para que cada uno aportase una cantidad y ayudarla entre todos. Yo tampoco estaba en buena situación económica y podía hacer muy poco sola. En cada ocasión respondieron todos con idéntica generosidad. La última vez, al primero que llamé fue al que nos sigue a nosotras.

–Ella no quiere que os llame, le da mucha vergüenza, pero lo está pasando muy mal.

–No se lo pidas a nadie más. ¿Cuánto le hace falta?

Y sacó un talonario para firmar un cheque por el total.

Cuando mi gemela se quedó embarazada de su segunda hija, trabajaba en un despacho de abogados donde también trabajaba mi hermano mayor. A mi gemela la despidieron cuando se enteraron del embarazo, y mi hermano mayor se solidarizó con ella y renunció a su puesto de trabajo, especificando la razón de su renuncia.

No puedo estar más orgullosa de mis hermanos.

Hoy en día, mientras escribo estas páginas, estoy pensando también en mudarme. Me acabo de jubilar y mi sueño siempre fue que, cuando llegase ese momento, me iría a vivir frente al mar, muy cerca de la playa donde vive mi hermana pequeña.

Otra vez uno de mis hermanos en mi línea del horizonte. Alguien podría pensar que tengo un problema de dependencia. En este caso sí debería darle la razón: dependo de mi familia, no lo puedo negar.

Recuerdo que un periodista, después de haber leído casi toda mi obra literaria, me lo hizo notar en una entrevista.

–¿Por qué es tan importante la familia para usted?

Y yo le respondí sin dudarlo.

–Porque me encanta mi familia.

Creo que fue la primera vez que reflexioné sobre la influencia de mi familia en mi literatura. Es cierto que se aprecia en todos mis libros, algunas novelas incluso están inspiradas en historias familiares, y también se aprecia en la poesía y el teatro.

Si aquel periodista me hiciese hoy la misma pregunta, mi respuesta no sería diferente: creo que he tenido mucha suerte con la familia que me ha tocado en la vida. No obstante, desarrollaría mi respuesta para señalar que no solo me gusta: probablemente dependa de ella. Y no estoy dispuesta a renunciar a mi dependencia, más bien al contrario, porque se cimenta en el profundísimo amor que nos ha transmitido mi madre, y me gustaría que se mantuviese durante toda mi vida.

También discutimos, claro, a veces muy acaloradamente, y nos enfadamos, damos rienda suelta a nuestra ira como solo se da con un hermano. Desplegamos nuestra capacidad para lanzar dardos lo más certeros posible, actualizamos antiguas rencillas y nos tiramos los trastos a la cabeza sin miramientos.

Es difícil que una discusión con un amigo pueda alcanzar la intensidad que se consigue con la de un hermano. Tal vez se daba al nivel de conocimiento que tenemos unos de otros.

Construimos la imagen del hermano con percepciones de toda una vida, en un entorno compartido por obligación. La del amigo, sin embargo, se construye en un espacio y un tiempo determinado. Tiene mucho más que ver con la imagen que el otro proyecta de sí mismo y con la capacidad de elegir.

De la misma forma ocurre con la imagen que nosotros queremos proyectar. Es muy difícil que la familia modifique la imagen que se ha forjado durante años de cada uno. Los amigos son más permeables, más abiertos al cambio, más proclives a dejarse influir.

Yo comparo la diferencia con ese juego en el que se pide al otro que pinte tres animales, sin explicarle para qué. El resultado siempre le sorprende. El primer animal representa lo que creemos que somos; el segundo, lo que los demás creen que somos; y el tercero, lo que somos en realidad. Pero ¿quiénes somos en realidad? Si le pedimos a un hermano que pinte los animales que nos representarían a nosotros, el resultado sería muy diferente a si los eligiera un amigo y, probablemente, muy distinto al que dibujaríamos nosotros.

Dicen que los amigos son la familia que se elige, pero yo no sé si un amigo pasaría todas las pruebas que pasan los hermanos. Porque es cierto que podemos tirarnos los trastos a la cabeza sin medir el daño, pero también somos capaces de recogerlos del suelo.

13. El universo en la salita de estar

La primera vez que escuché a mis primos hablar de mi abuelo materno como de una persona afable, simpática y afectuosa fue varias décadas después de su muerte, en la boda de alguno de los nietos de mi madre o de sus hermanos, es decir, de alguno de los bisnietos de mi abuelo. Anteriormente, mi abuelo no había salido nunca como tema de conversación fuera de nuestro entorno familiar más próximo, no sé por qué.

Desde luego, en las reuniones con mis primos no lo habíamos nombrado jamás. También puede ser que no lo recuerde, hace tiempo que mi memoria deja mucho que desear, pero, en cualquier caso, nunca había escuchado hablar de él en términos tan cariñosos.

De mi abuela, sin embargo, sí había oído hablar a las hijas de la hermana mayor de mi madre, que nos visitan con muchísima frecuencia y se saben un montón de anécdotas de la familia. Son mis primas mayores. Las llamamos siempre por el apellido, «las primas tal», y adoran a mi madre. La suya murió hace unos años. Era la madrina de mi gemela, y teníamos con ella una relación muy especial. Guapa, elegante, simpática y despistada como pocas personas he conocido, la admirábamos y la queríamos a partes iguales. Ella adoraba a sus hermanas y les transmitió a sus hijos su amor por ellas. Vienen a verla siempre que pueden, sobre todo las hijas que viven en Madrid, que la visitan casi una vez por semana. Antes alternaban la casa de mi tía y la de mi madre; ahora vienen a la nuestra siempre, y me encanta ver el cariño que demuestran por su tías. Ellas siempre las llaman «mis tías queridas», y es verdad que las quieren muchísimo, y se lo demuestran a la menor oportunidad.

A mi abuela la llamaban por un diminutivo que ellas mismas inventaron y no usaba nadie más. La recuerdan llevando helado casero todos los días a la finca donde pasaban el verano, y cuentan historias entrañables sobre ella que a mí me encanta escuchar, aunque ya me las haya contado mi madre.

En la boda a la que me refería, una de mis primas contó una anécdota sobre mi abuelo en la que resaltaba su gracia, su simpatía y lo cariñoso que era. Acto seguido, un hijo del único hermano varón de mi madre contó otra anécdota en la que mostraba a mi abuelo con una imagen similar a la de mi prima.

Me sorprendió tanto que pensé que estaban hablando en sentido figurado, utilizando la ironía y el sarcasmo.

No podían estar refiriéndose a la misma persona. No era posible.

Nosotros habíamos conocido a otro abuelo.

Tanto fue así que tuve que preguntarles para que me aclarasen de quién estaban hablando.

—Pero… ¿lo decís en serio o es ironía?

—No, no. Era un hombre muy divertido y cariñoso. Estricto con las normas de educación, pero encantador.

Yo no podía creerlo. ¿Cómo podía adoptar una persona dos formas de ser tan diferentes, dependiendo de con quién o dónde se encontrase?

No recuerdo haberlo visto reírse, ni cogernos en brazos, ni traernos regalos, ni contarnos un cuento o hacer cualquier otra cosa que se les presupone a los abuelos y probablemente haría con mis primos, sus otros nietos.

Nunca me había cuestionado que mi abuelo pudiera ser diferente y, quizá por eso, o porque al no sentir su cariño tampoco yo desarrollé hacia él un sentimiento muy claro, nunca me había importado que no me quisiera, ni me planteé que pudiera ser de otra forma.

No había tratado apenas a mis abuelos paternos. Murieron cuando yo era muy pequeña, y mi abuela materna antes de que yo naciese. O sea que mi único referente en ese tipo de vínculo era el de un señor antipático que se empeñaba en educarnos para que, en todo momento, nos mantuviéramos tiesos como una vara.

Muchas veces, cuando mis padres viajaban, venía él a nuestro pueblo para no dejar solas a las niñeras con la responsabilidad de la casa y de los niños. Él se había casado por segunda vez con una prima hermana de mi abuela, una mujer pequeñita a la que llamábamos «tía», cuya presencia él solía eclipsar.

No recuerdo un ápice de ilusión cuando los veíamos aparecer, todo lo contrario. Si tuviera que describir con un solo término el sentimiento que nos infundía su llegada, utilizaría el del miedo, un miedo reverencial que él propiciaba conscientemente. Según piensa ahora mi madre, para evitarle a ella disgustos futuros.

Me dolió saber que mi abuelo no era realmente como se mostraba con nosotros. Inflexible, severo, serio, implacable, frío, insensible. Un hombre al que había que obedecer, cuya autoridad jamás se nos habría ocurrido cuestionar.

Sin embargo, solo con nosotros se mostraba de esa forma. ¡Solo con nosotros! No sé decir el tiempo exacto que hacía que murió, pero habían pasado más de cuarenta años. Si no hubiera surgido la conversación con mis primos, jamás hubiera sabido cómo era mi abuelo, ni las diferencias que mostraba con nosotros.

Lo supe cuando yo ya tenía edad de ser abuela. Cuando algunos de mis hermanos lo eran. Y me dolió. Me importó mucho que mi único abuelo no me quisiera o, como piensa mi madre –yo creo que erróneamente–, que no me lo demostrara. Porque me robó la posibilidad de tener un abuelo como el de cualquiera, un abuelo de verdad.

Hasta entonces había pensado que su relación con mis hermanos y conmigo era la normal. La única que podía tener. La que le permitía su carácter. Es más, teníamos como referente al abuelo que aparecía en la primera película de Marisol, nuestro ídolo infantil, donde el abuelo de la protagonista era un cascarrabias que, para colmo, guardaba muchas similitudes con el nuestro: un aristócrata siempre vestido con traje y pajarita, siempre serio, siempre incapaz de mostrar el menor cariño por su nieta porque se lo impedía su forma de ser. La diferencia era que el abuelo de Marisol supo demostrarle su cariño al final de la película, y el nuestro no podía, aunque nosotros no supiéramos la razón.

Pero no era cierto que no pudiera. De sus veinte nietos vivos, los únicos que no sentimos su cariño fuimos nosotros. Solo nosotros. A los demás los trataba como cualquier abuelo trata a sus nietos. Él no era diferente. A mis primos los quería y se lo demostraba.

A nosotros, sin embargo, nos veía como una carga. ¡Una carga!

Y yo me pregunto ahora cuántas veces escucharía mi madre esa expresión. Cuántas veces le dirían que se estaba «cargando» de hijos. Cuántas veces le aconsejarían que pensase más en el futuro. ¿Cuántas se lo diría mi abuelo? Y si no se lo dijo –en los años cincuenta no creo que un padre hablara de esos temas con su hija–, ¿cuántas lo pensó?

Como a casi todas las madres de familia numerosa de aquella época, el confesor le había prohibido a mi madre utilizar ningún método anticonceptivo. Había que conformarse.

–Debes tener los hijos que Dios te mande.

Los hijos que Dios te mande. Una frase que caló hondo en las familias de un país controlado por el nacional-catolicismo.

Hasta que llegó al pueblo un sacerdote con más sensatez y menos ideología, y le permitió utilizar el famoso «método Ogino», el único autorizado por la Santa Madre Iglesia, el que liberó a Dios de la responsabilidad de decidir sobre el número de hijos que debían engendrar las madres de España. La mía ya tenía nueve.

Comprendo que mi abuelo estuviera horrorizado. Pero ¿qué culpa teníamos los niños? ¿Por qué proyectó su miedo sobre nosotros? Podría haberse abstraído de lo que iba a suceder, y centrarse en sembrar el cariño que sembró en mis primos. Disfrutarnos como los niños que éramos, sin el peso de la culpa que nos adjudicó a cada uno mientras íbamos naciendo. Mirarnos como a niños que podrían haberle querido como se quiere a un abuelo, y querernos y demostrárnoslo, como resulta que él sabía hacer.

Pero ¿y mi padre y mi madre? ¿Nos verían también como una carga?

Mi madre nos ha contado muchas veces una anécdota que, desde mi punto de vista, resulta bastante clarificadora. Ella fumaba de vez en cuando, pero se escondía porque no estaba muy bien visto en las mujeres.

Mi padre no lo supo hasta que un día la encontró con un cigarro en la mano y le preguntó muy sorprendido:

–Pero ¿tú fumas? ¿Desde cuándo?

–Es que me han dicho que así se tienen menos hijos.

Él se echó a reír a carcajadas. Llevaban nueve años casados y ya habíamos nacido los nueve.

–Pues deberías haber empezado antes.

Siempre que he escuchado esta anécdota me ha sorprendido su comentario. Porque aunque fuera una broma, y sé que nos quería a todos con locura, me pregunto en qué número se habrían quedado si se hubieran sentido libres de utilizar un método eficaz.

¿Cuál habría sido su número ideal? ¿Dos? ¿La famosa parejita del niño y la niña? Fue lo primero que tuvieron. ¿Habrían ido a por el tercero? ¿Habríamos nacido mi hermana y yo? Nosotras éramos la cuarta y la quinta. No creo que hubieran llegado a tanto.

A veces le he preguntado a mi madre con cuántos hijos se hubiera quedado ella y, por supuesto, siempre tiene la misma respuesta: con los nueve. Pero está claro que no puede decir otra cosa.

–¿Y nunca te lo has planteado?

–¡Vaya cosas preguntas!

–Pero tu vida hubiera sido más fácil con menos hijos.

–Yo nunca he pensado eso.

Yo, en cambio, sí lo he pensado en alguna ocasión.

¡Qué poca cabeza tuvieron!

Sobre todo lo pensé en la adolescencia, cuando empecé a preguntarme qué hacía yo en este mundo y les reprochaba a mis padres el absurdo que suelen reprocharles los adolescentes: no haberme preguntado si deseaba nacer.

O cuando me planteaba cómo hubiera sido mi vida si mi padre no hubiera muerto y me imaginaba que se presentaba un día en el internado a buscarnos.

O si hubiéramos sido hijas únicas mi gemela y yo.

Si mi madre no hubiera tenido que irse del pueblo, ni trabajar, ni meternos a todos internos. Si hubiese podido mimarnos. Tratarnos a cada uno como si fuéramos especiales. Despertarnos con un beso.

Solo cuando estábamos enfermos la teníamos para cada uno individualmente. ¡Ah, qué delicia! Nos ponían una cama en la salita de mis padres y allí pasábamos la convalecencia. Nos regalaban una peseta por cada inyección que nos pinchaban sin llanto añadido.

Mi gemela y yo, si no caíamos enfermas al tiempo, que era lo más habitual, nos llevábamos regalos sorpresa todos los días a la vuelta del cole –un dibujo, una piedra con una forma bonita, una hoja seca, una flor– y contábamos las pesetas que íbamos acumulando, para gastarlas después en el primer supermercado que abrieron en el pueblo, una aventura que nos resultaba de lo más excitante, primero porque lo habían abierto más allá de los límites por donde teníamos permitido movernos, y segundo porque el hecho de coger una chocolatina o una galleta directamente del estante nos parecía un lujo, un placer difícil de igualar.

No se puede mimar a tantos hijos. No se puede coger a cada uno en brazos. Ni llevarlo al colegio de la mano. Ni ponerle un apodo cariñoso. Ni tratarlo de una manera especial. No se puede. No hay tiempo.

Así son las familias numerosas. Se comparte a la madre como se comparte el apellido, con la misma sensación de pertenencia y el mismo orgullo, pero sin exclusividad.

Una familia numerosa funciona como cualquier sociedad. Es un microuniverso estructurado para facilitar la convivencia. A veces resulta muy incómodo y otras muy gratificante, pero siempre es muy especial. Yo no lo cambiaría por nada. Una familia numerosa es garantía de felicidad. De juegos compartidos, de casa repleta de niños, de risas, de travesuras, de anécdotas divertidas, de comidas ruidosas y de mesa grande.

En mi casa del pueblo había dos comedores: el de los niños, donde comíamos los nueve más algún que otro amigo de alguno o de varios, y uno muy grande donde teníamos absolutamente prohibido jugar.

El comedor grande se utilizaba cuando venían a cenar o a comer algunas personalidades relacionadas con el cargo de mi padre, o para celebraciones importantes, como las meriendas de chocolate con dulces de las primeras comuniones.

El único momento en que se levantaba la veda para nosotros, y nos permitían corretear por allí, era en la víspera del día de Reyes, cuando escondíamos los zapatos con el pensamiento puesto en la carta que habíamos escrito unos días antes. Yo siempre ponía mi zapato en el mismo sitio, inocente de mí, detrás de unos cortinones altísimos de terciopelo granate, en un rinconcito que únicamente los Reyes Magos podrían descubrir.

Mis padres comían en la salita de estar. Allí colocaron el primer frigorífico. Hoy en día parece un extraño lugar, pero supongo que entonces sería un acontecimiento, porque no todo el mundo podía sustituir la nevera que funcionaba con barras de hielo por un aparato del que había que presumir. Allí colocaron también la primera televisión –la segunda o la tercera que se instalaba en el pueblo–, ambos de la empresa alemana cuya sede central en España se veía desde mi colegio y desde el autobús donde volvía mi madre de su trabajo.

En la salita de estar recibían mis padres también a sus amigos. Recuerdo aquella salita como si fuera el centro del universo. Y realmente lo era, al menos de nuestro universo.

Recuerdo a mi padre en su sillón y me recuerdo a mí misma a su lado, cogiéndole la mano y besándola. Su mano grande, suave, cálida, todopoderosa.

Cuando venían sus amigos, nos llamaban a los niños a la salita para hacerles las gracias que cada uno teníamos asignadas.

Mi gemela y yo cantábamos y bailábamos *Los gitanos son primores*, imitando a Marisol, nuestro ídolo desde que vimos la película del abuelo cascarrabias. Le teníamos una admiración que jamás he vuelto a tener por ninguna figura pública, compartida con los niños y niñas de nuestra edad, y no solo por los niños: prácticamente toda la sociedad de la época se volcó en la misma adoración por aquella niña que fue creciendo con nosotros y, en el caso de mi gemela y mío, no dejó de alimentar nuestro deseo de imitarla.

Cada vez que salía en la tele, fuera la hora que fuese, aunque llevásemos dormidos varias horas, mi madre nos levantaba de la cama al grito de: «¡Marisol! ¡Marisol! ¡Que está saliendo Marisol!».

Y corríamos todos a la salita para sentarnos en el suelo, frente a un aparato en blanco y negro que en muchas ocasiones perdía la señal y nos dejaba con la miel en los labios.

Los demás tenían también cada uno su momento estelar: un chiste, una travesura, una ocurrencia de la que todos se reían a carcajadas o un rasgo del carácter que le hacía comportarse de una forma diferente. Mis hermanas mayores cantaban una canción sobre el rey Alfonso XII y la muerte de la reina Mercedes, que nos daba una pena horrorosa.

La menor de las niñas era una preciosidad. Parecía una muñeca. Solo con que entrase en la habitación, con una coleta que le hacían en lo alto de la cabeza –«moñicle» lo llamábamos a ese tipo de coleta–, era suficiente para que las visitas quisieran cogerla en brazos y besarla. Mi padre la llamaba «rabisca», probablemente porque no se dejaría tratar como un juguete.

El más pequeño recogía cualquier animal que encontrase por la calle, ya fuese un pájaro, una rana, una hilera enorme de procesionarias del pino o el gato de los vecinos de al lado. El que nos seguía a mi gemela y a mí era especialista en llegar tarde a las comidas o a las cenas porque se despistaba con la hora y no era capaz de mirar el reloj del campanario de la iglesia, visible desde cualquier rincón de la zona del pueblo por donde nos permitían movernos. En una ocasión estuvieron a punto de robarlo. Eran días de feria y una amiga de mis padres se lo encontró de la mano de una extraña, en dirección hacia la salida del pueblo.

—¿Adónde vas con ese niño?

—¡Es mío!

—¡De eso nada, es el hijo del alcalde!

La desconocida soltó a mi hermano y salió corriendo. En otra ocasión, se perdió y lo encontraron vagando solo por la feria. Unos años después se estrenó una película sobre una familia numerosa donde se reproducía el incidente con un niño de la misma edad y el mismo sobrenombre con el que llamábamos a mi hermano. Una de esas casualidades que podrían atribuirse a los universos paralelos de la física cuántica.

El penúltimo, a los cuatro o cinco años, se creía un tratante de ganado y pretendía seguir a los feriantes disfrazado con un sombrero cordobés y un bastón de mi padre. Eso sí, vestido únicamente con sus calzoncillos y su camiseta blancos.

El último no empezó a hablar hasta los tres años y, cuando por fin habló, pidió directamente «un bocadillo de chorizo porque tenía mucha hambre».

A una edad parecida, el mayor, al pasar por el cementerio con mi padre, le dijo mientras señalaba los cipreses.

—Esos árboles parecen nazarenos.

Mi padre lo utilizó en el poema donde nos llamaba a mi gemela y a mí «pariguales espigas». Un poema que suele asaltarme en cada momento importante de mi vida ya sea bueno o malo, porque los últimos versos terminan diciendo:

> *Mis ángeles pequeños, mi tesoro,*
> *¿qué vendaval os llevará y adónde?*

No recuerdo la cara de mis padres ante los alardes de originalidad de sus hijos, pero los imagino orgullosos de nosotros, felices, presumiendo de cada uno y de sus habilidades como si fuéramos especiales.

Y lo éramos, naturalmente que sí. Individualmente y en grupo. Éramos especiales y lo sabíamos.

Aunque formásemos parte de un todo y no les diera tiempo a mimarnos, cada uno era cada uno, especial y diferente.

14. El clan

En las familias numerosas se produce un efecto curioso: en determinadas ocasiones –generalmente en las tristes o preocupantes, pero también en las celebraciones de algún acontecimiento especial–, actuamos sin proponérnoslo de una forma compacta, como un único cuerpo que acude allá donde cualquier miembro del núcleo familiar lo necesita, y le ofrece su apoyo de una forma natural, orgánica, instintiva, generosa, sin necesidad de que nadie se lo pida.

Somos una piña, lo decimos muy a menudo con todo el orgullo del mundo, y lo ejercemos muchas veces hasta sin darnos cuenta. Una piña compuesta por cuatro generaciones de piñones –madre, hijos, nietos y bisnietos–, que no deja de crecer.

Unos años antes de su muerte, operaron a mi gemela de apendicitis y la familia se concentró en la sala de espera, a donde llegó al cabo de una hora uno de los médicos que intervino en la operación.

–Por favor, ¿la familia del paciente? –dijo añadiendo el nombre y el apellido de mi hermana.

Toda la sala de espera se levantó al mismo tiempo y se acercó al doctor como si fuéramos metales ante la presencia de un imán.

El médico no daba crédito. Lo mismo había sucedido cuando operaron a mi hermana mayor de un tumor cerebral y cuando, años después, operaron del mismo tumor al que nos sigue a mi gemela y a mí.

A nosotros nos gusta decir que somos como los gitanos. Una piña que comparte cualquier acontecimiento en la que uno de su piñones se encuentre implicado.

Las presentaciones de los libros de mi hermana y de los míos son otro ejemplo: las editoriales siempre se sorprenden porque todos convocamos a nuestros amigos para que nos acompañen y, en más de una ocasión, mucha gente se ha quedado fuera por rebasarse el aforo.

Y lo mismo sucede con las exposiciones. Tengo cuatro hermanos que pintan –la mayor y la pequeña de las chicas, el que nos sigue a mi gemela y a mí, y el penúltimo, el que vive con mi madre– y, cada vez que exponen su obra, los demás estamos ahí para disfrutar del acontecimiento.

Nosotros nos llamamos cariñosamente «el clan». Le quitamos las connotaciones negativas del término, le añadimos nuestro apellido y le adjudicamos características referidas a los sentimientos que sirven de amalgama para unirnos, entre ellos el cariño, la confianza y la solidaridad, pero podría señalar muchos más.

No quiero decir con esto que seamos originales. Naturalmente que no lo somos. En nuestro país, y quizás en el resto del mundo, debe de haber tantos clanes como apellidos, y probablemente no sea necesario que los compongan únicamente las familias numerosas.

El número de familiares directos de nuestro clan se acerca a los sesenta, al igual que sucede con los de muchos de nuestros amigos de la infancia y la juventud –productos del famoso *baby-boom* de los años cincuenta y sesenta–, pero conozco otros muchos clanes cuyo número de componentes no llega a los veinte ni a los diez.

No obstante, sea cual sea el número de personas que componen un clan familiar, hay un miembro indispensable para su existencia y su supervivencia. Un clan no puede subsistir sin la figura del patriarca. Generalmente la madre o el padre de familia, en muchos casos, convertidos en abuelos.

También conozco algunos clanes liderados por uno de los hermanos, sobre todo cuando fallecen los padres. Suele ser el hermano mayor el que toma el relevo, aunque no es imprescindible.

La vida de un clan está condicionada por la de sus patriarcas. Cuando desaparecen, el clan también tiende a desaparecer, o se desmembra en clanes incipientes.

En nuestro caso, la matriarca es mi madre. Incluso cuando vivía mi padre, la que llevaba las riendas de todo siempre era ella. Pero ejerce su liderazgo sin parecerlo. Con guante de seda, pero con una firmeza que no deja opción a la duda.

Incluso ahora, con su memoria y su capacidad de concentración disminuidas, sigue ejerciendo como la cabeza visible de su familia numerosa. No da órdenes, no organiza las comidas o las compras, no sabe cuántas medicinas tiene que tomar, pero en su casa no se hace nada sin tener en cuenta lo que le gusta y lo que no puede soportar.

Su sola existencia es nuestro factor aglutinador. O como dicen los versos de mi padre:

> *Su presencia, Señor, que no nos falte nunca*
> *porque es motor de nuestras vidas.*
> *Como un hito al que nos aferramos a diario.*

En su casa no hay un día fijo para ir a comer o merendar, ella lo ha evitado porque no quiere que suponga una obligación para nadie. De modo que cada uno va a verla cuando puede.

Sin embargo, es muy frecuente que nos reunamos un domingo o un sábado más de quince o veinte personas en una comida improvisada, sin ponernos de acuerdo, sin nada que celebrar.

Algunos llaman por teléfono el día anterior.

—Mañana vamos a comer. ¿Qué llevo?

Otros, media hora antes.

—Llevo empanada y embutidos.

Y otros se acercan a los postres, cuando se han enterado de que hay reunión familiar.

—¿Llevo helados?

A mi madre le molesta que en lugar de avisarla a ella, se lo digan a mi hermano, que se encarga de organizar una comida para veinte con la misma facilidad que la organiza para dos.

Y la comida se alarga hasta la merienda y la cena, sin más entretenimiento que el de la conversación y los juegos de los niños.

No puede haber para mí un domingo o un sábado más entrañables ni más apetecibles que en los que pregunto qué llevo cuando también lo han preguntado otros cuantos.

Los mayores en el salón, los jóvenes en la salita y los pequeños jugando por cualquier lado.

Charlamos, charlamos y charlamos. Y nos reímos, nos reímos y nos reímos. Siempre nos reímos.

Y lo más asombroso es que somos capaces de mantener una sola conversación, en contra de lo que sucede en la mayoría de los grupos numerosos, donde en una misma mesa puede haber mil conversaciones simultáneas.

En algunos grupos pequeños también puede suceder. Ocurre con frecuencia cuando hay dos personas que hablan por los codos. Incluso sucede con algunos matrimonios. Yo tengo una pareja de amigos que consiguen lo imposible. Aunque parezca mentira, son capaces de hablarme los dos a la vez y pretender mantener dos conversaciones entre los tres al mismo tiempo. Lo hacen sin darse cuenta y no son conscientes del esfuerzo que supone responderles, pero a mí me vuelven loca.

En mi familia, sin embargo, hemos conseguido mantener una sola conversación sin habérnoslo propuesto. Esto solo es posible si se respetan los turnos de palabra y nadie se empeña en hablar por encima de los otros. Una virtud muy difícil de cultivar en nuestro país, donde cualquier tertulia se convierte en un gallinero donde todos hablan a la vez.

Nosotros lo evitamos sin saber muy bien cómo ni cuándo lo hemos aprendido, seguramente para no tener que hablar a gritos, algo que odia mi madre, y porque uno de los principales valores que ha intentado inculcarnos desde pequeños ha sido el respeto hacia los demás.

No quiere decir que no nos interrumpamos. Lo hacemos como en cualquier otra casa, pero con cierto orden. Yo siempre digo que en mi familia, cuando alguien está en posesión de la palabra, si no quiere perderla, no puede pararse para tomar aire, porque es el momento en que otro aprovecha para interrumpirle.

Y el interrumpido le deja que hable, eso sí, molesto porque le han quitado la palabra, pero respetando las reglas del juego y esperando a que otro tenga necesidad de respirar.

Nadie ha dictado una norma para que actuemos de esta manera, pero, aunque yo sea un tanto exagerada, sucede un poco así. El que interrumpe no habla sobre el anterior: le arrebata el turno de palabra y empieza a exponer sus propios argumentos, hasta que tiene la necesidad de respirar y el siguiente aprovecha para repetir la maniobra y poder meter su baza.

Exagero un poco, claro que sí, aunque se acerca bastante a la realidad. Casi todos hemos protestado alguna vez porque «a mí todo el mundo me interrumpe», sin darnos cuenta de que al resto de la familia le pasa exactamente lo mismo.

Como sucede con cualquier otro grupo de personas, pertenecer al clan nos da seguridad. Nos define y nos hace más fuertes. Nos enraíza. Y, en cierto modo, nos determina.

Formamos parte del mismo tronco, nos alimentamos de la misma savia, desde la misma raíz, anclados en la misma tierra, bajo el mismo cielo, unas veces soleado y azul –o reventado de estrellas–, y otras, cargado de nubarrones a punto de descargar.

Pero ya sea en medio de un día radiante o de uno lluvioso, al menos en nuestro caso nos sentimos orgullosos de formar parte de él y, siempre que podemos, acudimos en tropel a representarlo.

Cuántas veces hemos estado en la sala de espera de un hospital y la hemos invadido, como cuando operaron a mis hermanas. Cuántas veces ha salido el médico para preguntar por la familia del paciente, y nos hemos levantado todos para contestar al unísono y dejarle perplejo.

Un solo cuerpo y un solo nombre, el apellido gracias al que formamos parte de un ente indivisible que irá creciendo exponencialmente con los años hasta llegar a ser inabarcable, pero, incluso entonces, seguirá estando ahí para quien quiera llamarlo.

El sentimiento de pertenencia es tan fuerte que ¡ay del que intente enfrentarse a uno solo de sus miembros, porque todos acudirán con un único brazo para defenderle!

Y sucede también en sentido inverso: no es frecuente que uno de sus componentes intente enfrentarse con el resto de forma individual, entre otras cosas porque difícilmente estará solo. Enseguida llegarán las adhesiones de unos o de otros: los que se postulan enfrente, los de al lado y los que intentarán por todos los medios solucionar el conflicto que originó el enfrentamiento. No obstante, sea cual sea el problema, aunque suponga la ruptura definitiva e innegociable, el vínculo no se romperá jamás: el que se aparta seguirá perteneciendo a la familia en la distancia, a menos que se cambie el apellido.

Por otro lado, la individualidad de cada uno de los miembros se suele garantizar adjudicándoles una serie de etiquetas de las que resulta prácticamente imposible liberarse.

El simpático, el tímido, el mandón, el conciliador, el gracioso, el apático, el cascarrabias, el pasota, el coqueto, el inteligente, el listo, el atrevido, el egoísta, el tranquilo, el guapo, el quejica, el generoso, el rencoroso, el egocéntrico, el sensible, el callado, el mimado, el paciente, el parlanchín, el impulsivo, el individualista, el gregario, el manitas, el torpe, el ingenioso, el olvidadizo, el manirroto, el triunfador, el cabezota, el pesimista, el celoso, el inconformista.

¿En qué familia no están representados la mayoría de los roles asociados a cada calificativo? A veces un solo miembro es digno de varios e incluso de algunos que pueden parecer contradictorios. Pero la sabiduría familiar es la sabiduría familiar, y lo que adjudica, adjudicado se queda para toda la vida, como una marca indeleble.

No hay escapatoria.

¿El origen? Qué más da. Suele estar en una anécdota o una forma de comportarse en la infancia, en la adolescencia o en la juventud. No importa, puede ser cualquier cosa. Un defecto, una virtud o un rasgo del carácter que perfectamente podría haber cambiado con los años, pero del que no hay manera de librarse.

Por mucho que se evolucione, se crezca o se esfuerce cualquiera en hacerse a sí mismo, no hay modo de quitarse la etiqueta que el grupo ha decidido que le corresponde.

Da igual que se haya convertido en un hombre o en una mujer completamente diferente. En la familia, por mucho esfuerzo que se haga para modificar la imagen que se forjaron de uno mismo, se le seguirá viendo bajo el prisma que le adjudicaron en su día.

Nadie puede escapar de la imagen que proyecta en los demás, nadie. Desde luego, no en una familia numerosa, aunque no se corresponda con la realidad o aunque la imagen se remonte a un pasado lejano completamente olvidado.

Yo, por ejemplo, siempre seré la última que termina el helado, la tarta o el caramelo, como hacía cuando era pequeña, para darles envidia a los demás. Reniego cada vez que sale a colación el motivo por el que merezco mi etiqueta –en Navidades no suele fallar que se cuenten las anécdotas que acabaron por definir a cada uno–, y para defenderme admito que me gustaba saborear las cosas y tardaba más que mis hermanos, aunque no lo hacía para darles envidia. Pero sé que es inútil, no me quitaré jamás el sambenito, lo sé perfectamente, hace muchos años que lo asumí y, por mucho que reniegue, me hace gracia que se cuente. Es más, me enorgullece.

Así es, me siento orgullosa de ser la protagonista de una anécdota familiar, destinada normalmente a provocar las bromas de los otros, porque ellos también tienen las suyas, y todas y cada una tienen un rasgo en común:

cuando se cuentan, sean las veces que sean, afianzan el sentimiento de pertenencia a nuestro clan.

Así son las familias numerosas: necesitan clasificar a sus miembros para poner cierto orden en el caos.

Cada cual sobrevive como puede en un mundo donde los conflictos están garantizados, pero también las risas, la diversión, la solidaridad, los juegos, el compromiso, los pretextos para celebrar cualquier cosa, las sorpresas, la imaginación, las peleas a muerte, el amor y el concepto de hermandad más intenso, más poderoso, más complejo, más envolvente y bonito que puede haber en el mundo.

15. ¡Corre!

Nunca me he imaginado a mi madre desmontando su casa. Cuántos camiones llenaría con las cosas que podría llevarse a un piso de ciento veinte metros cuadrados –hoy nos parece grande, pero en aquel momento, comparados con los mil que dejaba en el pueblo, a ella le debió de parecer una casita de muñecas–. ¿Cuántos camiones necesitaría para todo aquello de lo que tuvo que desprenderse?

Su vida metida en camiones, su casa, sus cosas.

La protagonista de una de mis novelas –inspirada en mi familia materna, por cierto–, una mujer de la nobleza toledana cuyo marido pertenece al cuerpo diplomático y le trasladan con frecuencia de ciudad y de país, reproduce su casa allá donde va. Acarrea con todos los enseres, desde los muebles hasta las alfombras, las lámparas, las vajillas, los abanicos o las cajitas de nácar, y las coloca exactamente igual en cada vivienda. Su casa eran sus cosas. Sus dominios. Donde se sentía segura. El espacio que la representaba.

Por supuesto, se trata de una ficción muy difícil de llevar a la práctica; no obstante, es cierto que las casas nos representan y, aunque sea imposible reproducirlas, cuando nos mudamos a otras las dotamos de una particularidad común, una suerte de sello distintivo derivado de nuestra personalidad. Nuestra casa nos define como nos define la ropa que vestimos, el peinado o la forma de movernos.

Yo creo que para conocer a alguien de verdad es imprescindible haber visto su casa y sentido su impronta.

Porque somos lo que hemos vivido, y nuestra casa lo dice desde cada rincón. Cuando José Ortega y Gasset escribió «Yo soy yo y mis circunstancias» no estaba pensando en las cosas que se acumulan a lo largo de la vida, o al menos no solo en ellas, pero está claro que entre esas circunstancias se encuentra el pasado. Y los objetos son capaces de guardarlo mejor que nosotros mismos.

Guardamos lo que nos importa. Hay una frase que solemos usar, aplicándola a determinados objetos, que define muy bien la relación que mantenemos con el tipo de circunstancias a las que me refiero.

–Le tengo mucho cariño.

Pero ¿cómo se puede tener cariño a un collar, un sillón o una lámpara? Antes dije que el abrigo de mi padre *es* mi padre, y cualquier saxo *es* el padre de mi hija, porque en ambos casos se identifican los objetos con la persona a quien perteneció, pero ¿qué sucede cuando el abrigo o el saxofón no fueron de nadie anteriormente?

El cariño es un estado afectivo y, como tal, se manifiesta para que pueda ser percibido por el destinatario. Es más, en muchos casos, se desea o se busca su reciprocidad.

Un collar, un sillón o una lámpara no pueden percibir el cariño; por lo tanto, no deberían tener capacidad para devolverlo y, sin embargo, lo hacen. Porque guardan una historia, un momento que deseamos que se quede para siempre, un sentimiento que queremos volver a experimentar a través de ellos.

Mi hija mayor le tiene muchísimo cariño a una gargantilla que le regaló mi gemela, a quien consideraba su segunda madre, igual que mi hermana la consideraba a ella su cuarta hija (tenía dos chicas y un chico). Antes la llevaba casi siempre puesta, porque le gustaba mucho como objeto; si no le hubiera gustado no se la habría puesto, por mucho que se la hubiera regalado su segunda madre. Ahora, sin embargo, precisamente por quién se la regaló, apenas se la pone porque teme perderla.

Es decir, antes usaba el collar por razones fundamentalmente estéticas; ahora lo guarda por razones sentimentales.

Somos nosotros quienes dotamos a los objetos de su capacidad de expresión. Y en cada momento podemos proyectar sobre ellos emociones diferentes.

Yo le tengo muchísimo cariño a las primeras novelas que me recomendó mi madre en la adolescencia. *La esfinge maragata*, de Concha Espina; *Viento del Este, viento del Oeste*, de Pearl S. Buck; *El dios de la lluvia llora sobre México*, de László Passuth, o *Mientras la ciudad duerme*, de Frank Yerby, son títulos que siempre me devuelven a mi madre buscándolos en una estantería preciosa que se trajo del despacho de mi padre, para que los leyésemos cuando éramos adolescentes. Me sucede igual con películas como *Qué verde era mi valle* o *Matar a un ruiseñor*. Y con series de televisión como *Bonanza, El virginiano, Belfegor* o *¿Es usted el asesino?* Títulos que siempre recuerdo asociados a mi madre, que se emocionaba con los mineros galeses, se enamoraba del maravilloso Atticus de Gregory Peck, cabalgaba por las llanuras del Oeste, y se moría de miedo con el fantasma del Louvre o con el sonido del bastón de un asesino que podía ser cualquiera.

No obstante, de la misma manera que somos capaces de dotar de emociones a determinadas cosas materiales o inmateriales, también se las podemos quitar. Porque se puede producir ese efecto en sentido negativo, hay objetos que duelen. Objetos de los que hay que desprenderse para que no nos arañen, o volver a cosificarlos para dejar de otorgarles la capacidad de influir en nosotros.

Para mí, las cosas son cosas. He intentado transmitirles a mis hijas la idea de que, por supuesto, hay que cuidarlas, pero no pasa nada si se rompen accidentalmente, se pierden o hay que desprenderse de ellas. Al fin y al cabo, si las historias que guardan son importantes, no hará falta que haya nada material que nos las recuerde.

Sin embargo, es cierto que hay algunas que duelen, y a otras les otorgamos cualidades difíciles de explicar. A mi hermana y a mí, por ejemplo, nos encantaban los rosarios. Cuando éramos pequeñas, los veíamos colgados en la portería de la iglesia del Cristo milagroso, en una especie de tienda donde también se vendían otros pequeños objetos de culto, como escapularios, estampitas, medallas o misales de nácar para la primera comunión.

Lo que más nos gustaba a nosotras eran los rosarios de colores, un arcoíris de brillos de cristal que nos deslumbraba desde la barra donde colgaban al aire. Deseábamos ardientemente tener uno de aquellos rosarios y pasar sus cuentas una a una, como la mayoría de nuestras amigas, en un ritual que se repetía en el colegio todos los días.

No sé por qué mi madre nunca nos lo compró, a pesar de que se lo pedimos en multitud de ocasiones. Supongo que le parecería un capricho y detrás de nosotras iría el resto de mis hermanos pidiéndole el suyo, y no había economía que soportase los caprichos de los nueve.

Lo mismo nos pasó con un costurero que habíamos visto en el escaparate de una tienda de la calle principal del pueblo. Se lo pedimos a los Reyes Magos, lo pedimos como regalo de santo y de cumpleaños, y también con las diecisiete pesetas que habíamos recaudado en la primera comunión visitando de puerta en puerta las casas de nuestros amigos y de los de mis padres, como era la costumbre. Lo recaudado iba directo a una especie de bolso llamado «limosnera», de la misma tela del vestido, sujeto a la cintura como un adorno. Al final del día, la limosnera abultaba como si contuviera un tesoro.

Pero el costurero nunca llegó. Cuando mi gemela se casó, lo primero que le regalé fue uno precioso que rellené de hilos de colores de diferentes grosores y texturas, además de alfileres, agujas, tijeras, metro, broches, imperdibles y un dedal de metal plateado. Y ella también me lo regaló a mí cuando me casé. ¡Cómo disfrutamos las dos rellenando las cajas! Porque no valía con comprar uno que viniera preparado: tenía que ser parecido al del escaparate de la calle principal de nuestra infancia.

Fue emocionante jugar así con las deudas de la vida.

También lo hicimos con los rosarios. Cada una compró dos iguales con nuestro primer sueldo, y así se iniciaron dos colecciones que se mantuvieron idénticas hasta la muerte de mi hermana. De cada viaje o de cada tienda que nos llamaba la atención, traíamos también una pareja. Los últimos eran amarillos, los compré yo en la catedral de una ciudad donde la acompañé para recoger un premio literario, unos días antes de marcharnos de vacaciones de verano. Su último verano.

Uno de esos rosarios aparece como homenaje a mi hermana en mi primera novela. Una historia sobre una princesa azteca recién llegada a España, casada con un capitán de Hernán Cortés en México. Un libro que le prometí a mi hermana que escribiría de su parte.

–¡Ay, mi princesa! –me dijo abrazada a mí llorando, cuando los médicos nos dijeron que tenía un cáncer de hígado–. ¿La escribirás tú?

–¡Qué tontería! La escribirás tú. Ya verás. Mi hígado es igual que el tuyo, nos haremos un trasplante y todo se arreglará.

Pero el hígado no era el problema principal.

–La situación es caótica –me dijo el médico cuando supieron el origen de la metástasis.

–¿Cuánto tiempo?

–Nunca se sabe, pueden ser meses o días.

Y fueron días. Veintisiete. Solo veintisiete. Desde que ingresó con un dolor en el costado que otros médicos habían confundido con un proceso de ansiedad, hasta que nos dejó. Veintisiete días para despedirse de todos. Para demostrarnos que no le temía a la muerte. Para decirnos a cada uno lo que no olvidaremos jamás.

–¡Cuánto me cuesta separarme de ti! –me dijo cuando la llevamos a su casa para que se fuera tranquila, rodeada de todos los suyos–. Debería haber una ley que dijera que los gemelos se tienen que morir juntos.

–Y la hay –contesté intentando parecer intrascendente–, pero tú te la has saltado.

Hacía unos años que había muerto el hermano de una amiga mía con el que tuve una relación muy especial. Nos habíamos querido muchísimo y, al despedirse, me dijo que se quedaría dentro de mí. Mi hermana sabía que yo le sentía muy dentro y se despidió de una forma muy parecida a como lo había hecho él.

–Me sentirás siempre. Me quedaré dentro de ti, igual que él. Me sentirás, ya lo verás, porque soy tú, igual que tú eres yo –y añadió cuando notó que me estaba tragando las lágrimas–. Llora todo lo que tengas que llorar, pero no dejes que nadie te compadezca.

Pero no lloré. No lloré delante de ella, ni de nadie. Procuré estar lo más fuerte posible y no me separé de su lado hasta el último minuto, en que salí de su casa para ir a la mía un momento. Solo un momento. El que ella aprovechó para irse.

Y entonces sí que lloré. Había compartido toda la vida con mi gemela y no pude compartir su muerte. No podía creerlo. Desde que la llevamos a casa no me había movido de su lado. No podía ser. Salí corriendo y comencé a correr por el parque de enfrente gritando y llorando. No podía ser. No. No. No. No. Recuerdo a su hijo y a mi hermana pequeña corriendo detrás de mí, diciéndome: «¡Corre, corre! ¡Llora, llora!», hasta que me tiré al suelo y mi sobrino me cogió en brazos. Nunca podré olvidarlo. Me acurruqué en él como una niña pequeña mientras mi hermana me acariciaba la espalda. «¡Llora, llora! ¡Tranquila! ¡Llora! ¡Llora!».

Durante mucho tiempo no me perdoné a mí misma haber salido de la habitación. Hasta que un día se lo conté a una amiga y ella me reconcilió con aquel momento.

—Te dijo que le costaba mucho separarse de ti. Aprovechó que saliste de la casa para irse. Si estabas tú, no podía.

Dicen que algunas personas esperan a que lleguen todos sus hijos para poder despedirse. Tengo un amigo que voló de España a Chile cuando su padre enfermó de gravedad, un viaje de doce horas en las que le pedía mentalmente a su padre, una y otra vez, que le esperase. Su padre le esperó. Contra todo pronóstico, aguantó hasta que mi amigo llegó al hospital directamente desde el aeropuerto y se despidió de él.

Mi amiga no pudo encontrar mejor consuelo para mí. Tenía razón, mi hermana aprovechó que yo no estaba presente para irse, y no solo porque le costaba mucho despedirse de mí, sino porque no quiso que se me quedase grabado su último aliento.

Se quedó con una sonrisa en los labios. Así la recuerdo. Sonriendo. Joven. Guapa. Tumbada en su cama con un camisón blanco. Tranquila. Valiente. Convertida ya para siempre en ausencia. Viva en mí, y yo muerta en ella. Una en dos y dos en una. El final de una vida en común, maravillosa e irrepetible, y el principio de otra que tuve que aprender a vivir.

16. Berlín

Durante sus últimos veintisiete días, mi hermana me pidió varias veces que escribiese la novela que ella no podría escribir. Primero me lo pidió en el hospital y después en su casa.

–No te preocupes, tu princesa vivirá, no sé si sabré escribir una novela, pero al menos un cuento escribiré, te lo prometo –le dije en cierta ocasión en el hospital, para que se quedase tranquila.

Unos minutos después, entró su médico en la habitación y le preguntó mientras la reconocía:

–¿No te da pena no volver a escribir?

Ella lo miró con cara de extrañeza y respondió sin tener que pensarlo:

–A mí lo que me da pena es no conocer a mis nietos.

Lo dijo con una tristeza infinita. Su hija pequeña estaba embarazada, la mayor había sufrido un aborto hacía muy poco tiempo y continuaba intentándolo, y su hijo tenía una niña de apenas dos meses, que casi no había podido disfrutar.

–Lo siento... yo...

Mi hermana no dejó que el doctor continuase la disculpa, le tocó el hombro sonriéndole, después me hizo a mí un gesto de complicidad muy suyo y le dijo que no se preocupara por sus novelas, porque yo le había prometido que escribiría una de su parte.

Ella sabía que a mí no me gustan las promesas, me parecen un signo de desconfianza, ni las exijo ni las hago, a menos que no me quede otro remedio, así es que repitió que se lo había prometido y me hizo otro gesto muy suyo, levantando las cejas y frunciendo los labios hacia arriba, como si me estuviera recordando que tenía el deber de cumplirlo.

Dos o tres días después, fue a verla su editora y también le dijo que le había prometido que escribiría su novela.

Su editora recibió la noticia como si fuese lo más natural. Como si lo esperase o lo hubieran hablado previamente.

–Y yo se la voy a publicar.

Se trataba de una de las mejores editoriales del panorama literario internacional. Para mí fue un compromiso en el que ojalá no hubiera tenido que embarcarme. En primer lugar, porque significaría que mi hermana habría vivido y habría podido escribir su libro. En segundo, porque yo nunca había escrito una novela y no sabía si podría hacerlo. Es cierto que lo había intentado algunos años atrás, para hacerle un homenaje póstumo al hermano de mi amiga al que tanto quise, pero mi sueño no era ser escritora, sino profesora, y cuando me llamaron para dar clases en la universidad, dejé las páginas que llevaba escritas en un cajón y me dediqué a la docencia y a escribir textos académicos. Por eso se lo prometí a mi hermana, porque en el caso de su encargo, de quien no me fiaba era de mí misma: necesitaba apoyarme en la obligación de una promesa para cumplirlo.

La novela sobre el hermano de mi amiga la terminaría veinticinco años después de su muerte, tras haberla sacado del cajón en numerosas ocasiones y volver a meterla otra vez porque necesitaba más distancia para poder ficcionar su historia. La que me encargó mi hermana tardé nueve meses en escribirla, porque estaba convencida de que yo también iba a morirme y no quería faltar a mi promesa de que su princesa viviría.

No sabemos la novela que hubiera escrito ella, solo sabemos que habría estado inspirada en la historia de Isabel de Moctezuma, la hija del último emperador azteca, casada con un capitán del ejército de Hernán Cortés, cuyo palacio había visitado mi hermana hacía unos cuantos años, cuando decidió escribir su primera novela.

Pero mi hermana era poeta. Hasta que decidió escribir la historia de la princesa india no había escrito nunca una novela y, para aprender técnicas narrativas, se matriculó en un taller y empezó a buscar documentación sobre el mundo precolombino.

Como primer ejercicio le pidieron que escribiese un texto de quince líneas, empezando con la frase: «Hace quince años que».

Sus quince líneas comenzaron diciendo: «Hace quince años que no hago el amor. No es una queja. Vivo muy bien así, sin la obligada costumbre».

Cuando las leyó en el taller, la profesora le dijo que sus quince líneas merecían ampliarse a quince folios, y cuando llevó los quince folios, le dijo que merecían ciento cincuenta. Así nació su primera novela, una historia desgarrada sobre malos tratos. La primera de todas las que, como ella decía, se fueron colando frente a la de Isabel de Moctezuma.

A pesar de que su intención era empezar *La princesa india* nada más terminar la primera novela, sintió la necesidad de componer una trilogía sobre la incomunicación en el mundo de la pareja, a partir de la historia que nació en el taller, y de ahí surgieron las dos novelas siguientes. Después llegarían la cuarta y la quinta, que, por diversas razones, también se colaron a la que debería haber sido su primera novela.

Hasta que llegó el verano del año 2003, y decidió que ya nada podría interponerse entre ella y la historia que siempre quiso escribir, para la que llevaba acumulando documentación desde que se matriculó en el taller de escritura creativa hacía más de ocho años.

Pero la vida tenía otros planes.

Empezó a sentirse mal en las vacaciones de verano. Los médicos le dijeron que se debía al estrés. Su última novela había sido un éxito de crítica y de lectores impresionante, y no había parado desde que se publicó hacía poco menos de un año. Así es que le aconsejaron relajarse y descansar.

Llevábamos pasando unos días en una casa rural, en las faldas de una zona montañosa del sur, muy cerca de un antiguo molino de aceite convertido en vivienda, propiedad de unos amigos suyos. Mi hermana solía refugiarse allí para escribir el final de sus libros sin que nada la interrumpiera. Yo la había acompañado en varias ocasiones, la última, unos pocos meses atrás. Creo que fue para asistir a un homenaje que se le rendía al dueño del molino, un pintor de reconocido prestigio que convocó a muchísima gente. También venía la hermana anterior a nosotras. Como en el molino no cabíamos todos los invitados, a nosotras tres nos alojaron en la casa rural que mi gemela y yo alquilamos después para pasar el mes de agosto.

Queríamos instaurar una costumbre que se hiciera tradición: alquilar una casa grande durante el verano, donde nos visitaran la familia y los amigos, y pudieran quedarse a dormir.

La idea surgió de mi gemela y yo la secundé en cuanto me la contó.

–Te propongo dos cosas para este verano: que vayamos a México a buscar a la princesa o que alquilemos la casa rural donde estuvimos, para que puedan venir mamá y los hermanos, y también los amigos.

–A México podemos ir en cualquier momento –le contesté–; sin embargo, mamá está muy mayor, puede que sea su último verano. Prefiero la casa.

Estoy segura de que mi gemela sabía lo que le iba a contestar, porque enseguida me propuso otro plan que ya había preparado.

–Pues entonces nos vamos a buscar a la princesa a Berlín. Hay una exposición de arte azteca donde han reunido piezas de un montón de museos del mundo.

Cuando ella decía «vamos a buscar a la princesa» se refería a buscarla físicamente, averiguar en qué tipo de casa viviría, cómo vestiría, qué calzado llevaría, cómo se peinaría y qué joyas podría llevar.

La última semana del mes de julio, antes de empezar las vacaciones en la casa rural, nos fuimos a Berlín. Fue el viaje más bonito que hemos compartido. El último que hicimos juntas a un país extranjero.

Para mí, decir Berlín es decir *La princesa india*, el poblado donde la encontraría Hernán Cortés, la túnica blanca que la cubriría, adornada con un collar de piedras turquesas; sus trenzas anudadas a la espalda, sus sandalias de cintas entrelazadas en dos dedos de los pies, su abanico de plumas de periquito y mango de madera, un anillo con la cabeza de un águila que guardaría en una cajita de piedra, y un colgante de obsidiana y de plata, de unos diez centímetros de largo, con la figura de una mujer coronada como una princesa.

Así fue cómo ella vio a su protagonista físicamente. Y así fue como yo vestí a la mía, la peiné, la adorné y la calcé. No son la misma, está claro que no, nadie podría escribir la novela que ella no pudo, pero me gusta pensar que las dos princesas se parecen muchísimo físicamente y van vestidas iguales, con el mismo calzado y la misma túnica, porque son hermanas gemelas.

17. El colgante azul

Después de la muerte de mi gemela, mi madre se quedó en mi casa una temporada. Yo creo que mi hermana pequeña también. No sé... Mi memoria de aquellos días es una especie de nebulosa donde a menudo no sé cómo moverme, pero yo las recuerdo allí conmigo, y también recuerdo a mis otras dos hermanas pasando todo el día con nosotras, aunque ellas se marchaban a dormir a sus casas. Recuerdo igualmente a mis hermanos y mis cuñadas muchas tardes, y a algunos amigos, entre ellos, un famoso director de cine y su mujer, los dueños del molino y una íntima amiga suya desde hacía muchos años, quienes no habían faltado una sola tarde en el hospital desde que ingresaron a mi hermana, ni en mi salón desde que la llevamos a su casa.

No sé cuánto tiempo se quedó mi madre conmigo, soportando su dolor con la dignidad y la valentía que la han caracterizado siempre. El pilar donde nos apoyamos todos y cada uno, mientras ella busca consuelo en su fe inquebrantable.

Bendita fe que la puede salvar de la desesperación. Y bendita ella, que nos salva a nosotros de la nuestra.

Una de aquellas tardes, en que recuerdo a mi madre y a mis hermanas en mi salón, yo bajé de mi cuarto después de dormir la siesta y les dije que me había despertado con la necesidad de ir a Madrid y perderme sin rumbo por el centro.

—Te acompaño —dijo enseguida mi hermana pequeña—. ¿Adónde quieres ir?

—No, gracias, prefiero ir sola. Me apetece conducir escuchando música.

—Pero…

Todas protestaron con ella y se ofrecieron a acompañarme, pero respetaron mi necesidad de estar sola y me pidieron que tuviera cuidado en la carretera.

El pueblo se encontraba a veintiocho kilómetros de Madrid. Me puse un CD de Cesária Évora, conduje hasta la capital escuchando su maravillosa *Sodade* una y otra vez, y de pronto, sin darme cuenta, me encontré en el garaje público donde dejaba mi coche cuando iba a ver a mi hermana al piso que tenía en el centro.

No lo había previsto así, pero me seguí dejando llevar por mi inconsciente y me dediqué a pasear por las calles que había recorrido con ella.

Aún no le había regalado nada a su nieta por su nacimiento, de modo que aproveché para buscar un regalo por las joyerías que abundaban por la zona.

Cuando nacimos nosotras, la hermana mayor de mi madre nos regaló un collar de corales que mi madre debía guardarnos hasta que cumpliésemos dieciocho años. Un único collar para las dos. Mi madre se lo ponía de vez en cuando y a nosotras nos encantaba.

—Es nuestro —le decíamos mientras ella se agachaba para que lo tocáramos—, ¿cuándo nos lo vas a dar?

—Cuando me lo han encargado —contestaba invariablemente.

Y así fue. Nos lo entregó el día en que cumplimos dieciocho años. Para mí, uno de los regalos más bonitos de mi vida. Uno de esos regalos con historia, que se mantienen a lo largo del tiempo. Lo tuve presente de pequeña, en el cuello de mi madre, y después, turnándomelo con mi hermana gemela durante muchísimos años, hasta que a ella le regalaron uno muy parecido y decidimos que lo guardase yo, aunque seguiría siendo de las dos.

Para mi sobrina nieta, yo quería un regalo parecido, un objeto que utilizase su madre hasta que ella cumpliese dieciocho años. Había pensado en un colgante, para rememorar una costumbre de mi hermana desde hacía unos años. Ella llevaba siempre en sus viajes un barrilito de plata adornado con unas piedras de lapislázuli. Me lo había regalado a mí una amiga común en uno de nuestros cumpleaños, y a ella le había regalado otro, también de plata y con la misma piedra azul, su color preferido. Los dos eran preciosos. Pero a mi hermana le gustó más el mío y lo intercambiamos. En ese momento, me pidió que besase el colgante y, cuando lo hice, ella también lo besó, se acarició con él la mejilla y me dijo cerrando los ojos:

—Así, cuando esté lejos, seguiré sintiendo tus besos y dándotelos yo.

Después de mí, se lo ofreció a besar a sus hijos, a las mías, a su marido, a mi madre y no sé a cuántas personas queridas más, y después lo besaba ella también.

En mi primera novela, la princesa india también lleva un colgante lleno de besos, suyos y de sus seres queridos. Yo lo llamé «besador», y con ese nombre se ha quedado también el barrilito de los lapislázulis.

Mi intención era comprar un colgante con una piedra azul, rozarlo con el besador de mi hermana, y regalarle a su nieta los besos de su abuela.

Recorrí joyería a joyería las calles cercanas al garaje donde había aparcado, pero en ninguna encontré lo que buscaba y decidí acercarme a una platería donde mi hermana y yo habíamos comprado muchas veces pendientes largos de plata. En todos nuestros cumpleaños nos los regalábamos una a la otra, y en aquella platería eran especialistas.

Estaba bastante lejos de donde me encontraba, pero vencí la pereza y decidí darme un paseo más largo del que hubiera querido. Al fin y al cabo, me estaba dejando llevar.

Aún no sabía que muy pronto encontraría la justificación de cada paso que di aquella tarde y de cada decisión que tomé desde que me desperté de la siesta.

Me encontraba a mitad del camino a la platería cuando me llamó la atención un escaparate que me obligó a detenerme de inmediato. Ocupaba prácticamente toda la fachada correspondiente al establecimiento, una especie de chamarilería de productos de calidad, tanto nuevos como de segunda mano, donde podía encontrarse desde un abrigo de visón a una vajilla inglesa del siglo xix.

En el medio justo del escaparate, como una joya que merecía el centro de una composición exquisitamente montada por un buen escaparatista –se notaba que buscaba el equilibrio entre la creatividad y la invitación a comprar–, brillaba colgado de una barra, como un reclamo seguro, un rosario de ámbar amarillo, el mismo color que los últimos que yo había comprado para mi hermana y para mí.

Si creyese en el poder del destino, diría que había empezado a urdir sus hilos en la catedral donde compré los últimos rosarios gemelos unos meses atrás. Pero no creo en el destino. Y si creyera en el poder de la magia, diría que me había guiado hasta el escaparate donde reinaba aquel rosario de ámbar. Pero tampoco creo en la magia. Sí creo, en cambio, que nosotros somos capaces de verla y de crearla, aunque sepamos que no existe. Yo misma interconecté los rosarios. Es probable que si hubiese pasado por el escaparate de la chamarilería en otro momento ni me habría fijado o habría pasado de largo, pero aquella tarde era muy especial. Mi hermana y su nieta estuvieron en mi pensamiento en cada instante y en cada paso. Está claro que mi mente se encontraba abierta a cualquier cosa que pudiera producirse, sobre todo, a la magia de la casualidad. Y en ella sí creo. Desde luego que sí.

Lo creo ahora y lo creía mirando el rosario de ámbar, cuando todavía no había entrado en la tienda –extraña donde las haya–, ni sabía que dentro me esperaba la casualidad más asombrosa que había vivido en toda mi vida, la que hubiera podido hacerme creer en todo lo que nunca he creído, no solo en el destino y en la magia, también en el más allá, si no fuera porque mi mente racional y analítica se negaba a creer en lo sobrenatural, y se sigue negando con todas sus fuerzas.

Me costó trabajo decidirme a pasar al interior de la tienda. Deseaba comprar el rosario, pero se notaba a simple vista que tenía que ser muy caro. Nosotras siempre habíamos comprado rosarios baratos, nada de una colección de piezas singulares, como parecía el de ámbar. Además, sería el primero sin ella. Sin dos, sin pareja, sin compartir la emoción.

Lo miré, lo remiré, me alejé para verlo desde otro ángulo, me acerqué, lo miré desde el otro lado, me acerqué y me alejé de nuevo y, por fin, me decidí a entrar. Si el precio no se alejaba demasiado de una cantidad que consideraba prudente, lo compraría, si no, estaba claro que no era para mí.

Me atendió una señora muy amable, es probable que fuese la dueña, que resolvió mi problema. El rosario era una joya antigua, con el crucifijo y los engarces de plata repujada, que cuadruplicaba o quintuplicaba la cantidad que yo me había planteado como razonable. No era para mí.

Aun así, a riesgo de que no fuera posible, le pregunté si podría tocarlo.

En muchas tiendas de Madrid, y supongo que de cualquier otra ciudad, existe la norma de no sacar nada del escaparate por ningún motivo, aunque contenga un producto que se les haya agotado en los estantes.

El escaparate no se toca, se considera una prerrogativa del escaparatista que no se debe romper. Algunos, incluso, lo especifican en el contrato. Y el de aquella tienda se notaba que lo había compuesto un profesional.

Yo estaba convencida de que la señora me diría que no podía tocar nada del escaparate. No sería la primera vez que me sucedía, y mucho menos sabiendo que no lo iba a comprar. Sin embargo, se subió a unos escalones que sacó de debajo del mostrador, descolgó el rosario de la barra y me lo puso en las manos.

No tengo palabras para describir mi emoción y mi agradecimiento.

Creo que a mi gemela y a mí nos gustaban tanto los rosarios porque son capaces de activar todos los sentidos. El de la vista, por supuesto, con los brillos que a nosotras nos llamaban la atención de pequeñas. El del tacto, cuando se recogen todas las cuentas entre las dos manos o se pasan de una en una con dos dedos. El del sonido, haciéndolas chocar o rozarse unas a otras. Incluso el gusto y el olfato, porque algunos huelen a rosas o parecen caramelos que dan ganas de probar.

Yo me quedé ensimismada acariciando las cuentas. Pensando en lo mucho que habían significado para nosotras nuestras colecciones.

Y, sin soltar aquella joya que no podía comprar, dije como si estuviese hablando para mí misma.

—Yo, en realidad, lo que estoy buscando es un colgante azul.

—Azul, no —contestó la señora con una amabilidad exquisita, respetando mi recogimiento como si pudiera percibir la corriente de emoción que me recorría el cuerpo—, pero negro sí tengo uno.

Entonces se giró hacia un aparador que tenía a su espalda, cogió una llave del primer cajón y se agachó para abrir el último de todos, casi a ras del suelo, de donde sacó un estuche que colocó sobre el mostrador.

Cuento estos detalles porque ella se tomó las molestias sabiendo que el valor del contenido del estuche duplicaba el del rosario y, por lógica, debía de pensar que no podría comprarlo.

He contado esta historia muchas veces verbalmente, y en todas me ha costado continuar sin que se me pusiera un nudo en la garganta. Como me está sucediendo ahora, mientras la escribo por primera vez, porque, cuando la dueña de la tienda abrió el estuche y me mostró el colgante negro, el corazón me dio un brinco y me llevé las manos a la boca para que no se me saliera del cuerpo.

Se trataba de una figura de obsidiana de unos diez centímetros de largo, que representaba el busto de una mujer, con el pecho de plata y una corona del mismo metal, tan similar al colgante que habíamos visto mi hermana y yo en Berlín que cualquiera diría que formaba parte de la exposición.

—¿Qué es esto? ¿De dónde es? —le pregunté a la señora casi sin poder respirar.

La señora extrajo el colgante del estuche y me lo puso en las manos. Se diría que sabía lo que me estaba sucediendo y qué estaba sintiendo.

—No lo sé. Es muy antiguo y lleva el sello del platero. Pero no sé de dónde viene.

—Pero… ¿cuál es su historia?

–No lo sé. No tiene ninguna historia, al menos que yo sepa.

«Claro –pensé yo acariciando a aquella princesa que había encontrado gracias a la casualidad, a la magia o al destino–, la historia la tengo yo».

Por supuesto, compré el colgante y lo rocé con el barrilito de mi hermana para que se impregnara de sus besos.

El rosario, lamentablemente, se tuvo que quedar en la chamarilería: me había quedado en números rojos y me fue imposible comprarlo también.

Cuando llegué a mi casa, le conté a mi familia lo que me había pasado, mientras les enseñaba el colgante y el catálogo de la exposición de Berlín.

Al día siguiente, apareció el hermano que nos sigue a mi gemela y a mí con el rosario de ámbar, y se lo regaló a mi madre.

Parece cosa de locos, pero yo he intentado volver muchas veces a la chamarilería y nunca he dado con ella.

Tuve sobre mi mesa el besador de obsidiana durante todo el proceso de escritura de *La princesa india*. Gracias a ella, me levanté cada mañana con la emoción de que me esperaba la novela.

La escritura fue para mí un salvavidas. Me ayudó a vivir. Me calmó las heridas abiertas y me ayudó a sentir cómo se iban cerrando.

Conseguí terminar la novela en un tiempo récord, porque pensé que yo también iba a morirme y no podía dejarla a medias.

El día en que cumplí cincuenta y un años, la presenté con el besador de la princesa colgado del cuello, en el mismo lugar donde mi hermana había presentado sus obras, rodeada de amigos y de mi familia al completo.

Después de la presentación, me quité el colgante, cogí el primer ejemplar de la novela que me mandó la editorial, el mismo que usé para la presentación, y se lo entregué a la madre de mi sobrina-nieta, para que se lo diera a su hija cuando cumpliera dieciocho años, junto a los besos de su abuela.

18. Nieve

Mi madre se trasladó a Madrid en marzo de 1966, siete meses después de la muerte de mi padre y quince días antes de la Semana Santa. Se había propuesto tener el piso preparado para cuando nos dieran las vacaciones en el colegio y lo había conseguido. Se vino con ella una chica interna para que la ayudase en la casa y cuidase a mis dos hermanos pequeños, quienes ya habían cumplido seis y siete años, los únicos que no estudiaban internos, además de mi hermana pequeña, de ocho años. Mi hermana se quedó durante un curso en casa de una amiga del pueblo, que aún hoy en día considera su hermana. Al año siguiente, la metieron interna con mi gemela y conmigo en el colegio de monjas de Madrid. Los dos varones mayores estaban internos en un colegio de curas de un pueblo cercano al nuestro, donde después también irían los dos pequeños. Y las dos mayores en el mismo pueblo, en uno de monjas, donde mi gemela y yo estudiamos internas el primer curso de bachillerato, antes de trasladarnos al colegio de Madrid.

De modo que sus primeros meses de viuda en la capital los pasó mi madre con mis dos hermanos pequeños y la cuidadora que se vino con ella.

Cuando empezó en la clínica, trabajaba de martes a sábados por las tardes y, para ganar un plus salarial, los domingos y todos los festivos por la mañana, de manera que le hacía falta una persona que la ayudase con los niños. Al principio, con los dos que se quedaron con ella y, después, durante los fines de semana, con la pequeña de las niñas, mi gemela y yo; y con los nueve durante las vacaciones.

En aquellos tiempos, a las empleadas domésticas que hoy llamamos «cuidadoras» o «asistentas» se las llamaba «muchachas», «chicas de servicio», «criadas», «sirvientas», «niñeras» o «doncellas». En las casas grandes solía haber varias. Se las llamaba «cuerpo de casa», un privilegio que no todo el mundo podía permitirse.

En la mía disfrutamos de ese privilegio mientras vivió mi padre. Había cocinera, lavandera, costurera, doncella y dos niñeras que también ayudaban en las labores de la casa. Las niñeras trabajaban como internas, las demás llegaban a primera hora de la mañana y se marchaban a última de la tarde.

La persona que se vino con nosotros a Madrid llevaba interna en mi casa del pueblo desde los dieciocho años y se quedó con nosotros hasta que se casó. Ella era la que ponía orden en las peleas, o al menos lo intentaba, la que cocinaba, la que iba a la compra, la que siempre encontrábamos en casa al llegar. Mi gemela y yo le enseñamos a leer y escribir, y le escribíamos las cartas que le mandaba a su novio, siempre con el mismo encabezamiento: «Espero que a la llegada de esta te encuentres bien; yo quedo bien, gracias a Dios», y el mismo final: «Tuya que lo es». Ella fue la que nos compró el primer sujetador, y la que me tranquilizó cuando me llegó mi primera regla –a mi gemela le llegó en el colegio unos meses después, y me tocó tranquilizarla a mí–; también fue la que me informó al día siguiente de que seguiría sangrando, cuando yo le dije muy asustada que no paraba de manchar, porque sabía que tenía que llegarnos el período en cualquier momento desde que cumplimos doce años, pero nadie nos había contado que duraría casi una semana.

Para mi madre fue una ayuda extraordinaria. Para nosotros fue como una hermana mayor, en quien nos costaba reconocer la autoridad que mi madre le había delegado.

Aún no sé cómo soportó estar a cargo de nueve niños, cuando al mayor no debía de sacarle más de cuatro o cinco años.

El caso es que pasamos con ella momentos inolvidables y la tenemos siempre presente cuando recordamos nuestros primeros años en Madrid.

Cuando nevaba, mi madre la llamaba desde su trabajo y le pedía que nos llevase al parque.

—Déjales jugar con la nieve todo lo que quieran. Aunque se mojen. Cuando subáis a casa, le das a cada uno un vaso de leche caliente y una aspirina.

Si la nevada se producía en período escolar, nos quedábamos en casa con la cuidadora y no íbamos al colegio. Mi gemela, mi hermana pequeña y yo recibíamos las nevadas con una alegría indescriptible, una sensación de libertad a la que las mayores y los varones no pudieron acceder, pues, como he dicho, estudiaban fuera de Madrid.

Ellos, sin embargo, disfrutaron del placer de las cartas que mi madre les mandaba, con el ribete negro de luto en la cuartilla y en el sobre, y el remitente en la lengüeta del cierre: su nombre, sus dos apellidos y el «viuda de» delante del apellido de mi padre.

Mi gemela y yo las recibimos mientras estuvimos en el internado de las dos mayores. Las repartían en el aula de estudios, donde nos reunían a las internas antes de la cena para hacer los deberes. No se puede describir la emoción que sentíamos al ver aparecer a la monja encargada del correo. Llegaba blandiendo el manojo de cartas –todas abiertas y leídas previamente– como si fuera un premio que ella misma otorgaba y nosotras teníamos que merecer. A mí siempre me dio la impresión de que se arrogaba un poder que no le correspondía, como si se apropiase de las cartas por el mero hecho de que nosotras no podíamos recibirlas directamente y, sobre todo, porque las leía antes que nadie, un acto de intromisión en nuestra intimidad contra el que todas nos rebelábamos en voz baja, porque abiertamente hubiera sido impensable.

Para compensar, mi hermana y yo nos inventamos un alfabeto y empezamos a escribirnos cartas encriptadas, como si fuéramos espías, cuyas señas se correspondían con el pupitre y el aula donde las escribíamos, o con espacios como «la felicidad» o «la paz». Hacíamos los sobres con cuartillas cuadriculadas del tamaño de medio folio –no recuerdo que tuviéramos folios en aquella época–, y los ribeteábamos de tinta, para imitar los sobres de luto de mi madre. En nuestro alfabeto particular solo había letras mayúsculas, la A era un guion, la B un palito vertical, la C dos palitos seguidos, la E una uve al revés, y así hasta la Z.

Todavía conservo alguna de esas cartas, que usábamos con la ilusión de burlar el poder de la monja entrometida. Ingenuas de nosotras.

Aquella monja nos producía sentimientos encontrados. Por un lado, un rechazo absoluto y un enorme deseo de gritar contra el despotismo que representaba, y por otro, en cuanto distinguíamos el sobre de luto de mi madre, una especie de síndrome de Estocolmo que se manifestaba en nuestro agradecimiento más profundo cada vez que nos daba la carta, porque conseguía que la recibiéramos como si realmente nos estuviera premiando.

Al llegar a Madrid, se acabaron las cartas. A cambio, junto a mi hermana pequeña, gozábamos de otra ventaja grandísima frente al resto, pues podíamos volver a casa los fines de semana.

Hacía relativamente poco tiempo que se había modificado la jornada escolar. Cuando estábamos en el pueblo, se extendía de lunes a sábado, con un descanso los jueves por la tarde. Pero a finales de los años sesenta se sustituyó la tarde del jueves por la de los sábados, de modo que el fin de semana comprendía el sábado por la tarde y el domingo.

Salíamos del colegio los sábados después de comer, con nuestra bolsa de ropa sucia a cuestas, al estilo de los petates de la mili que después llevaron mis hermanos, y regresábamos los domingos a la hora de la cena, sobre las nueve de la noche.

El mejor momento de la semana era cuando atravesábamos el umbral de la puerta los sábados. Mi casa estaba bastante lejos y mi madre no podía ir a recogernos porque empezaba a trabajar a las tres de la tarde, así es que cogíamos solas el tranvía y el autobús. Los domingos, sin embargo, mi madre trabajaba en el turno de mañana y podía llevarnos de vuelta al colegio. Lo hacía siempre en un taxi.

Por aquel entonces no había abonos transporte ni nada que se le pareciese. El tranvía costaba 1,5 pesetas (igual que el metro) y el autobús 2 pesetas. Me imagino que, para cuatro personas, el taxi saldría más o menos al mismo precio que cuatro billetes de tranvía más cuatro de autobús.

O también puede ser que mi madre hiciese un esfuerzo económico porque, eligiendo un transporte más rápido, nos alargaba un poco la tarde. No lo sé. Si tuviera que elegir una de las dos razones, me quedaría con esta segunda. A ella se lo he preguntado, pero ya no lo recuerda.

Como contrapunto a la ilusión de los sábados, las tardes de los domingos eran terribles, tan cortas que parecía que la hora de la comida se juntaba con la de coger el taxi.

A veces íbamos al cine, otras al parque o a merendar con la hermana pequeña de mi madre y sus hijos. Si íbamos al cine, solo podíamos ver una película de la primera sesión. Si salíamos al parque o a una cafetería, había que volver pronto para ponernos el uniforme y preparar la bolsa con la ropa limpia.

El tiempo se iba sin que apenas pudiéramos contarlo, sobre todo en invierno, cuando a las seis de la tarde ya empezaba a oscurecer y, en el momento de subirnos al taxi, la noche se había cerrado por completo.

Nada más salir del cine o de la cafetería, yo diría que incluso antes de entrar, el estómago empezaba a encogerse, en una sensación de vacío que se confundía con la angustia y con el dolor por la separación de mi madre. Todavía no habíamos superado la muerte de mi padre, y el sentimiento de desamparo se agudizaba a medida que se acercaba la hora de buscar el taxi.

Era como si tuviéramos que entrar en la cárcel. Con sus horarios rígidos, su control permanente, sus filas en orden y sus prohibiciones. Un mundo hostil donde las monjas nunca fueron nuestras aliadas, sino el enemigo al que temer.

Recuerdo con verdadero horror los días previos a la vuelta al colegio después de las vacaciones de verano. Los preparativos de la ropa, que había que marcar con el número que nos habían asignado las monjas. Mi gemela y yo teníamos el 69 y el 68 respectivamente. En el colegio de mis hermanas mayores habíamos tenido el 11 y el 34.

Es curioso que, por muchos años que pasen, no olvide esos números que había que marcar en toda la ropa.

En el colegio de Madrid teníamos que llevar algunas prendas que nos chocaban muchísimo; entre otras, un peinador, una especie de capa que cubría desde el cuello hasta debajo de los hombros, que mi madre nos hizo a juego con las batas y que no usamos jamás. Las monjas eran tan raras para nosotras, y utilizaban términos tan extraños, que parecía que habíamos llegado a otro mundo. A los servicios los llamaban «las fuentes»; al comedor «refectorio»; a las bragas, «culotte», un término francés que nosotras no habíamos escuchado en la vida; para que la fila de alumnas se detuviese o marchase, usaban una especie de crótalo cuadrado de madera o de castañuela pequeña a la que llamaban «señal», cuyo sonido era una orden que a nadie se le ocurriría desobedecer. Había que llamarlas «madre» seguido del apellido. Pero eran lo más alejado a una madre que cualquier niño podría desear.

La primera vez que llegamos al colegio mi hermana pequeña, mi gemela y yo, la monja encargada de los dormitorios nos dio instrucciones para ducharnos antes de irnos a la cama en días alternos. En los años sesenta la ducha diaria no era una costumbre en nuestro país. La mayoría de la gente se bañaba los sábados y, algunos, con suerte.

—Las duchas están al final del pasillo —nos dijo sin atravesar la puerta del cuarto que ocupábamos las tres—, encontraréis las toallas detrás de la puerta. Solo tenéis que llevaros el *culotte*, el camisón y la bata.

—Pero… madre… nosotras no tenemos *culotte* —le respondimos mi gemela o yo, no recuerdo cuál, incluso puede ser que habláramos al mismo tiempo, como nos ocurría con frecuencia.

–¡Cómo no vais a tener *culotte!* –insistió ella.

–Mi madre no sabía que había que traerlo…

–Pero ¿qué tonterías estáis diciendo?

–Es que… nosotras… no tenemos…

–¡Todas las niñas tienen *culotte!*

–Pues… nosotras no…

–Entonces, ¿qué lleváis debajo del uniforme?

No fue capaz de decir la palabra «braga». Mantuvo el equívoco por unos minutos pudiendo haberlo deshecho en un segundo. Después nos dedicó una mirada que a nosotras nos pareció de desprecio, y cerró la puerta dejándonos con el término francés grabado en la memoria para toda la vida.

Mi hermana pequeña era la que peor llevaba las vueltas de los fines de semana. Mi gemela y yo, por lo menos, estábamos juntas. Después de la cena, a ella la llevaban antes a la zona de los dormitorios y debía esperar sola en nuestro cuarto hasta que nosotras llegásemos.

–No me dejes aquí, por favor, mamá, no me dejes –le decía a mi madre al llegar al colegio–, que las monjas parecen muy buenas cuando estás tú, pero cuando te vas se vuelven malas.

Y se abrazaba a sus piernas sin parar de llorar. Tenía ocho años y nosotras, con doce, tratábamos de calmarla camino del comedor. Mi madre esperaba detrás de las puertas del zaguán hasta que dejaba de oír su llanto. Entonces, se echaba ella a llorar.

Y así, un domingo sí y otro también.

Pero, si nevaba, todo daba un vuelco maravilloso. En aquella época ocurría con mucha más frecuencia que ahora. Salvo la gran nevada que nos trajo la borrasca Filomena en enero de 2021, y otra bastante grande en 2005, no recuerdo nevadas tan copiosas como las de mi niñez. Entonces sí nevaba cada invierno y, aunque estuviéramos ya en el taxi cuando los copos empezaban a caer, mi madre le pedía al conductor que se diera la vuelta y nos llevase de nuevo a casa.

Para mí, la nieve tiene siempre el mismo significado: mi madre liberándonos de un suplicio, sustituyendo el infierno del colegio por los muñecos de nieve en el parque, las batallas de bolas, el chapoteo en los charcos y el vaso de leche caliente con una aspirina.

Cuando vivíamos en el pueblo, la mezclaba con limón para hacernos granizados.

Mi madre y su capacidad de transformar lo cotidiano en una fiesta, las cosas pequeñas en grandes momentos que recordar. De la misma manera que podía dotar a la nieve de un sentido liberador, era capaz de transformar los viajes en metro, tranvía o autobús en una excursión emocionante.

—Hoy vamos a ir todos juntos en metro. Es un viaje muy largo, así es que tenéis que ir todos de la mano.

Y nosotros nos sentíamos niños con suerte.

—¡A tapar la calle! ¡Que no pase nadie! ¡Que pase mi abuelo comiendo buñuelos!

Nos descubrió la maravilla de poder ir a los cines de sesión continua como si fuese un privilegio: dos películas a las que se podía entrar en cualquier momento y quedarse hasta que uno quisiera, generalmente, hasta ver el principio de la película que estaba empezada cuando llegábamos. La oportunidad de conocer el parque más grande de España, con su lago, sus palacios, sus marionetas y sus fuentes. El parque donde en una ocasión tuvo que defendernos de un camarero que intentó unificar el pedido que empezamos a gritar los nueve niños, mis primos y algún que otro amigo.

—Yo quiero Coca-Cola —dijo el primero.

A partir de él, continuó una recua de niños ávidos por tener su refresco.

–Yo también.

–Yo Fanta de naranja.

–Yo de limón.

–Yo granizado.

–Ah, pues quite mi Coca-Cola, yo también quiero granizado.

–Yo quiero horchata.

–Y yo.

–Y yo.

En el momento en el que las voces de los niños se superpusieron unas a otras, el camarero atajó de un golpe y lanzó un grito que terminó con la algarabía.

–¡Coca-Cola para todos!

Pero mi madre no se dejó amedrentar por el alarido.

–¡No, señor! –le dijo sin levantar la voz, mirando al camarero con una autoridad que nadie podría discutirle–. Voy a pagar todas las consumiciones. Así es que cada niño tomará lo que le apetezca. Tome nota, por favor.

Y todos volvimos a cantar nuestra bebida, orgullosos de que mi madre se hubiera aliado con nosotros. ¡Cómo no íbamos a alegrarnos de nuestra buena suerte!

Como colofón, a veces nos llevaba a bañarnos a unas instalaciones que llamaban «la playa de Madrid», en realidad una serie de piscinas que nos parecían enormes, a la ribera de un río con poco caudal, y mucho barro en el lugar donde debería haber arena.

En otra ocasión nos llevaron a un río cercano a Madrid. Mi madre con sus nueve niños, su hermana pequeña con su marido y sus dos niños y mi abuelo con su segunda mujer. Mi abuelo llevaba su pajarita y su traje, y los demás íbamos con prendas de verano: los niños con los bañadores debajo de los vestidos o los pantalones, y los mayores supongo que también. Todos en una camioneta de reparto del hielo de la fábrica de mi tío, a donde, por cierto, nos habían llevado a todos nada más llegar a Madrid, supongo que de dos en dos, porque a los nueve era raro que nos llevasen a la vez a ninguna parte.

Al río también fue el perro de mis primos. Aún me pregunto cómo cupimos todos en aquella furgoneta. Mi madre tendría la edad que tiene ahora mi hija mayor, y mi tía tres años menos. Eran jóvenes y divertidas, y no se cansaban de hacer planes para tenernos contentos.

Nos habían embarcado en la excursión con una emoción enorme. Yo me imaginaba un río caudaloso y ancho, con las riberas verdes y mullidas, como los que había visto en algunas películas, pero nos encontramos con un riachuelo por el que apenas corrían unos hilillos de agua. Los niños jugamos a saltar los charcos y a corretear detrás del perrillo, que se volvió loco yendo de allá para acá, y los mayores supongo que disfrutarían de vernos a todos juntos, en un día diferente a cualquier otro, irrepetible y feliz.

En otra ocasión se fueron las dos a un camping con mis hermanos pequeños y el hijo pequeño de mis tíos. Era la primera vez que mi madre iba a dormir en una tienda de campaña y la única manera de veranear en la playa que se podía permitir. Se habían hecho las dos unos vestidos muy cómodos para ponerse sobre los bañadores, que jamás se hubieran usado en sus vidas cotidianas: una especie de batas sueltas, sin mangas y sin botones, al estilo de las que antiguamente se llamaban «bambos».

–¿Con esto vamos a ir? –le preguntó horrorizada mi tía cuando se los probaron.

–¡Qué más da! Si nadie nos conoce.

Se habían llevado tres perros, el de mi casa y dos de mi tía. Iban a todas partes con sus bambos, con su pelo recién salido del agua, con los niños y con los perros, incluido al cine de verano, donde en una ocasión pusieron una película llamada *El clan de los dóberman* de la que estuvieron a punto de echarlos por el jaleo que montaron los animales, que debieron de pensar que ellos también participaban en la película, donde los dóberman no paraban de ladrar.

Cuando mi madre volvió a su trabajo de la clínica, un paciente le preguntó si había estado en un camping durante sus vacaciones. Ella no sabía dónde meterse, se veía a sí misma con el bambo puesto, los perros ladrando y peinada de cualquier forma, y le contestó tímidamente que sí.

–Claro –le dijo él muy ufano–, si yo se lo estaba diciendo a mi mujer, que era usted. Pero, claro, es que cambian ustedes tanto...

No le hizo falta decir más; mi madre se puso roja como un tomate y se juró a sí misma que jamás volvería a decir «qué más da, si nadie nos conoce».

Mis primos se venían a dormir a mi casa en muchísimas ocasiones, el niño tenía la edad de mis hermanos pequeños, y la niña –la misma que iba a nuestro colegio de Madrid–, la de mi gemela y yo. Mis tíos eran socios de un club en el que había una piscina. No nos podían invitar a todos al mismo tiempo, pero sí de dos en dos, como solía suceder con otras invitaciones (incluso ahora nos invitan de dos en dos a ciertas celebraciones). Así es que, al menos una vez por semana, nos llevaban a bañarnos mientras mi madre trabajaba. De algún modo, mi tío representaba para nosotros la figura paterna y mi tía siempre fue como una segunda madre, que apoyaba a su hermana todo lo que podía.

Fueron tiempos de carencias, en los que nos sentíamos diferentes, huérfanos de padre y ausentes de madre en muchos momentos en que los otros niños sí las tenían –las fiestas del colegio, los cumpleaños y algunas que otras celebraciones–, pero ella nos enseñó a disfrutar de las cosas pequeñas y buscar el rayito de luz que siempre se cuela por entre las nubes, por muy negras que se acerquen.

19. La puerta falsa

Si tuviera que pintar un retrato de mi madre –y la vida me hubiera regalado el don de dibujar, del que carezco sin duda alguna–, la representaría enhebrando una aguja, sentada en un sillón cómodo, como el que tiene reservado en el salón de su casa, junto a la mesita auxiliar donde invariablemente reposa el libro que está leyendo, además de sus gafas, el rosario, un monedero donde guarda la llaves del buró («bargueño», para los que se resisten al galicismo y prefieren conservar el origen toledano del término), un paquete de pañuelos de papel, unas tijeritas de uñas, un abanico o dos y varios libros de oraciones que relee cada día después de escuchar la misa en la tele.

La mesita es de caoba, muy antigua, herencia de mi abuela. En sus tiempos fue la arquilla de una máquina de coser, una especie de pequeño arcón con patas altas, donde se guardaba la máquina y servía como base para usarla. Hoy está llena de papeles que algún día habrá que ordenar o tirar. Ahora no. Ahora se resiste a tirar incluso lo que no tiene importancia. Los extractos del banco, las invitaciones de bodas, los recordatorios de los bautizos o de las comuniones de sus bisnietos y alguna que otra fotografía escapada de los álbumes que le encanta mirar.

A veces, se pasa las horas ojeándolos, dándoles movimiento a las imágenes fijas, reviviéndolas, repasando detalles, nombres que sorprendentemente recuerda, fechas, alegrías, momentos inmortalizados sin saber que servirían para entretener una tarde entera a mi madre y devolverle porciones de su vida.

Hace unos años le regalamos un álbum en forma de libro, de esos que se encargan por Internet, donde recopilamos fotografías de siete generaciones de su familia, desde sus bisabuelos hasta sus bisnietos. Desde el sepia de las fotografías más antiguas, hasta el color de los últimos niños nacidos en la familia. Se puede pasar tardes enteras mirándolo, enseñándoselo a su cuidadora y contándole las historias de Manila que le contaba su madre, como cuando su abuela llegó cierto día a su casa y, al subir las escaleras, sintió mucho frío en el pasamanos.

–Pero ella siguió agarrándose y, de pronto, notó que se movía –nos cuenta mi madre con un gesto de asco y de horror–. Resulta que era una serpiente.

O la historia de uno de los hermanos de su madre, muerto mientras mamaba del pecho de su nodriza.

–¡Qué horrible! Se tragó un alfiler de la pechera del uniforme. Eran aquellos uniformes negros típicos de las amas de cría, con una chorrera blanca de volantes. El alfiler se debió de desprender y el niño…

La cuidadora la mira con cara de espanto y continúa preguntándole cosas sobre las fotos, hasta que terminan el álbum y empiezan a mirarlo otra vez. ¡Qué lindas las dos! Parecen una abuela con su nieta, contándole las historias de siempre.

El sillón donde yo pintaría a mi madre es uno de los muebles que conserva de la casa del pueblo, junto a su gemelo, como recuerdo del despacho de mi padre, situado en una zona de la casa donde no nos dejaban estar: su despacho, el de su secretario y una sala de espera a la que nosotros llamábamos «la salita verde» por el color de los sillones, donde sus clientes guardaban su turno.

También conserva un mueble de madera de roble que se adaptó a la pared frontal de la salita de estar. Lo habían hecho a medida para una de las paredes del despacho, la mitad inferior compuesta de baldas protegidas por puertas, donde mi madre guarda las vajillas antiguas y la ropa de la casa, y la mitad superior compuesta de estanterías repletas de libros.

Del despacho también se trajo una mesita baja de la misma madera. Y del comedor, un par de sillas tapizadas en terciopelo granate, un mueble donde se guardan las copas que no se usan a diario, y el buró (ella lo llama así) donde guarda sus tesoros. Sus cosas. Las cosas que considera importantes. En un cajón, la bandera donde envolvieron el féretro de mi padre para llevarlo a enterrar; en otro, las medallas que le concedieron, algunos documentos y las joyas –no tiene muchas, algunas las vendió en los momentos difíciles, por el peso del oro, y otras nos las repartió hace unos años–; en otro cajón, en una especie de estuche para documentos, guarda el dinero, su DNI y la tarjeta del banco. El buró también tiene un cajón secreto que no suele abrir, donde supongo que guarda algún documento que considera importante, porque con el resto de los documentos es un desastre: los tiene amontonados sin orden ni concierto en el costurero de su abuela y en la cómoda de su cuarto.

En el cuadro que yo le pintaría, sobre el último libro que habría leído colocaría su caja de costura. Ha tenido muchas y muy variadas, desde el cestito de mimbre forrado de tela de cuadros, hasta la lata de Cola-Cao de tamaño familiar, adornada de figuras de chinitos en la tapa y en los laterales y, en la base, la típica estampa de la mamá de los años cincuenta a punto de darles de merendar a sus niños.

La última caja de mi madre es también de latón, ilustrada con el monumento más representativo de una de esas ciudades que todos quisiéramos visitar alguna vez en la vida. Es muy probable que fuese de galletas y se la trajese de recuerdo de un viaje alguno de sus hijos o nietos hace ya mucho tiempo.

Todavía se atreve a coser de vez en cuando. Y hasta consigue enhebrar la aguja con sus manos temblorosas. Solo puede con cosas sencillas, pero antes podía con todo por muy complicado que fuese.

—Nos hacía hasta los abrigos —le digo yo muy orgullosa a su cuidadora—. A mí me hizo uno negro precioso cuando era jovencita. Se llevaban hasta los tobillos. Parecía que me lo hubiera comprado en una tienda de alta costura.

—¡Y los trajes de chaqueta! —añade ella—. Cuando me vine a vivir a Madrid fue lo primero que hice, coser. Al principio para unos grandes almacenes y luego para gente conocida.

Y continúa diciendo que fue muy difícil el cambio del pueblo a la ciudad, porque era muy tímida y tuvo que sobreponerse a muchas cosas.

Entre ellas hay una anécdota que últimamente repite muchísimo, quizá porque en su momento no supo gestionar la respuesta, o porque dejó que pasase sin más.

Sucedió un día en que fue a entregarle un encargo a una amiga suya, cuñada de su único hermano varón, que vivía en un edificio muy elegante de uno de los mejores barrios de Madrid, donde mi madre había ido a visitarla en incontables ocasiones. Le había hecho un traje de chaqueta del que se sentía muy orgullosa. Para llevárselo, lo había colocado en una bandeja de mimbre como las costureras de antes.

Cuando llegó al portal con su bandeja, tan contenta porque a su amiga le iba a encantar el traje, el portero la paró en seco y le indicó en un tono hosco y cortante que cogiese el ascensor de servicio.

Ella no dijo nada, se dirigió a la otra escalera, subió hasta el piso de su amiga y llamó a la puerta de servicio, «la puerta falsa», que se diría en mi tierra. Curiosa denominación para las puertas traseras de las casas. No sé si en un piso también se llamarán así. He buscado el origen de la expresión, pero la única referencia que he encontrado se remonta a las puertas falsas de las pirámides egipcias, y no creo que tengan nada que ver. Es más, supongo que las puertas de servicio de los edificios madrileños no se llamarían nunca de ese modo.

El caso es que aquel portero conocía de sobra a mi madre. Igual que a mis hermanas y a mí, porque éramos amigas de la hija de la casa. Yo le había dado clases de matemáticas durante un verano, y mi hermana mayor se las dio en el anterior o el siguiente.

En realidad, éramos casi familia. Íbamos al mismo colegio y, aunque ella cursaba un año inferior al de mi gemela y el mío, y dos superiores al de mi hermana pequeña, las cuatro nos queríamos mucho y nos llevábamos muy bien. Ella pasaba prácticamente todos los domingos en mi casa, era hija única y le encantaba el jaleo de familia numerosa que se respiraba allí.

Nosotras no vivíamos en un edificio con escalera y puerta de servicio en uno de los barrios más caros de Madrid. El nuestro pertenecía a una ampliación de la capital, construida a principios de los años cincuenta para una clase media donde abundaban las familias numerosas. Hoy en día resulta bastante céntrico y está muy bien comunicado, pero cuando nosotros llegamos solo había un tranvía y un extraño autobús al que llamaban «furgoneta» donde el conductor iba en un habitáculo separado del pasaje, al modo de los camiones.

He de reconocer que a mí me daba vergüenza decir el nombre de mi barrio, sobre todo en el colegio, donde había niñas que vivían en palacios, embajadas o barrios residenciales de Madrid. Nuestras compañeras discutían por cuál tenía el caballo más bonito, hablaban de sus fincas y de sus apartamentos en la playa o de sus temporadas en la nieve como de la cosa más natural. Nosotras, sin embargo, estudiábamos con becas que mi madre consiguió recorriendo despachos y ministerios de donde salía a menudo con las manos vacías.

El portero de nuestra amiga había visto subir a mi madre en el ascensor principal tantas veces que ni sabría contarlas. Pero por alguna razón, sin saber absolutamente nada de su historia, sintió la necesidad de humillarla y, tal vez, aunque esto es una suposición mía, abrió la veda para que su amiga quisiera humillarla también, porque unos días más tarde, cuando fue a recoger a su hija a mi casa, como casi todos los domingos por la noche, después de haberla dejado durante todo el día con nosotros, le dijo una frase que mi madre siempre nos repite después de la anécdota del portero.

–¡Qué gracia! –le dijo su amiga antes de marcharse–. Me ha dicho mi hija que todos los domingos tenéis gazpacho para comer.

Era cierto, mi madre ponía muchas veces gazpacho con tortilla de patatas (en nuestro pueblo es típico tomar las dos cosas juntas, como un solo plato), y no solo los domingos: lo ponía cualquier día, en primer lugar, porque a todos nos encantaba, y nos sigue encantado, y en segundo, pero más importante, porque es un plato bastante barato y se puede estirar hasta dar de comer a un batallón, en este caso, un batallón de hijos y de amigos de los hijos, para quienes mi madre siempre tuvo la puerta abierta y la mesa puesta.

–Y yo –nos dice muy orgullosa para rematar la anécdota–, que era una tímida tremenda y no sé ni cómo me salió la respuesta, le contesté: «Pues estará harta de gazpacho la pobre, porque a mí me ha dicho que en vuestra casa lo cenáis todas las noches».

20. Siempre se van los mejores

Cuando fallece alguien, como una forma de consuelo, a menudo se utiliza la frase que da título a este capítulo. Una frase que a mí, lejos de consolarme, me resulta inquietante, porque no creo que sea cierta.

Los que se van no han de encarar el destierro. La memoria que escuece. La necesidad de continuar. La falta de ganas, la obligación de buscarlas y el esfuerzo por sonreír.

No. Yo no creo que siempre se vayan los mejores.

No creo en las comparaciones, y eso que he vivido en una comparación permanente desde que nací. Estoy acostumbrada a ellas, no me importan, las acepto desde siempre y no me afectan, pero la muerte no entiende de superioridades, no piensa en las virtudes del que se lleva con ella, ni las coteja con las del que deja llorando.

Decir que se van los mejores es dotarlos de una cualidad que nos sitúa a todos en una posición muy extraña. Injusta con todos. Con ellos, porque supone un halago que quizá no merezcan o rechazarían si pudieran, y con los demás porque menosprecia sus capacidades, y presupone un conocimiento del otro difícil de comprobar.

No. No me gusta esa frase, porque he visto marcharse a personas que no me merecían ninguna consideración, y quedarse a otras que las superarían con creces, pero no creo que sea necesaria la comparación. Y, sobre todo, la rechazo cuando se refiere a mis padres. Porque no creo que ninguno fuese mejor que el otro.

Él era una persona muy especial, yo diría que excepcional. Se ganó el respeto del pueblo donde murió como alcalde y, por supuesto, el de todos sus hijos. Pero también se lo ganó mi madre.

Ella nos demostró que era capaz de empezar tantas veces como fuera necesario. Nos enseñó que la vida tenía muchas caras, unas dulces y otras amargas, y de todas había algo que aprender.

Se asombró con nosotros cuando llegamos al piso de Madrid y mi hermana pequeña se colocó en el centro del pasillo extendiendo los brazos para gritar emocionada:

—¡Mirad, se pueden tocar las dos paredes a la vez!

Y mi madre lo repitió con ella como si fuese algo extraordinario y digno de celebrar.

En nuestra casa del pueblo, un antiguo hospital del siglo XVI convertido en vivienda, no había pasillos, sino anchos corredores que daban a un patio central. Mi madre hizo reformas nada más comprarla. No hay cosa que le guste más: en la casa anterior también las había hecho, y en cualquiera de las nuestras se las imagina en cuanto las pisa por primera vez. Tiene un don especial para aprovechar los espacios y darle a cada rincón su función y su importancia. Las dos casas del pueblo de las que tengo memoria —no recuerdo en la que nací porque nos fuimos enseguida a la siguiente— eran tan grandes que mi madre decidió no utilizar el piso superior y dejarlo para que jugásemos los niños. Un paraíso en el que podíamos hacer lo que quisiéramos. Uno de nuestros juegos preferidos era el de los espías que se escribían mensajes en las paredes. Para mí, uno de los recuerdos más bonitos de mi infancia.

En la casa donde viví frente a la de mi gemela, yo también dejé una pared para que cualquiera pudiera pintar lo que quisiese. A todos los que me visitaban les pedía una nota de recuerdo o un dibujo. Fue una de las cosas que más me costó dejar atrás cuando la vendí tras la muerte de mi hermana, después de hacer una mudanza en la que tuve que deshacerme de una gran parte de lo que había ido acumulando en la vida, porque no me cabía en el nuevo piso.

La segunda hija de mi gemela, que siempre encuentra soluciones a cualquier problema, y piensa que se resuelven mejor si nos distanciamos de ellos para mirarlos a vista de pájaro, me dijo cuando intuyó que me sentía incapaz de enfrentarme a ese momento:

–¡A ver! ¿Quieres hacerlo bien o mal?

–¡Bien! –le respondí sin saber por dónde iba a salir.

–¡Pues hagamos una «fiesta del repartir»! Un mercadillo de las cosas que te sobren y quieras regalar. Avisa a la familia y a tus amigos y hacemos entre todos que el día sea alegre.

Y ahí estuvo todo el que quiso o pudo ayudar. Alquilamos un contenedor y vaciamos los armarios, las paredes, los cajones y las estanterías. Las cosas que me cabían en el nuevo piso fueron al camión de la mudanza. El resto lo expusimos en el suelo de cada habitación y cada cual se llevó lo que le pareció. Lo que nadie se llevaba iba al contenedor: cuadros, ropa, percheros, espejos, juguetes, banquetas, sillas, mesas y yo qué sé cuántas cosas más.

Recuerdo a la hija de unos de mis mejores amigos metida literalmente en el contenedor, con los brazos repletos de muñecas Barbie y los ojos asombrados, temiendo despertar de un sueño imposible.

Había también una pareja de inmigrantes polacos recién aterrizados en el pueblo, que iban apartando las cosas en la acera y necesitaron una furgoneta para llevárselas.

—¿Esta tele tampoco la quieren?

—Tampoco.

—¿Y esa mesa?

Cuando monté la casa, mi gemela se reía de mí porque organicé y acondicioné las habitaciones y la buhardilla como si fuéramos a vivir varias familias.

—Pero ¿tú qué estás poniendo, un hotel rural?

Y se partía de risa contando el número de personas que podía dormir cómodamente, cuando mis hijas y yo éramos únicamente tres.

—¡Te sobran cinco camas! Y eso sin contar los sofás del salón. Que, en caso de apuro, puedes usarlos para otros dos.

Era la casa más grande que había tenido, y me encantaba que mis sobrinos y los amigos de mis hijas pudieran quedarse siempre que quisieran.

Nunca me hizo falta utilizar los sofás como camas, pero ¡cuántas fiestas de pijamas habremos organizado! ¡Cuántos fines de semana habrán venido mis sobrinos! ¡Cuántos amigos de las tres que vivíamos allí habrán dormido en las cinco camas que sobraban!

Al principio de mudarnos, algunos vecinos del pueblo se pensaban que éramos inmigrantes y nos miraban con recelo. De una peluquería tuvimos que marcharnos con la cabeza a medio lavar, por el trato desagradable que estábamos recibiendo. En otra ocasión, el vendedor de un puesto de periódicos les preguntó a mi hermana y a mi hija mayor si eran extranjeras y, cuando ellas le dijeron que no, él insistió de muy malas formas.

—No lo neguéis, se os nota que sois moras. ¿Por qué no lo admitís?

Mi hija y mi hermana se miraron desconcertadas. Y él continuó con su tono despreciativo.

–No va a pasaros nada si lo contáis. ¿De dónde venís?, ¿de Marruecos?

–No, señor –le contestó mi hermana levantando el mentón, mirando a mi hija para que la imitase–. ¡Somos egipcias!

Y las dos se dieron la vuelta dejándole con un desconcierto considerable, orgullosas de parecer del otro lado del estrecho, y de los rasgos que las igualaban a las protagonistas de *Las mil y una noches*.

Con el resto del pueblo nunca tuvimos problemas. Es más, poco antes de que mi hermana muriese, se convocó un premio literario con su nombre, el único que ella conoció en vida –después vinieron muchísimos reconocimientos de decenas de lugares de España.

Cuando murió, el alcalde nos ofreció el salón de plenos para el velatorio, un detalle que no aceptamos porque la llevamos a un tanatorio cerca de la casa de mi madre, para que fuese más fácil para ella ir y venir.

El caso es que la etapa que vivimos en aquel pueblo fue la más feliz de mi vida. Tanto, que me daba miedo decirlo.

Mi familia reunida en el jardín. Las cenas con los amigos. La casa siempre llena de niños, como en la casa de mi infancia. Las fiestas de pijama.

Y mi gemela enfrente.

Nuestros cumpleaños. Nuestras sesiones de cine de videoclub comiendo pipas. Nuestros desayunos. Nuestras meriendas. Nuestros interminables días de verano en la piscina municipal, justo enfrente de nuestra casa, en cuyo restaurante comíamos y cenábamos con muchísima frecuencia. Nuestros amigos, los comunes y los de cada una individualmente. A veces salíamos con los suyos, otras con los míos y, en muchas ocasiones, nos juntábamos todos para celebrar cualquier cosa.

Su casa era más pequeña, de manera que la mayoría de las fiestas las hacíamos en la mía. En realidad, era una sola casa con dos puertas. Mis amigos se reían de nosotras porque solo teníamos un cuchillo jamonero y un secador. Hubiera sido muy fácil comprarlos para tener uno en cada casa, pero siempre se nos olvidaba porque no nos hacía falta. ¿Para qué? Solo había que preguntar dónde estaban y dar media vuelta a la calle para entrar por la otra puerta.

Cuando nos despertábamos, mirábamos a la ventana del dormitorio de la otra; si la persiana estaba subida, sabíamos que ya se había levantado y nos llamábamos por teléfono.

–¿Un cafelito con churros?

La idea de vivir en el mismo pueblo había nacido de ella. Cuando me lo propuso, yo vivía alquilada en un chalé adosado, en el municipio donde se situaba mi universidad, y a mi hermana le apeteció recuperar la vida de pueblo que yo había empezado a disfrutar.

Se había casado por segunda vez hacía un par de años. Su segundo marido no había tenido hijos con otras relaciones –ella tenía tres de su primer marido, pero ya se habían independizado– y, como la edad de mi hermana habría supuesto un embarazo de riesgo, decidieron adoptar a dos niñas chinas, a ser posible, gemelas.

–Me imagino andando de mi casa a la tuya con el carrito de las niñas –decía mi hermana cuando me contó que pensaban mudarse cerca de mí–, y yendo juntas al parque y al mercado.

A mí me pareció una idea preciosa. Así es que compramos las casas en las que vivimos una enfrente de la otra.

No llegaron a adoptar a las niñas chinas: habían iniciado los trámites pero no hubo tiempo de terminar el proceso de adopción. Sin embargo, se quedó embarazada sin habérselo propuesto.

Hacía tiempo que no la había visto tan feliz. Continuarían con la adopción y tendrían familia numerosa, como con su primer marido.

Pero el embarazo sirvió para crearles la ilusión de la paternidad tan solo un par de semanas. Al poco de enterarse empezó a sangrar y tuvieron que hacerle un legrado. Era el 11 de septiembre de 2001, la fecha que se quedó para siempre como el 11-S.

Cuando la llevaron a la habitación desde el quirófano, llegó al hospital uno de mis cuñados y nos dio la noticia que estaba dando la vuelta al mundo.

—Se ha caído una de las Torres Gemelas.

—¡Sí, hombre! —dijimos las dos al mismo tiempo, convencidas de que se trataba de una broma.

—Lo venía escuchando en la radio del coche, dicen que se ha estrellado un avión. Poned la tele.

Aquel día, el mismo en que mi hermana perdió al hijo que esperaba, se convirtió en una de esas fechas que todo el que la vivió sabe dónde se encontraba y qué estaba haciendo.

Fechas que se quedan para siempre en el imaginario colectivo, transformadas en hitos que se instalan en la memoria de todos y se transmiten de generación en generación.

Uno de los más emblemáticos sucedió cuando nosotras teníamos nueve años. Habíamos ido con mi padre a un ultramarino de los de antes, donde todo se vendía al peso, desde el café en grano hasta cualquier tipo de legumbre, pasando por el azúcar o las especias más variadas.

El chorizo, los jamones, las perrunillas y las magdalenas recién horneadas se podían probar solo con respirar en el umbral de la entrada.

A nosotras nos encantaba aquella tienda llena de sacos de arpillera rebosantes de colores y de olores que se mezclaban en uno solo, intenso y denso, muy característico. El olor de la seguridad.

Recuerdo a mi padre dándonos una mano a cada una, saludando al llegar, con su habitual sentido del humor.

—¿No te has enterado? —le preguntó el tendero en lugar de contestarle al saludo, como si fuera imposible que alguien en el mundo permaneciese ajeno todavía a la noticia.

—¿Qué pasa?

—¡Han matado a Kennedy!

Era el 22 de noviembre de 1963. Unos meses atrás, el día de nuestro cumpleaños, también nos había llevado mi padre al ultramarino y sucedió algo muy similar.

Mi padre saludó al tendero con una sonrisa. Era cuñado de uno de sus íntimos amigos, cuñado a su vez de uno de sus hermanos preferidos, y se apreciaban mucho mutuamente.

—¿No te has enterado? —le cortó la sonrisa el tendero también aquella vez, nada más entrar nosotros en el establecimiento.

—¿Qué pasa? —dijo él, porque estaba claro que su amigo no continuaría hasta no escuchar la consabida pregunta de «¿qué ha pasado?».

—¡Se ha muerto el papa!

Se refería a Juan XXIII, y ese «¿no te has enterado?» se instaló en mi imaginario personal como el preludio de una mala noticia. Una frase equiparable al «no te asustes», que consigue el efecto contrario a la tranquilidad que debería infundir.

Recuerdo el «¿no te has enterado?» en boca de mi hermana mayor, cuando uno de mis tíos preferidos murió en un accidente de tráfico; en la de mi gemela, cuando a mi hermana mayor le descubrieron un tumor cerebral que había que extirpar con urgencia; en la del hermano que nos sigue a mi gemela y a mí, cuando se lo descubrieron a él unos años después; o en la de la tercera de todos, cuando el mayor se cayó del caballo en una de las ferias más famosas del país y estuvo a punto de no poder volver a levantarse.

Y recuerdo a mi madre manteniendo una entereza sorprendente en todos los casos, rota por dentro, pero siempre serena, capaz de infundirnos tranquilidad con su sola presencia, apoyándonos sin derramar una lágrima ni proferir una queja contra la vida ni contra su suerte, aunque hubiera tenido todo el derecho.

21. Un ministro con prisas

No, no siempre se van los mejores. Iguales, quizá, pero yo estoy segura de que mi padre sabía que nos dejaba en muy buenas manos, y se hubiera sentido muy orgulloso de los homenajes que le brindan a mi madre en el pueblo siempre que vuelve, el cariño que le demuestran, la admiración y la alegría que inspira. El mismo cariño, admiración y respeto que le demostraron a él, en un homenaje que ya forma parte de la historia de todos, cuando le nombraron hijo adoptivo del pueblo donde nació toda su prole.

—Al nombrarme hijo adoptivo, me igualáis a mis nueve hijos.

La frase se completaba con el nombre de nuestro pueblo y el gentilicio cariñoso con el que se conocía a los nacidos en él, pero los he suprimido para mantener la coherencia de no citar el nombre de ninguna localidad, excepto en el caso de Madrid, por ser perfectamente identificable como la capital del país.

Nosotros estábamos tan orgullosos de que mi padre nos hubiera citado en su discurso... Y tan emocionados...

No podíamos saber que en un par de meses nos cambiaría la vida, ni que mi madre, en un acto de valentía por el que no dejaré nunca de admirarla, abandonaría el pueblo donde pasó sus años más felices, porque quería buscarles un futuro a sus nueve hijos.

–Si alguien tiene edad de trabajar, soy yo –contestó cuando le aconsejaron que le buscase trabajo a su hijo de catorce años en la fábrica de componentes de motores.

Por eso me atrevo a repetir que los que se van no son los mejores. Son iguales a los que se quedan, cuando lo son. Pero no creo que haya que comparar ni cuantificar las bondades de nadie.

Mi padre fue un gran hombre, lo sé por lo mucho que le siguen queriendo en mi pueblo después de los años. También lo sé por lo mucho que sintieron su muerte. Y porque cuando murió, en el escaparate de casi todos los comercios y en los salones de muchos vecinos, colgaron su fotografía con un ribete de luto, y permaneció colgada durante muchísimo tiempo.

Y lo sé porque, hace un par de años o tres, llegó al pueblo un historiador desde una zona muy distante de nuestra tierra y, al escuchar hablar de mi padre con mucha frecuencia, siempre en un sentido muy positivo, quiso hacer una investigación rigurosa sobre su paso por la alcaldía. Como objetivo principal, se propuso descubrir las sombras que siempre acompañan a los hombres marcados por las luces. Al fin y al cabo, no fue un alcalde elegido en las urnas, sino por los representantes de un régimen dictatorial para el que la libertad era una palabra maldita.

Es cierto que era de derechas; en aquella época, para dedicarse a la política no se podía ser de otro signo. Es más, estoy segura de que hoy en día, si viviera, seguiría teniendo ideas conservadoras. No tendría sentido pensar otra cosa; la mayoría de los miembros de mi familia las tiene. Pero también estoy segura de que sería un demócrata, y yo seguiría estando orgullosísima de él.

No podría entenderse el juego democrático si no hubiera partidos de diferentes tendencias. En el caso de mi padre, llama la atención el cariño con el que se le recuerda en el pueblo desde cualquier zona del arco político. Se ganó a pulso el respeto de todos porque entendió la política como la búsqueda del bien común, y porque, por encima de cualquier otra cosa, fue un hombre bueno.

El historiador publicó un libro con el resultado de su investigación, en cuya presentación admitió no haber encontrado un solo tachón en la trayectoria política de mi padre. Ni uno solo.

—Confieso que empecé la investigación con la certeza de que encontraría más de un fallo en su gestión como alcalde. Algo tenía que haber negativo. No podía ser que todo el mundo hablase bien de una persona, tanto la gente de derechas como la de izquierdas. Pero no encontré nada que achacarle.

Él llevó el agua a todas las casas del pueblo, construyó viviendas sociales, asfaltó las calles, consiguió que declarasen el casco antiguo como patrimonio histórico artístico, gestionó los permisos para transformar un palacio que estaba casi abandonado en parador nacional de turismo, inició los trámites para la construcción de un instituto de enseñanza media, un recinto ferial y un montón de proyectos que, décadas más tarde, los alcaldes elegidos democráticamente nos comentarían que aún estaban poniendo ellos en pie.

Mi madre siempre había creído que no cobraba ningún sueldo por el cargo, pero no era así. Lo supimos también a raíz de la publicación del libro. Entregaba su sueldo a una persona de su confianza del ayuntamiento, con la condición de que se lo entregase a alguien que lo necesitara y nunca se supiera la procedencia.

Hasta muchos años después de su muerte, cuando mi madre visitaba su tumba, encontraba flores frescas sin saber quién las había llevado. Por mucho que preguntaba, nadie sabía de dónde salían las flores. Podría ser algún familiar o alguno de los muchos clientes sin recursos a los que no cobraba. Hasta que un día, coincidió con un gitano que había defendido en un pleito.

–Fue el primer payo que me trató como una persona –le dijo cuando ella le preguntó por las flores–, él me atendió en su despacho y luego, en vez de dejarme salir por la puerta de la clientela, me acompañó hasta el portón principal de la casa, por donde entraba y salía su familia.

Un hombre bueno. Para mí, uno de los mejores. Claro que sí. Y se fue demasiado pronto. Demasiado. En parte, precisamente por dedicarse en cuerpo y alma a procurar el bien común.

La política es una actividad que reclama sus servidumbres: la falta de descanso y el exceso de preocupaciones son más que evidentes, y ambas se encuentran entre los factores de riesgo que debería haber evitado mi padre.

Por eso digo que *en parte* se fue demasiado pronto por dedicarse a procurar el bien común. Solo en parte, porque la causa fundamental de su muerte no fue la política, sino una lesión cardíaca que le acompañaba desde la adolescencia.

No obstante, he de decir que no cabe duda de que la política desempeñó también un papel trascendental en su muerte. Si hubiera llevado una vida más tranquila habría vivido más tiempo. No se sabe cuánto más, nadie puede saberlo; el estrés y la presión no eran buenas compañeras de su enfermedad.

Es más, hay un hecho relacionado con su actividad como alcalde que si no marcó su final, al menos lo aceleró.

Fue con motivo de la visita del ministro que dio el visto bueno para la apertura del parador nacional de turismo.

El ayuntamiento en pleno pretendía mostrarle al visitante la zona monumental que le había otorgado al pueblo el distintivo de patrimonio histórico artístico. El recorrido comenzaba en la casa consistorial y terminaba en el futuro parador. Abarcaba una gran parte del centro histórico, con sus casas solariegas de los siglos xv y xvi, sus palacios, sus conventos, sus plazas porticadas y sus calles pintorescas.

La comitiva, compuesta por la corporación municipal, algunos representantes provinciales, el ministro y su séquito, recorrió el casco histórico de la ciudad a un ritmo muy rápido, probablemente marcado por la agenda del ministro.

La visita suponía para el pueblo todo un acontecimiento. Los vecinos se agolparon en las aceras y se asomaron a las ventanas y a las puertas de las casas para verlos pasar.

Toda la provincia sabía que el ministro estaría en el pueblo y mucha gente de otras localidades se había congregado en las calles para darle la bienvenida.

Muchos de los que vivieron aquella mañana contaban que apenas vieron pasar al ministro como una ráfaga, recorriendo las calles a toda carrera. No como el que pasea para conocer la localidad y complacer a sus vecinos, orgullosos de enseñarle su pueblo, sino como el que corre a toda prisa por terminar cuanto antes, a una velocidad vertiginosa impropia de una visita oficial.

Tanto fue así que mi padre se sintió indispuesto y alguien tuvo que advertir de su estado al ministro para que le esperase, pues necesitaba recobrar el aliento.

–Por favor, ¿puede andar más despacio? El alcalde está enfermo del corazón y no puede seguir el ritmo.

La reacción del excelentísimo representante del Gobierno no pudo ser más asombrosa. Quienes escucharon su respuesta no dieron crédito a sus oídos. No podía ser. Aunque solo fuera por deferencia con el anfitrión, el invitado debería haber aminorado el paso. No era posible tamaña falta de cortesía ni de sensibilidad.

–Que no hubiera venido.

Esa fue su respuesta, cuatro palabras que se quedarían para siempre en la memoria del pueblo.

–Que no hubiera venido.

Que se hubiera quedado en casa el que se había dedicado en cuerpo y alma a mejorar la vida de sus convecinos; el que había preparado un pesado y tedioso dosier, y realizado decenas de viajes a las capitales de la provincia y del país. Arriba y abajo, abajo y arriba, decenas de entrevistas y de reuniones para que el pueblo se beneficiase con la apertura de un establecimiento hotelero que le daría mayor visibilidad y, por lo tanto, mayor turismo y mayores ingresos.

–Que no hubiera venido.

Una respuesta digna del cretino soberbio que la pronunció.

–Que no hubiera venido.

Un horror que todos escucharon con asombro. Una maldad que supone una de las anécdotas más dolorosas para nuestra familia. La falta absoluta de empatía de un patán insensible y prepotente, que se convertiría después en presidente de una de las comunidades autónomas nacidas con la democracia.

–Que no hubiera venido.

Lo dijo quien se atrevería a decir unos años después que la calle era suya, para reprimir la libre expresión de quienes disentían con el gobierno que sustituyó al dictador.

—Que no hubiera venido.

Y la comitiva continuó con el paso ligero que el indeseable sin piedad no quiso cambiar.

Nos lo ha contado mi madre muchas veces, siempre con la misma indignación. Aunque los adjetivos hacia aquel arrogante son de mi cosecha.

Y no solo nos lo ha contado ella.

Nos lo han contado muchos de los que conocen la historia. Lo recogen multitud de crónicas orales sobre la visita. Desconozco si alguien se atrevió a ponerla blanco sobre negro alguna vez, pero todavía queda gente que la vivió y puede ratificarla. Es más, mucha otra gente que no había nacido aún la conoce igualmente con todo detalle, porque se quedó grabada en el imaginario colectivo.

Un par de meses después de seguir al ministro hasta el final del trayecto, procurando no volver a detenerse, tuvieron que llevarse a mi padre de urgencia a Madrid, donde le trataba desde hacía años un cardiólogo que no pudo hacer nada por él.

La gran mayoría de los que conocen la historia aseguran que aquel «que no hubiera venido» aceleró el desenlace de su enfermedad.

¡Quién sabe! Es posible. Nadie puede afirmarlo taxativamente, pero la duda planea sobre las crónicas del pueblo y sobre los que escuchamos la frase siempre con el mismo espanto, porque es muy probable que, en efecto, no debería haber ido.

Si se hubiera quedado en casa, si no hubiera seguido el paso que le impuso a la comitiva aquel despreciable ministro, si se hubiera detenido y hubiera dejado que los demás terminaran sin él, es muy probable que su corazón le hubiera permitido seguir con nosotros un poco más.

22. *Parlez vous français?*

Cuando mi madre empezó a trabajar en la clínica, sus compañeras no sabían que más de la mitad de su sueldo se debía a un complemento de ayuda familiar al que llamaban «puntos», y protestaron porque «la niña», recién llegada y sin formación para el puesto que ocupó cobraba tanto o más que algunas de las más veteranas.

Cuando supieron que tenía nueve hijos, se llevaron las manos a la cabeza y pasaron del rechazo a una mezcla de compasión y admiración a partes iguales.

«La niña», así la llamaban, porque a sus cuarenta y un años era más joven que las demás. A nosotros nos chocaba el apelativo, y más nos chocaba que sus compañeras no la hubieran aceptado ni cogido cariño desde el primer día. No nos cabía en la cabeza. No era posible que alguien no quisiera a mi madre.

Había conseguido el trabajo porque el gerente era hermano de una de sus cuñadas.

—Pero ¿tú necesitas trabajar? —le preguntó un día que fue a verla y la encontró cosiendo para los grandes almacenes.

Al día siguiente tenía trabajo en la clínica, un «enchufe» que no debió de sentar nada bien al resto de la plantilla, de ahí que tuviera que pagar un peaje. Aunque no fue demasiado largo, ni con todo el personal. Muchos le cogieron cariño enseguida, otros esperaron un poco, pero todos la quisieron y la admiraron y, todavía hoy, treinta años después de su jubilación, hay quien cuenta algunas de las anécdotas que protagonizó.

En una ocasión llegó un señor al mostrador del servicio de caja hablando en árabe, desesperado porque no podía entenderse con nadie. Mi madre, que había estudiado francés en el colegio, le preguntó muy ufana para intentar ayudarlo:

–*Parlez vous français?*

–*Oui!* –contestó esperanzado y expectante.

–Pues yo no –dijo ella casi a continuación de su propia pregunta, arrepentida de haberse atrevido a pensar que podría mantener una conversación con su francés olvidado y escaso.

Se trataba del marido de una paciente que había recibido el alta. Para no dejarle sin la información, mi madre dibujó en un papel a una mujer con velo, se lo enseñó al marido y luego le hizo un gesto con la mano para indicarle que se había marchado.

Mi madre y su capacidad para expresarse, o para inventar significados cuando se le resisten las palabras.

Mi hermana pequeña le regalaba un viaje todos los años junto a su hermana pequeña, algunos por España, incluidas las islas Canarias y las Baleares, y otros a lugares donde no se entendían con nadie: Viena, Londres, París, Roma, Venecia, Florencia, Lisboa y no sé cuántas ciudades más. Cada año un viaje, del que regresaban con multitud de anécdotas. Pedían las comidas sin entender la carta: dos platos diferentes porque si se equivocaban en uno, al menos podían comer las dos del otro; preguntaban por señas por los lugares turísticos que les interesaba visitar; mi tía se asombró porque todas las calles de Viena se llamasen *Strasse;* y un largo etcétera que nos encanta recordar en las reuniones familiares.

Una de las que más nos gusta ocurrió en Florencia. Mi madre siempre actuaba como traductora de su hermana, como si pudiera entender a los demás por pura intuición o como si el hecho de ser tres años mayor que ella la dotase de ciertos conocimientos o cierta capacidad de protección.

Cuando pasaron junto a una marca horizontal pintada en una pared, mi madre tradujo del italiano el cartel donde se informaba sobre el significado de la marca.

—Por aquí pasó su alteza el príncipe Arno en 1966.

Minutos después, escucharon la explicación de un guía para un grupo de turistas españoles.

—Hasta esta altura llegó el río Arno en 1966.

Mi tía miró inmediatamente a mi madre y le dijo en un tono imperativo y seco, como si le hubiera ofendido o mentido deliberadamente.

—A mí ya no me traduzcas nunca más.

Cuando lo cuentan, vuelven a mirarse y reviven la escena entre risas. Ya les habían contado que el río que baña la ciudad se había desbordado en los años sesenta; mi madre debería haber pensado en ese detalle antes de hablar de su alteza el príncipe Arno.

—No, yo creo que nos lo dijeron después.

—Nos lo habían dicho en el hotel.

—No, no, seguro que no.

Resulta gracioso verlas discutir, si se puede llamar así a su forma de defender un detalle en el que difieren. Mi madre adopta el tono de hermana mayor, y su hermana, con noventa y dos años, me mira y acaba diciendo:

—¡Es que le encanta mandarme!

—Pero si a ti no te puede mandar nadie —se ríe mi madre.

—Desde luego, qué cabezona eres, como se nota que eres…

Protesta mi tía, y añade el apellido de su familia paterna, porque dice que todos los son.

–Pues anda que tú –dice mi madre con toda la intención del mundo.

–Yo no, yo soy de la rama de mamá.

Y nos reímos todos a carcajadas, porque no es cierto: las dos son bastante parecidas en eso. Cabezotas cuando se trata de si lleva la razón una de las dos.

¡Qué pareja! Están tan unidas que parecen gemelas. No hay acontecimiento de mi familia en el que mi tía no participe como un miembro más del clan.

Cuando mi gemela murió, se venía a casa de mi madre a comer todos los días y a pasar todos los fines de semana. Desde entonces, prácticamente no ha pasado un sábado en que no duerman las dos en el cuarto de mi madre. Roncando al unísono cual prima donnas.

Se quieren hasta más no poder. Siempre apoyándose en todo.

Siempre juntas.

La vida les ha regalado esa suerte.

No se me olvidará nunca cómo se abrazaron en una ocasión en la que llevaban unas pocas semanas sin verse: las dos se habían caído y las dos llevaban muletas. Fue hace unos años, las dos eran nonagenarias o estaban a punto de serlo. Se echaban tanto de menos que, aunque a mi madre le costaba muchísimo esfuerzo moverse, me pidió que la llevase a ver a su hermana porque no podía más.

Nos abrió la puerta su cuidadora. Mi tía estaba en su salita de estar. Se levantó de su sillón cuando nos vio aparecer, se apoyó en su muleta y vino hacia nosotras.

–¡Mi hermana! ¡Mi hermana! –no paraba de repetir entre lágrimas. Y mi madre, ejerciendo de hermana mayor, apoyada también en su muleta, le acariciaba la cara sin dejar de decirle:

–¡Ya estoy aquí! ¡Tranquila, ya estoy aquí!

Tampoco podré olvidar el día en que mi tía nos llamó diciendo que se estaba muriendo y dos de mis hermanos y yo fuimos a su casa a buscarla.

Su cuidadora tenía el día libre, era verano y hacía un bochorno insoportable, una de esas olas de calor que abrasan Madrid procedente de África.

Mi tía nos abrió la puerta a duras penas, abrazada al crucifico que había sido de su madre, y nos contó que se había preparado para bien morir.

–De eso nada –le dijo mi hermano pequeño–. Nos haces mucha falta a todos todavía.

Nos la llevamos a casa de mi madre, donde yo estaba sustituyendo a un hermano mío que vive con ella, el penúltimo, porque se había ido de vacaciones. Cada día les cocinaba una comida exquisita y les preparaba una merienda especial.

Y ellas me contaban las historias familiares que yo comencé a escribir para no olvidar. La mayoría de ellas, nos las habían contado en numerosas ocasiones, pero otras eran nuevas para mí. Anécdotas de las familias de su padre y de su madre, que conforman su propia historia.

23. Juramento

Una de las historias más impactantes que cuentan mi madre y su hermana pequeña y, desde luego, una de las más lúgubres, sucedió a finales del siglo XIX, una noche helada de invierno, durante el velatorio de un tío abuelo de mi abuela materna, fallecido la tarde anterior.

Mi abuela debía de tener nueve o diez años. Debía de estar recién llegada de Filipinas, donde había nacido junto a algunos de sus hermanos, y de donde regresó la familia poco antes de que la colonia se independizara de la Corona española.

Habían colocado al difunto sobre la mesa del comedor de la casa, como era la costumbre, e informado de su fallecimiento al médico y a la parroquia; al primero para que expidiese el certificado de defunción, y a la segunda para que las campanas avisaran del velatorio.

Todo el pueblo pasó a presentarle sus respetos al difunto, en un trasiego incesante que se prolongó desde el momento en que se conoció el fallecimiento hasta bien entrada la noche del día siguiente. Más de veinticuatro horas de visitas y rezos, que la familia agradeció sin apenas moverse del comedor.

Por la noche, cuando se quedaron los familiares más cercanos, se fueron todos a la cocina para tomar algo caliente. La temperatura había bajado muchísimo, estaban destemplados y el cansancio agudizaba la sensación de que la casa se había quedado helada. Necesitaban descansar de un día que parecía no tener fin, y calentarse el cuerpo con un caldito.

Cuando la familia estaba sentada alrededor de la mesa, a punto de empezar a tomar la sopa, ocurrió algo tan sorprendente que cualquiera diría que lo habían inventado: se abrió la puerta de la cocina, apareció el muerto tiritando, envuelto en la sábana que le servía de sudario, y les dijo en un tono entre la sorpresa y el reproche:

–Me habéis dejado ahí…, solo…, muerto de frío…

El susto debió de ser tremendo, pero no lo suficiente como para no decidir poner otro plato en la mesa y tomar todos juntos la sopa para entrar en calor.

Esa noche, el tío abuelo de mi abuela durmió en su cama.

Murió a la mañana siguiente y, muerto del todo, volvió a la mesa del comedor, donde el médico certificó la defunción después de examinarlo convenientemente y diagnosticar una catalepsia para la muerte anterior.

–¿Es hereditario? –preguntó el sobrino del cataléptico, padre de mi abuela materna.

–La mayor parte de las veces.

En ese momento, mi bisabuelo materno les hizo jurar a todos los presentes que, cuando él muriera, antes de enterrarlo, le cortarían una oreja para comprobar que estuviese realmente muerto.

Por supuesto, lo juraron. Mi bisabuelo debía de estar tan nervioso que a nadie se le ocurrió que tarde o temprano debían cumplir su palabra.

Muchos años después, cuando llegó el día de cumplir el juramento, ninguno de los que lo había pronunciado se atrevió a cortarle la oreja al difunto.

Me imagino a todos los implicados diciendo «yo no», «yo no», «yo no», aterrorizados de la promesa que habían hecho.

Mi abuela ya se había casado.

Según cuentan mi tía y mi madre, cuando mi abuelo llegó al velatorio de su suegro, se encontró con el dilema de quién cumplía con lo prometido. Él no había conocido al tío abuelo cataléptico, pero, ante la indecisión que reinaba en el comedor, se acercó él al catafalco y resolvió el conflicto con una cuchilla de afeitar.

En lugar de seccionarle la oreja, como le habían jurado en su día, le hizo un pequeño corte en el lóbulo, una herida sin sangre que demostró que no se levantaría por la noche temblando de frío.

No sé hasta qué punto he sido fiel a los hechos tal y como ocurrieron, me he tomado algunas licencias literarias para ponerlos en pie, pero mi madre y mi tía los cuentan más o menos como yo acabo de narrarlos.

Tampoco sé si el tío abuelo de mi abuela tenía algo que ver con una escritora nacida en nuestra tierra que padecía la misma enfermedad que él. Si sé que nos une un parentesco lejano con ella, del que mi madre y mi tía se sienten muy orgullosas. Una de las mayores representantes del Romanticismo en España, muy conocida y admirada en nuestra tierra, pero con menos proyección nacional de la que se merece.

Me refiero a Carolina Coronado, una mujer que se rebeló contra el puesto que le tenía reservado la sociedad, y decidió buscar su camino a través de la literatura. Autodidacta y llena de sueños, se preguntaba dónde estaba la libertad de las mujeres en un poema que, aún hoy en día, a pesar de los logros conseguidos en casi dos siglos, lamentablemente, sigue vigente en muchos aspectos.

Risueños están los mozos,
gozosos están los viejos

porque dicen, compañeras,
que hay libertad para el pueblo.
(...)
¡Libertad! ¿Qué nos importa?
¿Qué ganamos, qué tendremos?
¿Un encierro por tribuna
y una aguja por derecho?
(...)
¡Libertad! ¿De qué nos vale
si son los tiranos nuestros
no el yugo de los monarcas,
el yugo de nuestro sexo?
(...)
Pero, os digo, compañeras,
que la ley es sola de ellos,
que las hembras no se cuentan
ni hay Nación para este sexo.
(...)

Nacida en 1820 y fallecida en 1911, novelista, ensayista, poeta y dramaturga, Carolina Coronado denunció a través de su obra literaria el maltrato machista, perteneció a una especie de asociación para amparar a las jóvenes escritoras y ayudarlas a publicar, se inventó un amante al que le dedicó un poemario lleno de amor, y se ha ganado con creces el apelativo de «una de las primeras escritoras feministas de nuestro país».

Dicen que el marido presenció un episodio donde se le paró el corazón durante unos minutos que a él le parecieron horas.

–No fue un desmayo –le contaba él a sus hermanas–: yacía muerta delante de mí. El corazón volvió a latir de repente, después de escucharse un sonido que parecía un soplo.

Él era diplomático en la embajada de Estados Unidos en España. La amaba, aunque se resistía a comprometerse con ella y estaba a punto de marcharse a su país. Pero aquel coqueteo con la muerte le impresionó tanto que le hizo permanecer a su lado. Se casaron dos veces, una por el rito protestante, en Gibraltar, y otra por el rito católico, en París.

Estuvieron casados casi cuarenta años, hasta la muerte de su esposo en 1891, y tuvieron tres hijos: un varón que murió con once meses por fiebres tifoideas, y dos chicas. Una murió con veinte años, parece ser que de sarampión, y la otra sobrevivió a toda la familia.

También dicen que, en una ocasión, se publicó la noticia de su muerte tras un episodio similar al que presenció su marido, y que algunos poetas le dedicaron poemas *in memoriam*, que ella respondió con otros poemas para demostrar que seguía con vida.

Quizá por un miedo parecido al que provocó que mi bisabuelo pidiera que le cortaran la oreja, ella fue incapaz de sepultar a su marido y a sus hijos cuando murieron.

Mi madre siempre cuenta que a su marido lo tenía embalsamado en la alacena de su casa. A su hijo lo enterró en una sepultura de pared, con la mitad del cuerpo sobresaliendo sobre el resto de las lápidas. Y a su hija la dejó embalsamada en una urna de cristal, en la sacristía de un convento de Madrid, donde las monjas la mantuvieron durante casi medio siglo, hasta que le pidieron a la familia que se hiciera cargo de los restos.

Al igual que con la historia del tío abuelo de mi abuela, la realidad es muy parecida a la historia que cuenta mi madre, aunque en su versión se mezclan los hechos. Los biógrafos de la escritora cuentan que depositó al marido embalsamado en un sarcófago que instaló en la capilla de un palacio de Lisboa, la ciudad donde vivían en ese momento. También hay quien dice que lo tenía en el piso de encima y que lo llamaba «el silencioso».

El caso es que Carolina Coronado tenía catalepsia, como el tío abuelo de mi abuela; que le tenía miedo a la muerte como mi madre; y que ambas familias estaban emparentadas, para orgullo de mi madre y de su hermana.

24. Un joven rebelde

Hay dos cosas que le encantan a mi madre: leer y coser. Cuando era joven le gustaban las novelas románticas de Rafael Pérez y Pérez, un escritor alicantino muy popular en los años treinta y cuarenta, maestro de profesión y autor de ciento sesenta novelas, parece ser que documentadas con bastante rigor. Su obra, la mitad de ella ambientada en la Edad Media, se tradujo a veintidós idiomas, con un volumen de ventas de más de cinco millones de ejemplares durante el primer lustro del siglo xx.

Cuando hacía calor, mi madre y sus hermanas buscaban el fresco de las baldosas para leer a Pérez y Pérez tumbadas en el suelo.

—Mi padre se ponía negro —nos cuenta evocando su adolescencia y su juventud—. Tenía una biblioteca llena de libros, muy bien ordenada, pero a nosotras nos gustaban las novelas de amor. Él no lo podía entender. Siempre nos decía lo mismo:

—No sé cómo leéis esas porquerías, teniendo ahí los *Episodios nacionales*.

Cuando habla de él no intenta imitar su voz; solo utiliza un tono característico, entre severo y cálido, como si el respeto reverencial que nos infundía a nosotros también se lo hubiera infundido a ella de niña, y se hubiera ido transformando poco a poco en otra cosa.

Había caído en un abismo por el que se estuvo deslizando durante años, un problema que hoy en día se tra-

ta con atención médica, como cualquier otra enfermedad, pero en aquellos tiempos suponía un estigma del
que resultaba muy difícil librarse.

Nosotros no conocimos el problema que tenía mi
abuelo hasta hace unos años. Mi madre no nos lo había
contado. Siempre pasaba por encima como si no hubiera existido y ella no hubiera sufrido por su causa, al igual
que sufrieron su madre y sus hermanos. Hasta que un
día nos habló sin utilizar ningún tipo de subterfugio. Lla-
mando a las cosas por su nombre.

A nosotros nos pilló totalmente por sorpresa. Al menos a mí, y supongo que a mis hermanos también.

Mi abuelo no vivía en el mismo pueblo que nosotros, tal
vez por eso no habíamos oído nunca el menor rumor. Nadie en la familia lo había mencionado, jamás se hablaba de
ello, aunque mi madre era consciente de que, en su pueblo, mucha gente sabía el infierno por el que había pasado.

Para nosotros, mi abuelo era un anciano muy estricto, respetable y respetado, en cuya familia había numerosos títulos de rancio abolengo y apellidos compuestos.
Su abuela fue consejera de la reina; había sido una mujer muy influyente, perteneciente a una de las familias
más importantes de la corte.

Mi tía y mi madre contaban muy orgullosas que su
bisabuela había vivido en el Palacio Real de Madrid,
donde nacieron sus hijos, y que estaba enterrada en el
palacio de La Granja de San Ildefonso, el real sitio de la
provincia de Segovia, construido por Felipe V para huir
de los calores del verano de Madrid.

En los años setenta, los jardines del palacio, adorna-
dos con numerosas esculturas y fuentes inspiradas en la
corte francesa de Luis XIV, se podían visitar sin cita previa. Todos los domingos se ponían en funcionamiento
las fuentes, bellísimas e impresionantes obras de arte y

de ingeniería, que mantienen el sistema hidráulico original hasta la actualidad.

Allí nos llevaron en una ocasión mi madre, mi tía y su marido, en una de esas excursiones que organizaban con toda la prole, supongo que también en la furgoneta de la fábrica de hielo, aunque creo que aquella vez no venían todos mis hermanos. Nos llevaron para ver las fuentes del jardín y para buscar la tumba de su bisabuela, de la que no pararon de hablar en todo el camino.

No encontramos la sepultura. A ellas les dio vergüenza preguntar y no estaban a la vista. Después he investigado un poco y no he encontrado referencias a esa tumba, pero fue otro de esos días para el recuerdo, que conservo como un regalo de mi madre y de mis tíos.

Mi abuelo heredó el título del hermano mayor de su padre, muerto sin descendencia en 1926. Él tenía entonces treinta y siete años. Ya estaba casado con mi abuela y habían nacido sus tres primeros hijos. La pequeña nacería al año siguiente.

Él tenía tres hermanas y dos hermanos. Uno de los varones desapareció en la guerra civil, se lo llevaron los milicianos y nunca volvió. Mi abuelo lo buscó por todas partes cuando acabó la guerra, pero no apareció.

Ellos también habían nacido en un palacio, que posteriormente se convertiría en la sede del ayuntamiento de su ciudad.

Allí aprendió mi abuelo a tocar el violín, y allí nacieron sus sueños de convertirse en concertista y viajar por todo el mundo. Pero su madre consideró que esa profesión no estaba a la altura del heredero del condado, y le obligó a estudiar la carrera de Derecho en Salamanca.

Se licenció para contentar a su madre, pero se escapó con su violín en más de una ocasión a la capital, persiguiendo un sueño que no llegaría a cumplir.

Lo imagino como un joven rebelde, viviendo la vida bohemia de principios del siglo pasado, interpretando partituras tristes por las esquinas de la ciudad, vestido impecablemente de traje, con chaleco y pajarita, cubierto con su sombrero y su capa. La típica capa española con la que lo recuerdo en invierno, de paño de lana negra, ribeteada con bandas de terciopelo rojo y una fíbula de plata para abrochársela al cuello.

Mi madre no sabe dónde ni cómo vivió su aventura de músico en ciernes o cuántas veces intentó volar detrás de sus sueños, pero sí sabe que regresó de cada una de ellas con el orgullo herido y las orejas gachas.

Después se enamoró de mi abuela, nacida en Filipinas, donde su familia había hecho fortuna. Al regresar de Manila invirtieron en negocios que les proporcionaron un buen puesto en la escala social, pero carecían de apellidos que avalaran un noviazgo con el futuro conde.

De manera que otra vez tuvo que enarbolar mi abuelo la bandera de la rebeldía, y continuó cortejando a su enamorada contra el viento de su familia y la marea de su herencia.

El 11 de febrero de 1915 se casó con ella, comieron perdices y fueron felices como era de rigor.

¿O no?

Muchos meses después de la boda, mi abuela se ganó el cariño de su suegra gracias a un chal que esta se dejó olvidado en un reclinatorio de su propiedad, reservado en un lugar destacado de la iglesia. Mi abuela lo recogió y, en lugar de enviárselo con una criada, lo llevó personalmente al palacio.

A partir de ahí, llevaron una vida integrada en la familia, donde no faltaban las fiestas y los veranos en la finca que tanto le gustaban a mi madre.

Como la mayoría de los señores de su época, mi abuelo pronto compaginaría el amor por mi abuela con el de otra mujer, una amante que, también como la mayoría de los señores de la época, no tendría ningún interés en ocultar o, más aún, ningún inconveniente en exhibir.

Una bigamia socialmente permitida, en una época en que la mujer aún no había conseguido levantar la voz para decir basta.

Sin embargo, aunque todo lo que nos habían contado era cierto, la realidad de mi abuelo distaba mucho del cuento de rebelde vuelto al redil, donde yo lo había situado. Me faltaba conocer la segunda parte de la historia.

Su familia se arruinó por una mala gestión del patrimonio. Su padre murió dos años antes de que él heredase el condado, y su madre no debía de tener buena mano para las cuestiones económicas. Primero se vendieron las fincas, después el palacio, luego los cuadros –uno de ellos, donde aparece la familia de su abuela al completo, lo compró el Museo del Prado– y, por último, las joyas.

Y, ya se sabe, cuando las necesidades llaman a la puerta de una casa, hay que hacer todo lo posible por mantenerla cerrada y que nada tenga que salir por la ventana.

Mi abuela comenzó a coser «para la calle», como se decía entonces, y mi abuelo se dedicó a tocar su violín en los bailes de las fiestas y verbenas, desde donde empezó a deslizarse hacia el pozo negro y profundo del que le resultaría muy difícil escapar.

El concertista que debería haber actuado en los mejores palacios de la música del mundo, convertido en un titiritero. Una humillación que probablemente no supo esquivar, e intentó ahogar en el peor de los mares posible. Primero un vaso sin importancia... luego dos... luego tres... y luego... el infierno.

Todo el pueblo conocía la enfermedad que lo empujó hacia el fondo del pozo. Una dolencia que en aquella época no se consideraba como tal, sino como un vicio en el que se caía de forma consciente y voluntaria, vergonzoso por lo visible y denigrante por las condiciones en las que suele acabar el que se deja arrastrar por esos lodos.

En definitiva, en aquellos tiempos, se trataba de una deshonra para cualquier casa que se preciase, y más aún si se preciaba de un linaje heredado de generación en generación, que debía defenderse y protegerse.

Supongo que la primera reacción de mi madre sería la sorpresa. Debió de resultarle difícil descubrir la debilidad de un hombre que no supo adaptarse al curso de su propia vida. Nacido y educado para formar parte de la élite, con su título nobiliario, una fortuna que se evaporó antes de llegar a sus manos, un sueño de concertista de violín que no pudo alcanzar y una madre autoritaria que le obligó a estudiar la carrera que nunca ejerció y se negó a aceptar a la mujer que había elegido para compartir su vida.

Sus padres no asistieron a la boda. Se quedaron en su palacio junto al resto de sus hijos, con sus apellidos ilustres, su intransigencia manifiesta y su abolengo centenario esculpido en piedra sobre la puerta de su casa, grabado en sus anillos y bordado en sus sábanas, sus pañuelos y sus manteles de hilo.

Y él cometió su mayor acto de rebeldía. Sin celebraciones, sin familia, sin boato. A las siete de la mañana. Cuando todavía no había amanecido. Como si tuviera que esconderse.

Desconozco cuándo comenzó a caer por el abismo, pero lo imagino alejándose de sus sueños poco a poco, hasta darse de bruces con sus pesadillas.

El segundo sentimiento que le supongo a mi madre hacia la situación de mi abuelo es el de negación.

Debe de ser muy difícil aceptar las miradas disimuladas, los cuchicheos en voz baja y la malicia de quienes se creen inmaculados.

La superioridad del que se arroga el derecho a juzgar al que demuestra su debilidad.

La intolerancia que suele acompañar a los perfectos, su predisposición a condenar al que no lo es y su falta de interés por conocer las circunstancias que llevaron al condenado al borde del precipicio.

Sí, debió de ser difícil para mi madre soportar los añadidos del sufrimiento que debió de haber en su casa.

La carga del pecado del otro.

El peso sobre la espalda.

La vergüenza.

El silencio.

Sin embargo, él no se escondía. Enseñó a mi madre y a su hermana pequeña a montar a caballo, y cada día salía con una de paseo. Ellas, al estilo amazona, de lado, con una falda-pantalón de montar y un sombrero que anduvieron rondando por mi casa durante años, y él a horcajadas, paseando orgulloso por el pueblo y por delante de la puerta de su amante, donde ella lo esperaba cada tarde para verlos pasar, según nos dijo mi madre hace tiempo, de la mano del hijo que tuvieron en común.

¿Se enfrentaría mi abuelo de esa forma al qué dirán? ¿Huyendo hacia delante?

No sé. Desde luego, mi madre nos lo contó en varias ocasiones. A mi gemela le inspiró algunos pasajes de su primera novela y, cuando ella la leyó, volvió a decirnos que lo pasaba fatal cuando veía a la amante de su padre con el niño de la mano.

El tercer sentimiento que le imagino a mi madre es el de rabia, una rabia impotente por ver sufrir a mi abuela.

–La pobre de mi madre sufrió mucho –dice con frecuencia sin explicar la razón. Sin detalles. Sin anécdotas que puedan dañar la memoria de mi abuelo. Apenas unas pinceladas de una vida cargada de espinas, cuando debería haber estado repleta de rosas.

Ella, que se hacía toda la ropa en París, a la última moda, sin reparar en gastos porque su familia de apellido sin pedigrí nadaba en la abundancia, en el último período de su vida, con su título de condesa consorte y su escudo nobiliario bordado en los pañuelos y grabado en las tarjetas de visita, tuvo que coser para otros.

Le gustaba tanto el cine que iba todas las tardes. Por aquel entonces cambiaban de película a diario, y el portero la dejaba pasar sin pagar porque conocía la situación de su casa.

Murió de lo que entonces se conocía como una apoplejía, hoy en día lo llamaríamos «ictus» o «infarto cerebral». Tenía sesenta y un años –para esta época, todavía se consideraría joven– y dejó un maravilloso recuerdo en todos los que la conocieron.

Unos días antes de morir les pidió a sus hijas que llamasen a un sacerdote porque se quería confesar. Ellas intentaron disuadirla porque la encontraban muy cansada.

–Mañana lo llamamos. Ha dicho el médico que tienes que descansar.

–No, mañana no. Tiene que ser hoy.

Esa misma tarde se confesó.

A la mañana siguiente, había perdido el habla. Según mi madre, la Divina Providencia quiso que se preparara bien para la muerte.

–Nos pidió un lápiz y un papel para hablarnos, pero solo le salían garabatos.

Mi madre nos cuenta los últimos días de mi abuela como si su recuerdo la ayudase a ella también a prepararse. Y no hay día que no diga, al menos una vez, la frase que actúa para ella como un mantra con el que pretende alejar el miedo que no puede evitar.

–Últimamente me acuerdo mucho de mi madre. Será que me voy a morir.

Nosotros la tranquilizamos, le decimos que todos vamos a morir tarde o temprano y que a ella le queda mucho tiempo todavía.

–Tú vas a cumplir cien años –le dice siempre una de mis hermanas–. Y te haremos una fiesta con un columpio, como en la película.

Pero sabemos que no es así. La vemos apagarse poco a poco cada día y, de alguna manera, utilizamos la película de Carlos Saura como nuestro propio mantra, porque también debemos prepararnos.

25. La familia de Manila

Yo siempre recuerdo a mi abuelo con su pajarita, su sombreo y su capa española. Llamaba la atención. No sé si a veces llevaría abrigo, creo que lo he visto en alguna fotografía, supongo que se lo pondría también, pero en mi imagen siempre aparece con su capa negra.

Cuando nacimos mi hermana y yo, él llevaba viudo unos años y aún no se había casado con la prima hermana de mi abuela, una mujer dulce y callada que había estado enamorada de él desde que le conoció.

El enlace se celebró el 23 de julio de 1956 a las siete de la mañana, la misma hora que la primera boda. Si sus padres se negaron a acompañarle entonces, ahora fueron sus hijos los grandes ausentes.

¡Pobre hombre! Al final no me va a quedar más remedio que compadecerle y preguntarme si fue feliz. Debió de encontrarse bastante solo en esos dos momentos cruciales de su vida.

—Yo no podía porque estaba en otro pueblo —se justifica mi madre para no aceptar que no obraron bien.

—Mamá, estabas a treinta kilómetros —le digo para alargar la conversación—, claro que podrías haber ido.

—En aquella época no era tan fácil moverse.

—Pero ¡si ibas en moto hasta cuando estabas embarazada de nosotras!

—Ya, pero se casaron a las siete de la mañana.

—¿Y?

–Y...

Al final, siempre termina aceptando que debería haber ido a la boda.

–Ahora me da pena. No nos portamos bien.

A mi abuelo no pudo venirle mejor el matrimonio con la prima de mi abuela, pero se casaron demasiado pronto según mi madre y sus hermanos, que confundieron el amor con la prisa, cuando, en realidad, habían pasado más de seis años desde la muerte de mi abuela, un tiempo prudencial, teniendo en cuenta que ambos contrayentes pasaban de los sesenta años.

Mientras reflexiono sobre la figura de la segunda mujer de mi abuelo, me doy cuenta de que mi familia siempre se refiere a ella con la misma expresión, «la pobre de tía C».

En realidad, utilizan el nombre completo, pero yo usaré solo la inicial para no hacer una excepción con las otras personas que aparecen en estas páginas, y porque decir simplemente «tía» no refleja esa especie de título con el que la identificábamos todos.

Mi tía C esperó a mi abuelo hasta los sesenta y tres años. Él había cumplido sesenta y siete, en una época y un país donde la esperanza de vida no llegaba a los sesenta.

–La pobre de tía C –dice mi madre llena de razón–, toda la vida esperando y, cuando por fin se casa con mi padre... Entre la edad y lo otro.... Ya no...

Mi madre se calla porque no sabe cómo decir lo que está pensando. Se lo prohíbe el pudor. Pero hace un gesto de péndulo con la mano que lo dice todo.

Es la primera vez que la escucho contar esta historia y que la veo hacer un gesto que en otros tiempos hubiera sido impensable. Ella misma se sorprende, pero se ha desinhibido con la edad y se ríe de su ocurrencia. Yo también me río. Compartimos carcajadas y continuamos con una conversación que será la que me impulse definitivamente a escribir este libro, porque no quiero olvidar una anécdota desconocida para mí, porque me doy cuenta de que tampoco quiero olvidar las anécdotas que he escuchado muchas veces, y porque quisiera guardar para siempre nuestras carcajadas.

—¿Y entonces? —la empujo a seguir sin saber hasta dónde se atreverá a contar.

—Ella siempre dijo que le había merecido la pena.

—¿Sin hacer nada?

—No pudieron. La pobre. Pero fue muy feliz con él y consiguió sacarlo de lo suyo.

—¿Y te lo contó a ti? Te contó que no pudo…

—Nos lo contó a todas las hermanas. La pobre.

—¿Y él fue feliz?

—No sé. Yo creo que sí. Ella era muy cariñosa. A nosotros nos daba rabia que se hicieran carantoñas en público, nos parecía que hacían el ridículo, por eso no nos gustaba. Pero era muy buena.

—Y enamorada de él desde joven.

—Desde siempre. Mi padre le había gastado bromas toda la vida. Yo creo que por eso se enamoró de él.

—¿Delante de abuela también?

—Delante de cualquiera. Eran bromas. Le decía tonterías y a ella se le notaba que le encantaban. A nosotros nos daba mucha rabia.

—O sea que tú te acuerdas de ella de cuando eras pequeña.

—Claro. Jugaba mucho con nosotros. A nosotros nos resultaba un poco cursi y demasiado besucona. Pero era muy buena.

Y repite que era muy buena. Insiste muchas veces, demasiadas, como una reparación difícil de admitir, una forma de mitigar una culpa que no quiere aceptar. Es como si, al terminar la frase con unas palabras positivas, salvase a su tía de todo lo negativo que haya podido decir o pensar sobre ella.

No sé si será cosa mía, pero creo que, en mi familia, cuando se habla de la segunda mujer de mi abuelo suele utilizarse un extraño matiz, entre la compasión y la condescendencia, mezclado con una pizca de rechazo burlón. Pero insisto en que puede ser cosa mía.

Es curioso, porque con mis hermanos y conmigo se portaba como una abuela y, sin embargo, nunca la consideramos así. Había cierto recelo. La llamábamos «tía» y la tratábamos con respeto, pero no con el cariño que se merecía, quizá porque mi abuelo no se lo ganó y por extensión tampoco se lo dimos a ella. O también puede ser que los mayores nos trasladaron el prejuicio con que la recibieron en su casa, pese a que ya formaba parte de la familia de mi abuela, o quizá precisamente por esta razón.

El caso es que mi tía C siempre fue la segunda mujer de mi abuelo. Un puesto del que no logró salir jamás. Imposible competir con la fama de la primera. No se podía ser más simpática, más guapa, más buena ni más alegre.

Otra vez la comparación. Otra mujer oculta detrás de la historia oficial. Como tantas. Siempre he dicho que en cada familia hay cien novelas por escribir, la mayoría sobre mujeres a las que nadie ha escuchado nunca. La de mi tía C, desde luego, sería una de ellas.

Tenía los ojos muy tristes. No destacaba por su belleza, más bien al contrario, ni por su inteligencia, al menos en la familia no se comenta. Y, para colmo, su apellido coincidía con el diminutivo femenino de un animal que, aplicado a una mujer, se utiliza como un insulto, un sinónimo de lo que mi madre llama «mujeres de mala vida», porque otro apelativo es incapaz de pronunciarlo.

Cuando le abría la puerta al cartero, y este le decía «señorita» para entregarle una carta, detrás de su apellido añadía una coletilla que aún hoy en día resulta motivo de risa en la familia.

–Señorita «tal», con perdón.

Su madre y la de mi abuela eran hermanas, hijas de un cónsul de la corona española en Alejandría, desde donde partió a Manila para ocupar el puesto de organista de la catedral, un sueño que perseguía desde hacía tiempo. De origen italiano, aunque nacido en Alejandría, su afición por la música debía de venirle de familia. Una de sus hermanas triunfó como cantante de ópera, él empezó como concertista de piano a los trece años y se ganó un puesto bastante digno como compositor lírico en el panorama musical de la segunda mitad del siglo XIX.

Además de las madres de mi tía C y de mi abuela, el cónsul tenía otras tres hijas y un hijo. Las cinco hijas se enamoraron en el barco que los llevó a Filipinas: una contrajo matrimonio con el capitán durante el trayecto y las otras cuatro poco después de llegar a la capital del archipiélago. Dos de ellas se casaron con dos hermanos. Mi abuela era hija de uno de esos matrimonios dobles.

Mi bisabuelo y su hermano habían embarcado en Barcelona, rumbo a Manila, en el mismo barco que el cónsul y sus cinco hijas. Antes de embarcar, supongo que en un acto irreflexivo por llamar a la suerte que pretendían encontrar en la colonia española, se habían gastado casi todo el dinero que les quedaba en boletos de lotería. También supongo que uno de los hermanos lo haría en contra del criterio del otro porque, en la mitad del trayecto, el primero le recriminó al segundo su falta de previsión.

–¿Qué vamos a hacer al llegar? No nos queda nada. Mira que gastártelo todo en lotería... ¿A quién se le ocurre?

–Pero si tú estabas conmigo cuando la compré...

–No se preocupen –les interrumpió un viajero que escuchó la conversación–, yo les compro la mitad.

Y apretó la mano de mi bisabuelo para formalizar un trato donde, no se sabe si por olvido del buen samaritano o por vergüenza de los hermanos poco previsores, no hubo intercambio alguno de dinero ni de lotería.

Al llegar a Manila, se encontraron con una noticia que ninguno de los hermanos podía creer. La suerte les estaba esperando con los brazos abiertos. Me imagino los gritos al saberlo, los abrazos y los saltos.

–¡Nos ha tocado el gordo! ¡Nos ha tocado!

Ese mismo día, sin pensarlo dos veces, buscaron a su compañero de viaje para llevarle la parte del premio que le correspondía.

–De ninguna manera lo puedo aceptar.

–Es una deuda de honor –contestó el padre de mi abuela, insistiendo en entregarle la mitad del premio.

El samaritano era un hombre de negocios muy conocido en Filipinas. Por supuesto, no aceptó el dinero de sus compañeros de viaje, pero les orientó en cómo invertirlo, se asoció con ellos, y los tres disfrutaron de unas ganancias millonarias.

Poco después, los dos hermanos se casaron con dos de las hijas del cónsul.

La que se casó con el capitán del barco se estableció con su marido en Zaragoza poco después de la boda, donde tuvieron varios hijos. Una de ellas era mi tía C.

Las otras hijas del cónsul regresaron a España con sus familias cuando comenzaron las revueltas tagalas por la independencia de la colonia. Mi abuela debía de tener nueve o diez años. Ella recordaba cómo se lanzaban al agua los niños filipinos, para recoger las monedas que les tiraban desde el barco antes de zarpar.

El lugar de destino de las hijas del cónsul debió de corresponder con el origen de los maridos. Una se instaló en Valencia, otra en Huelva, y el varón y los dos matrimonios dobles en el pueblo de mi abuelo, donde los dos hermanos montaron una banca privada con la fortuna que amasaron en Filipinas.

Los padres de mi tía C murieron muy jóvenes. Parece ser que la muerte de él fue muy trágica, arrollado por un tren. No sé si influiría en la muerte de su esposa, pero no pasó mucho tiempo entre las dos desapariciones. A sus hijos los acogieron sus familiares, repartidos entre las diferentes ciudades en las que habían recalado a su regreso de Manila. Supongo que estas circunstancias influyeron en el carácter de mi tía C y en la tristeza de sus ojos.

Una de sus hermanas se metió monja y llegó a ser la madre superiora del colegio donde estuvieron internas mi madre y su hermana pequeña. Cuando mi madre llegó al colegio, aún mojaba la cama y, para evitarlo, su tía se acostaba cerca de ella con una cuerda, un cabo atado en su mano y el otro en el pie de mi madre. De vez en cuando, durante la noche, su tía tiraba de la cuerda para que mi madre se despertase y fuese al cuarto de baño.

Cuando repartieron a los huérfanos, a mi tía C le tocó vivir con la hermana de mi bisabuela casada con el hermano de mi bisabuelo. Los dos matrimonios vivían en casas contiguas. La hermana de mi bisabuela murió muy pronto, y mi tía C se quedó sola con el viudo. Es posible que el hijo varón del cónsul también viviera con ellos, pero no estoy segura.

La madre de mi abuela llegó a tener veintisiete hijos vivos, aunque solo sobrevivieron una docena. Mi abuela era la mayor, nació en Manila junto a algunos de sus hermanos el resto, la mayoría, nació al lado de donde vivía mi tía C con su tío político, sin hermanos, sin padre ni madre, con una tragedia a cuestas que debió de marcarla durante toda su vida.

Dicen que fue feliz con su tío y que llegaron a quererse muchísimo; no obstante, la imagino a su llegada al pueblo, una ciudad nueva para ella, para vivir con una pareja a la que probablemente no conocía o había visto en escasas ocasiones, echando de menos a los suyos, huérfana de padres y de hermanos. Y, para más empeño de la fatalidad, huérfana también de la mujer que podría haber ejercido de madre para ella.

Resulta difícil pensar que no se convertiría en objeto de compasión. Tan pequeña, tan triste, tan sola, tan feúcha.

Y para pasar de la compasión a la creencia de superioridad sobre el otro, solo hay que dar un paso.

No tengo datos para poder afirmar taxativamente lo que digo, solo es una suposición, pero la imagino teniendo que reprimir su propia autocompasión, viviendo una vida bastante solitaria, vecina de una familia que crecía un año sí y otro también; y, supongo, comparada con una prima con la que no podía competir.

Mi abuela era la guapa, ella la fea. Mi abuela era la simpática, ella la tímida. Mi abuela era digna de admiración, ella de lástima.

Desde que llegó a vivir al pueblo desde Zaragoza, mi tía fue una constante en la vida de mi abuela, siempre en el segundo plano donde la colocaron las circunstancias. Era cuatro años menor que mi abuela. Debía de ser una niña cuando llegó, y sus visitas a la casa de al lado debían de ser una constante.

Y después, cuando mis abuelos se casaron, continuó visitándolos con regularidad. Mi madre la recuerda jugando con ella cuando era pequeña. Como testimonio gráfico, existen unas fotos en las que se ve a mi tía C rodeada por mi madre y sus hermanos: la menor, en sus brazos, con apenas unos meses de edad; la mayor detrás, y mi madre y mi tío flanqueándola. Mi madre no había cumplido los cuatro años. Ella tendría alrededor de veintiséis o veintisiete y, en su época, ya debían de estar a punto de considerarla una solterona.

Probablemente, mi tía C conoció mejor que nadie la trayectoria vital de su prima hermana, su subida a los cielos y su bajada al infierno. Desde la casa contigua, vivió su noviazgo y su boda con el hombre del que ella misma se había enamorado. En silencio y prudente. Procurando que nadie conociese sus sentimientos más íntimos. Un secreto que, parece ser, fue incapaz de disimular.

No sé si tuvo algún pretendiente.

No sé si permaneció soltera por propia elección.

No sé si quiso a mi abuelo hasta el punto de no poder entablar un noviazgo con otra persona que no fuese él, o si ningún caballero se fijó en la prima huérfana de la casa de al lado.

Lo que sí sé es que vivió y envejeció junto a mi abuela, quién sabe si deseando su vida o resignada a no tenerla.

Se alegró con la llegada al mundo de sus sobrinos segundos, los acunó en sus brazos, los vio crecer, jugó con ellos, asistió a sus bodas y al nacimiento de sus hijos y sus primeros nietos. Discreta, siempre en la sombra. Difuminada en la historia familiar.

Hasta que la muerte de mi abuela encendió el foco que iluminaría su presencia en escena, con un papel secundario del que jamás se quejó.

Lo demás, una historia de amor en la que merecería la pena detenerse y bucear. La de una mujer desconocida para casi todos, merecedora de un puesto donde nadie llegó a colocarla, cariñosa y amable, seguramente, feliz.

Quince años después de su muerte, Gabriel García Márquez publicó *El amor en los tiempos del cólera,* una obra maestra que él consideraba como su novela favorita. Yo también la tengo entre mis favoritas, no solo de él sino de toda la literatura universal. La he leído varias veces y, desde la primera, no puedo evitar pensar que el premio Nobel colombiano hubiera escrito otra obra maestra si hubiese conocido la historia de la prima de mi abuela, con sus ojos tristes y su ternura, casada a los sesenta y tres años con el amor de su vida, y virgen hasta su muerte.

26. El tiempo de los muertos

Yo quería mucho a la segunda mujer de mi abuelo. Era mi madrina y la quería. Heredé los pendientes que llevaba puestos el día en que murió. Lloré cuando lo supe. La quería, sí. Y lloré mucho. Mi madre me dio los pendientes unos días más tarde.

–Ella hubiera querido que los tuvieras tú.

Me puse sus pendientes el mismo día en que me los dio mi madre. Uno lo perdí en un episodio de mi vida del que he hablado muy pocas veces. Yo trabajaba en un banco y había roto con una pareja que se negaba a aceptar el final de nuestra relación. Todos los días tenía que salir a escondidas de mi trabajo porque él me esperaba en la puerta sistemáticamente.

Un día, un compañero me sacó del aparcamiento en el asiento trasero de su coche y me dejó en la calle paralela, cerca de una boca del metro. Una calle poco transitada donde no entiendo cómo supo encontrarme mi exnovio.

No tuve tiempo de reaccionar: apareció de repente detrás de mí, me llamó por mi nombre para que me girase y, en un segundo, sentí cómo me agarraba por el cuello y me empujaba contra la pared, loco de ira. No sé qué habría pasado si no hubiese intervenido una señora que salió de un portal y lo obligó a soltarme. El caso es que él se debió de asustar de sí mismo, porque desapareció para siempre. No volví a verlo nunca más.

En aquella época apenas se tenía conciencia todavía del concepto de maltrato. Lo dejé pasar sin reflexionar siquiera sobre la posibilidad de denunciar el acoso y la agresión a los que me sometió. Yo solo quería que no volviese a aparecer, que me dejase tranquila y aceptase la decisión que yo había tomado. Y así fue, se marchó y yo empecé a vivir otra vida, una de las muchas que me han tocado vivir, pero nunca olvidé aquel episodio y el miedo que sentí mientras me apretaba el cuello. Miedo y vergüenza. Quizá por eso lo he callado, como tantas mujeres habrán callado episodios parecidos al mío. La vergüenza es una forma de censura que no solo tapa la boca, sino la capacidad de perdonarnos lo callado.

Hoy en día sería otra cosa. Afortunadamente, sabemos identificar la violencia machista y sus actitudes controladoras. Hoy sabemos rebelarnos. Tenemos armas para hacerlo. Nos amparan las leyes, y la sociedad está más alerta que nunca hacia determinadas conductas. Si me volviese a ocurrir, atajaría el problema desde el inicio, sabría cómo evitar que me esperase un día sí y otro también a la salida del trabajo, sin tener que esconderme en el asiento trasero de un coche.

Hasta que llegué a mi casa no me di cuenta de que había perdido un pendiente.

Con el otro me hice un anillo que me robaron muchos años después, no recuerdo cuántos. Entraron en mi casa y, entre otras cosas, se llevaron el anillo y las historias que guardaba. Entonces también lloré.

Mi abuelo murió unos años antes que mi tía C, creo que fueron cuatro años y unos meses. Desde que se quedó viuda, sus sobrinos se la llevaron a sus casas por turno para que no se quedase sola en el pueblo. Mi madre y mis tíos. Un mes aquí, otro allí, otro en el otro lado. Ciudades diferentes, casas diferentes, familias diferentes. Un destino del que mi madre siempre ha querido huir.

—Por favor, no me mováis de mi casa cuando me haga mayor. La pobre de tía C lo debió de pasar muy mal.

La pobre de tía C vio cómo repartían a sus hermanos entre sus tíos cuando era pequeña, y de mayor, vio cómo sus sobrinos se la repartían a ella. ¡Cómo no iba a provocar lástima! Me pregunto si, aparte de mi abuelo, alguien se ocupó en conocerla de verdad, al margen de la imagen de personaje secundario que proyectó para casi todo el mundo.

Se murió de repente, sentada en un sillón, en el piso de la hermana pequeña de mi madre, mientras esta se dirigía hacia la puerta de entrada tras oír el timbre. Cuando estaba por la mitad del pasillo, oyó una respiración extraña procedente de la salita de estar. Y ahí terminó todo.

Una buena muerte. Pero solitaria, sin focos, sin mano amiga. Seguramente, sin saber que se moría. Ocupando el mismo espacio que la vida se había empeñado en reservarle, el segundo plano del que nunca salió.

Era mi madrina, yo la quería. Lloré mucho cuando murió. Y, curiosamente, de algún modo que no sé muy bien cómo explicar, siempre me dio la impresión de que tenía que justificar el cariño que sentía hacia ella. Era como si nadie lo entendiese, como si les extrañase. No sé… Ya digo que no es fácil de explicar.

No la enterraron con mi abuelo. Él se quedó en el pueblo con mi abuela, y ella en Madrid. Es más, nadie sabe dónde está. Ocupó una tumba provisional que debería haberse convertido en permanente diez años después, pero nadie se ocupó de registrarla a su nombre. A la hermana pequeña de mi madre le pesa en la conciencia porque, al morir en su casa, fue ella quien organizó el entierro. La pobre se lamenta de la pérdida del cuerpo, pero no es la única responsable: tampoco mi madre se hizo cargo, ni sus otros dos hermanos, ni los muchos sobrinos que debía de tener en las ciudades donde vivieron sus propios hermanos.

Nadie fue a verla mientras se supo dónde reposaban sus restos. Nadie que yo sepa. No sé... Ojalá me equivoque y alguien le haya llevado flores en alguna ocasión. Algún aniversario. Algún día de difuntos. Algún día de su santo. Ojalá. Hace muchos años que ya no es posible. Nadie sabe dónde está.

Si se busca el nombre de mi abuelo en Internet, en casi todas las páginas aparece casado con mi abuela únicamente. Nada de segundas nupcias, nada de segunda condesa —nunca la consideraron así—, nada de la mujer con la que vivió sus últimos catorce años, la que le ayudó a salir de su infierno y le hizo feliz.

La pobre de tía C otra vez difuminada. Sin papel protagonista. Sin foco y sin diálogo. Sin nombre. Borrada para siempre. Muerta del todo.

A veces la historia se muestra tan terca...

Dicen que seguimos viviendo mientras alguien nos recuerde. Aunque solo sea a través del nombre en una lápida. Los ritos funerarios sirven para eso. El nombre en la piedra.

En realidad, solo sirven para alivio de los que nos quedamos. Para hacernos la ilusión de que siguen con nosotros.

¡Qué contrasentido! Negamos la muerte de los nuestros apelando a la memoria, y nos instalamos en esa paradoja para soportar la idea de que nosotros también seremos olvidados. Pensamos en los muertos como si ellos quisieran lo mismo que nosotros, y nos negamos a aceptar que no es así. Al menos, no es así después de muertos.

Los muertos no existen, no piensan, no desean estar vivos, no sufren, no saben que vamos a verlos a los cementerios, no les importa si hay una lápida grabada con su nombre.

En este sentido, soy bastante descreída, como mi hermana gemela. Decir que soy atea, como decía ella, me parece demasiado tajante, pero me acerco mucho más al ateísmo que a la posibilidad que abren los agnósticos.

No creo en otra vida, en el más allá. No creo que los muertos estén en ningún lado. Son una construcción de nuestra memoria, para hacernos la ilusión de que están en alguna parte.

En cierta ocasión, Javier Marías me dijo una frase que me hizo reflexionar sobre la vigencia de los recuerdos, el nivel de permanencia que podrían alcanzar o, dicho de otro modo, la fecha de caducidad de la memoria.

Se cumplían quince años de la muerte de mi gemela, y el escritor acababa de recibir un premio que otorgan en mi pueblo con su nombre.

—El tiempo también pasa para los muertos —me dijo sorprendido de que hubieran pasado tantos años desde la última vez que la vio, unos meses antes de caer enferma.

Me impresionó tanto la frase que la utilicé como el primer verso de un poema que escribí aquella misma noche, en el que me planteo hasta cuándo funciona la memoria como garante contra el olvido. Hasta cuándo se puede prolongar la máxima de que «vivirán mientras los recordemos». Porque es cierto que viven mientras alimentamos su recuerdo, pero qué sucede cuando ya no queda nadie que pueda evocarlos, o cuando no hayan dejado constancia material de su paso por el mundo, o se haya perdido.

Algunos hombres y mujeres permanecen en la memoria colectiva durante cientos o miles de años. Escritores, monarcas, músicos, pintores, filósofos, inventores o estadistas que influyeron en el curso de la historia y de la cultura y dejaron su impronta de algún modo, ya sea material o intangible, con cuyo nombre se asociarán siempre.

Pero ¿qué sucede con las personas que vivieron en el mismo tiempo que ellos y no dejaron constancia de su paso por el mundo? ¿También viven? ¿En la memoria de quién?

Algunos me dirán que para eso se celebra el día de los difuntos, porque ahí están todos. ¡Bueno! ¡Acepto el genérico! Pero me reafirma aún más en la idea de que nos instalamos en una paradoja por pura necesidad de supervivencia, porque deseamos la eternidad, deseamos creer que los muertos siguen vivos.

Sé que habrá gente que cuando lea estos párrafos se compadezca de mi descreimiento. Algunos, probablemente muchos, desearían convencerme de que, por muy imposible que me parezca, los nuestros están siempre presentes, protegiéndonos y esperando que nos reunamos con ellos.

Me ha sucedido muchas veces. Hay mucha gente buena que ha pretendido reconfortarme con la esperanza de otra vida, y les encantaría ayudarme a recobrar la fe que perdí hace décadas. Se lo agradezco a todas las que llegan cargadas de respeto y de buena intención, pero también les digo que no sigan intentándolo porque, después de una profunda reflexión y de muchísimo dolor, he llegado al convencimiento de que todo tiene un final.

Respeto todas las creencias religiosas, por supuesto, excepto las que se fundamentan en el integrismo, sea del signo que sea, e intentan imponerse a las demás cueste lo que cueste. A veces me he encontrado con un integrismo antirreligioso igualmente rechazable, digno de guardarse en el mismo saco que cualquier tipo de comportamiento inquisitorial.

No obstante, no dejan de ser excepciones. En general, la gente suele comportarse con respeto. Al menos hacia mí, en las distancias cortas. En las largas, seguramente encontraría otras actitudes en algunas personas, pero me quedo con las que saben respetarme y con las que demuestran ser coherentes entre lo que dicen y cómo se comportan.

Es más, en determinadas ocasiones he dicho que incluso envidio a los verdaderos creyentes, porque pueden refugiarse en la fe para aceptar los golpes de la vida y soportarlos.

Mi madre, por ejemplo, tiene una fe inquebrantable que le ha servido de consuelo en numerosos momentos difíciles de su vida.

Sin embargo, a pesar de estar convencida de que la muerte no supone un final, sino un principio, le tiene un miedo que verbaliza a menudo y, sorprendentemente, su religión no puede ayudarla a superarlo.

Lo he hablado con ella en incontables ocasiones, y no porque haya sacado yo el tema de conversación. Ella lo provoca siempre que nos habla de su madre, y yo creo que lo hace para darse fuerzas y convencerse a sí misma de que tendrá una buena muerte, como la de mi tía C.

27. En casa de mi abuelo

Solo unos pocos sabemos que el cuerpo de mi tía C se ha perdido. Solo unos pocos hemos debido de haberla buscado en Internet y sabemos que apenas queda rastro de su paso por el mundo. Pero vivirá mientras la recordemos esos pocos, empeñados en nuestras paradojas.

Yo la quería. Sí, ya lo he dicho, lo sé, pero me gusta repetirlo. Yo la quería.

Mi madre nos mandó a su casa a mi gemela y a mí cuando contrajimos la tos ferina, para no contagiar a mis hermanos.

Aunque, a decir verdad, nunca conocimos su casa como «la casa de tía C», sino como la casa de mi abuelo. Donde pasamos mi gemela y yo una buena temporada.

Recuerdo perfectamente haber tirado allí nuestros chupetes, años antes de pasar la tos ferina. Debíamos de tener alrededor de tres años, pero lo recuerdo con toda claridad. Se trataba de unos chupetes horribles, como de caucho muy oscuro, casi negro. Mi madre dice que se volvía loca cuando no los teníamos a mano, porque no queríamos otros y no eran fáciles de sustituir, pues no los vendían en todas las farmacias.

El caso es que, un día, mi abuelo nos miró, señaló las bocas tapadas con el chupete, y nos dijo sin que hubiera ninguna opción a llevarle la contraria:

—¡Eso, a la basura!

Nunca más los pedimos ni nadie habló de ellos. Se esfumaron para siempre.

Años después, en la temporada que pasamos en su casa para no contagiar a nuestros hermanos, lo recuerdo a él tocando el violín en su despacho, la primera habitación de un largo pasillo, y a mi tía canturreando al final, en la cocina, mientras preparaba la comida y ponía la mesa. No recuerdo que tuvieran servicio, excepto una asistenta que se marchaba antes de comer.

Mi Tía C tendría más o menos la edad que tengo yo ahora.

¡Qué extraño me resulta pensar que cumpliría años como cualquiera, y que lo celebraría! ¡Y apagaría las velas! ¡Y mi abuelo le haría regalos!

La recuerdo atemporal, siempre igual, vestida con un traje de chaqueta negro y una blusa blanca. Para estar en casa se ponía un traje camisero negro con unas flores diminutas blancas.

El luto permanente de las mujeres españolas, hasta prácticamente el último cuarto del siglo pasado.

En la solapa de la chaqueta llevaba por costumbre un broche de perlas o un camafeo, y en las orejas, los pendientes que yo heredé y no pude conservar.

Nos dejaba jugar en una habitación que había al otro lado de un patio interior, una especie de trastero donde se guardaba de todo; entre otras cosas, una balanza de platillos muy antigua, con la que jugábamos a las tiendas.

Nos encantaba aquella maravilla.

Manejar un instrumento tan preciso, tan conocido, pero tan inaccesible, nos daba una extraña sensación de poder. Un atributo que nos colocaba al otro lado del mostrador de las tiendas, reservado a la única persona con acceso a cualquier cosa, desde los sacos de los garbanzos, las lentejas o las judías («frijones», en nuestra tierra), que se vendían a granel, hasta los chocolates que nos daba mi madre para merendar. Una «jícara», decíamos en aquella época.

Mi hermana y yo nos turnábamos para ser las tenderas. Pasábamos horas y horas en aquella especie de trastero enorme, donde buscábamos cosas para poder pesar y vender.

La colección de pesas de precisión de diferentes tamaños, algunas diminutas y otras grandes y pesadas. El sonido al ponerlas en los platillos de bronce. El brillo de la superficie pulida. El color. El tacto. La emoción de buscar el equilibrio entre los dos platillos, que parecía imposible. La enorme ilusión de encontrarlo.

Entre las muchas cosas que encontramos, había un muestrario de botones de colores que para nosotras representó un tesoro que ojalá hubiéramos podido conservar. A mi madre también se los mandaban de la tienda muchas veces cuando vivíamos en el pueblo, igual que los catálogos de telas. Y nosotras pasábamos aquellas hojas de cartón con una ilusión indescriptible, como si, en lugar de botones o trocitos de tela, estuviéramos contemplando las joyas más maravillosas.

Cuando sabíamos que mi abuelo no estaba en casa, o mientras escuchábamos el violín, jugábamos tranquilas con la romana y todo nos parecía perfecto. No había nada de qué preocuparse, solo disfrutar con nuestros juegos.

La música de fondo alejaba la posibilidad de que mi abuelo nos riñese por algo. De hecho, el sonido del violín se ha quedado en mi memoria como el único recuerdo entrañable que tengo de él.

Mi madre siempre se acuerda de él cuando ve a los músicos callejeros, y siempre les echa una moneda, en homenaje a su padre. Y yo he heredado esa costumbre y esa nostalgia, sobre todo cuando veo a un violinista solitario.

Es más, cada vez que escucho un violín, me asalta un sentimiento de orgullo hacia mi abuelo que contrasta con el miedo que solía transmitirme, como si su capacidad de hacer algo tan bello compensara su incapacidad para habernos querido.

Siempre que puedo, no pierdo la oportunidad de decir que mi abuelo tocaba el violín. Y lo hago con ese orgullo, recordando las notas que llegaban desde su despacho cuando mi gemela y yo jugábamos en el trastero.

No recuerdo la música, no sé qué partituras elegiría, ni sus músicos preferidos, ni el tiempo que le dedicaba, solo recuerdo la sensación de tranquilidad que me producía.

Como contrapunto, la voz de mi tía C llamándonos para ir a la mesa, cuando dejaba de sonar.

Entonces, mi abuelo volvía a ser el que era y, mi tía C la única en la que podíamos refugiarnos.

Él nos daba tanto miedo que éramos incapaces de contradecirle. En cierta ocasión, no recuerdo por qué motivo, estábamos comiendo en su casa mi gemela, el que nos sigue, la pequeña de las niñas y yo.

Mi tía C trajo de la cocina una morcilla muy típica de nuestra tierra y, sin darse cuenta de que se había estropeado, nos sirvió a cada uno un trozo y regresó a la cocina. Mi abuelo nos ordenó que empezásemos a comer, probablemente ese día ellos comerían más tarde, porque lo recuerdo de pie, con su traje oscuro y su pajarita, y porque, de haber comido con nosotros, tendríamos que haber esperado a estar todos sentados y servidos para poder empezar.

Al probar la morcilla, hicimos un gesto de asco al que él reaccionó con su tono autoritario de costumbre.

—¡Hay que comérselo todo! ¡Nada de caras raras!

No había nada más que decir. Los niños no hablaban si no les preguntaban, y mucho menos en la mesa, de modo que continuamos comiendo a pesar de que las ganas de vomitar eran cada vez mayores.

Afortunadamente, mi tía C regresó de la cocina y, al ver nuestros gestos, probó la morcilla y nos retiró los platos, mientras mi abuelo continuaba mirándonos con cara de reprobación.

No podían ser más diferentes.

Él era la rigidez.

Ella, la calma.

Él, las normas de educación.

Ella, los juegos.

Él, el mando, las órdenes que había que cumplir.

Ella, el silencio.

Él nos obligaba a comer todo lo que nos servían en la mesa.

Ella nos dejaba jugar con la balanza.

Él se hacía notar cuando estaba en la casa.

Ella podría pasar desapercibida.

Él nos veía como una carga.

Ella no lo sé. Supongo que también, sería lo más lógico, pero nunca nos lo hizo notar.

Él no supo querernos.

Ella no pudo ser nuestra abuela.

Él nunca fue el abuelo que pudo haber sido y nos habría encantado.

Ella nos llamaba «corazón», nos ponía el termómetro antes de acostarnos, nos preparaba deliciosos flanes para el postre y nos llevaba un vaso de leche caliente a la cama.

28. El lado izquierdo

Nadie puede saber qué hubiera sucedido si el ministro que visitó mi pueblo hubiera aminorado el paso de la comitiva municipal.

Los futuribles no sirven para escribir la historia.

Nadie lo sabe. Y eso es lo malo. Ni se sabe, ni podrá saberse.

La inmisericorde tenacidad de la duda.

El corazón de mi padre se agotó para siempre poco después, pero estaba condenado desde hacía décadas. Le habían diagnosticado una insuficiencia cardíaca cuando tenía catorce años.

Su corazón crecía dentro de la caja torácica sin que pudiera hacerse nada. La medicina no había avanzado aún hasta ese punto. Hoy en día le habrían operado y habría vivido como un enfermo crónico, sin más problema que tomar una medicación. Pero en aquella época no existía esa posibilidad.

Nosotros aprendimos enseguida los términos que tenían que ver con su dolencia. Insuficiencia, estenosis mitral, fiebres reumáticas, enfermo desahuciado, ataque de gota producido por la medicación. Palabras que manejábamos sin dificultad siendo unos niños, como si perteneciera al vocabulario cotidiano de cualquiera.

Sabíamos que nuestro padre estaba enfermo como sabíamos que era abogado y recibía a sus clientes en la zona de la casa donde no nos dejaban jugar.

La primera frase que había que recitar mentalmente, después de recibir la comunión, era la que pronunciamos ante el Cristo que no resultó milagroso para nosotros.

—Para que papá se ponga bueno.

Lo sabíamos todos. Papá estaba enfermo y no se iba a curar. La idea de su muerte estaba presente en la casa hasta tal punto que recuerdo que en la víspera de cualquier día importante, ya fuera un cumpleaños o la primera comunión, yo siempre rezaba para que no se muriera esa noche y pudiéramos celebrar el acontecimiento que yo estaba esperando ardientemente.

Tenía un corazón enorme, un corazón tan grande que no le cabía en el pecho, sin metáforas, sin frases hechas, la literalidad de unas palabras que en su caso no significaban una enorme bondad, sino la condena segura, la pena de muerte. Curiosos sinónimos otra vez. Pena y condena. Pena y tristeza. Pena y dolor. Pena y desgarro.

Recuerdo cómo latía el corazón de mi padre debajo de su camisa. Se le veía latir. O eso creo recordar. La tela subía y bajaba al ritmo de sus sístoles y diástoles. Me encantaba apoyarme en su pecho y sentir aquel trote. Lo recuerdo todavía hoy, igual que recuerdo su voz y el tacto de sus manos.

Aunque ya se sabe que la memoria es tramposa por naturaleza. A diferencia de la Historia, se inventa los huecos que no podemos rellenar y los guarda como hechos probados.

No lo recuerdo quejándose nunca. Solo una vez le escuché decir una frase que, después de su muerte, rebotaría en mi pensamiento como una piedra en el agua.

Se estaba lavando la cara en su cuarto de baño. Tenía la puerta abierta y yo me quedé mirándole porque me encantaba el ritual que solía utilizar. Se frotaba varias veces con las dos manos, soltando una especie de gruñido de satisfacción, y luego cogía la toalla también con las dos manos y se tapaba la cara para secársela, como cuando iba al barbero.

Sin embargo, aquel día parecía que únicamente se quería refrescar. Se lavó muy rápido y, mientras se secaba solo a medias, pronunció la frase que me atormentaría durante años.

—¡Qué ganas tengo de morirme!

El hecho de haberle escuchado representó para mí un sentimiento de culpa que me asaltaba a la menor oportunidad. Yo no tendría que haber estado allí.

Si no me hubiese parado para mirar cómo se lavaba la cara, no habría habido ningún testigo y quizá no habría muerto, porque de la misma forma que lo deseó, podría haberse arrepentido y desear lo contrario.

Pero ahí estaba yo. Y los niños no entienden el lenguaje metafórico. Me quedé con la literalidad de la frase y, para rechazar cualquier posibilidad de que se cumpliera, no se lo conté a nadie. Tampoco le conté a nadie mi desazón cuando sucedió lo que sucedió.

¿Qué adulto no ha dicho alguna vez algo parecido?

Él lo dijo porque algo le había contrariado. Se le notaba enfadado, muy enfadado, pero cuando se dio cuenta de que yo estaba mirándolo desde la puerta, cambió de actitud al instante, me sonrió, me acarició el pelo y volvió a ser el bromista de siempre. El que llegaba a nuestro comedor cuando todos estábamos sentados alrededor de la mesa y nos preguntaba:

—¿Quién me quiere a mí?

Utilizaba un tono cantarín —yo lo he imitado muchísimas veces para hacerle la misma pregunta a mis hijas—, alargando la i hasta que se solapaba con la respuesta: un griterío de niños deseando que supiera que cada uno le quería más que nadie.

—Yoo. Yoooo. Yoooooo. Yooooooooooooo.

Mi madre protestaba ante la algarabía en que se transformaba el comedor a partir de ese momento, porque la siguiente pregunta suponía un énfasis mucho mayor en la respuesta.

—¿Quién se viene conmigo a la playa?

Y mi madre saltaba al mismo tiempo que los nueve nos levantábamos de las sillas levantando el dedo y gritando «yo, yo, yo».

A mi gemela y a mí nos llevó dos veces a la playa. Su hermana pequeña vivía en un pueblo fronterizo con Portugal, y nos quedamos una temporada con ella. Pero normalmente, se trataba de una broma para hacernos levantarnos de la mesa a todos a la vez.

—¡Ya estamos como siempre! —decía mi madre indignada, intentando que volviésemos al plato y a la cuchara—. ¡Están comiendo tan tranquilos, llegas tú, y me los alteras!

Y él se la ganaba enseguida, con otra frase que también se ha quedado para siempre en las anécdotas que nos cuenta mi madre cada cierto tiempo, creyendo que lo hace por primera vez:

—Te enfadas porque, si no, te aburres.

Yo no recuerdo esa frase, pero imagino a mi padre pronunciándola y a mi madre sonriendo, mirándose los dos, enamorados hasta las trancas, jóvenes, disfrutando de cada día, exprimiéndolo hasta la última gota, saboreándola. Aprovechando la felicidad de cada minuto, porque ninguno de ellos sabía si sería el último.

El sentimiento de felicidad es así, produce miedo cuando se toma conciencia de él, porque se sabe que no es para siempre ni lo cubre todo. Como dice el saber popular, es una manta pequeña que cuando tapa los pies deja al descubierto la cabeza.

Supongo que mis padres se ocultarían mutuamente sus miedos, y también supongo que ofrecerían sus sufrimientos a Dios o a la Virgen. No sé... supongo.

Él no era de misa diaria, pero sí lo recuerdo en la iglesia los domingos y fiestas de guardar. Es uno de esos recuerdos que siempre me vuelven. Yo entraba muchas veces de su mano. Conservo la sensación de su tacto, su olor, su calidez.

En una ocasión, en que yo no podía dormirme –tendría cinco o seis años, porque aún no nos habíamos mudado a la casa grande–, él vino a mi cama y me preguntó qué me pasaba.

–Me han dicho las monjas que el lado izquierdo es el lado del demonio y el derecho el del ángel de la guarda, y yo no puedo dormir del derecho.

Él me cogió en brazos, me llevó a su cama, me enseñó el lado en el que dormía y me acostó entre él y mi madre.

–Qué tonterías dicen las monjas.

Y yo, ahora, pasado el tiempo, pienso en lo curioso que resulta la identificación de la izquierda con lo satánico y la derecha con lo divino. Pienso en cuántos niños se acostarían atemorizados por dormir del lado que no debían. Pienso en otras historias que nos contaron las monjas y en cómo nos condicionaron la adolescencia.

Una de las más aterradoras para mí fue *La mano de la muerte*. Trataba sobre una chica que se fue a la verbena con un vestido sin mangas y se dejó tocar. A la vuelta del baile, sintió una mano helada sobre el hombro desnudo. Cuando se giró para ver quién era, se encontró cara a cara con la muerte, espeluznante, blanca, condenatoria, fría, definitiva.

La parca la empujó hacia la puerta del infierno y la obligó a pronunciar una frase que tendría que repetir durante toda la eternidad, mientras se quemaba sin consumirse:

–La que soy saluda a la que pudo ser. La que soy saluda a la que pudo ser. La que soy saluda a la que pudo ser.

Por supuesto, el hombro en el que se posó la mano helada de la muerte no podía ser otro que el izquierdo.

Las metáforas coladas en un discurso que perseguía controlar el cuerpo y la mente. La muerte, el sexo, el gozo, el pecado, el castigo, la eternidad, el deseo, el vicio.

La educación marcada por los diez mandamientos, en un país secuestrado por el pensamiento único y omnipresente, aliado con la Santa Madre Iglesia.

La vida constreñida en un plano de dos dimensiones, donde no había cabida para las perspectivas ni la discrepancia.

29. Ejercicios espirituales

En mi colegio no entraban los hombres, a excepción del sacerdote que impartía la misa y del jardinero, con los que jamás nos cruzábamos las niñas. Ni siquiera los padres o hermanos de las alumnas podían pasar del *hall* recibidor.

Cuando mi gemela y yo teníamos catorce o quince años, se produjo un escándalo del que todas las niñas hablábamos sin saber a ciencia cierta de qué se trataba. Conversaciones a media voz y con medias palabras, acompañadas de risitas y aspavientos que la mayoría hacía por imitación, sin saber en realidad de qué había que escandalizarse y por qué.

Fue mientras hacíamos ejercicios espirituales fuera del colegio, en un centro donde permanecimos casi una semana las alumnas de nuestro curso y las de un curso superior, tanto las internas como las mediopensionistas.

Las externas estudiaban en otro edificio un bachillerato diferente. El de ellas se llamaba «bachillerato laboral», y el nuestro, «universitario». Se suponía que ellas pertenecían a otra clase social y que sus carreras irían enfocadas hacia la formación profesional, mientras que nosotras iríamos a la universidad. Nunca se mezclaban con nosotras. Es más, si coincidíamos en algún pasillo – normalmente cuando nos dirigíamos a la capilla, el único lugar que compartíamos–, las externas les cedían el paso a las internas y mediopensionistas, en un ejercicio de desigualdad del que yo me sentía siempre avergonzada. Del mismo modo que me hubiera sentido si me hubiera tocado vivir una práctica, afortunadamente erradicada antes de que llegásemos mis hermanas y yo al colegio, que consistía en que, unos días antes de las vacaciones de Semana Santa, las internas les lavaban los pies a las externas para emular el acto de humildad que llevó a cabo Jesucristo lavándoles los pies a sus apóstoles.

Nunca me gustó aquel colegio. No siento ningún cariño por él. No puedo. Supongo que habrá evolucionado, pero cuando yo estuve allí, las diferencias de clase se respiraban hasta en el recreo, donde las internas y mediopensionistas jugaban en un enorme jardín, con pista de baloncesto, una explanada para patinar, un huerto, una rosaleda y paseos repletos de árboles, y las externas en un patio que a mí me parecía muy pequeño, cercado por una verja metálica, del que tenían prohibido salir.

–Vais a ser las mujeres de los dirigentes de este país, de los médicos, de los arquitectos, de los abogados y de los ingenieros. Tenéis que ser conscientes de la responsabilidad que conlleva –nos decían para hacernos ver que debíamos comportarnos como mujeres dóciles. Una palabra que usaban con bastante frecuencia, a la que mi hermana gemela siempre se enfrentaba con una protesta que le costó más de un castigo.

–¡No soy un caballo!

El sacerdote que dirigió los ejercicios espirituales fue la primera persona que nos habló de justicia social y de pensamiento crítico. Creo que era un jesuita –su colegio estaba enfrente del nuestro, pero nunca hacíamos actividades en común–, y supongo que seguía la corriente de la teología de la liberación, nacida en Latinoamérica a finales de los años sesenta bajo el auspicio del Concilio

Vaticano II, comprometida con los pobres y el proceso de liberación de los oprimidos.

El sacerdote se ganó la confianza de la mayoría de las niñas enseguida. Nos habló de sexo, de justicia, de libertad de decidir, de la necesidad de adquirir fuerza para solucionar los problemas cuando llegan, paciencia para aceptar los que no tienen solución y sabiduría para aprender a distinguirlos.

De aquellos ejercicios me llevé una enseñanza que se ha quedado conmigo para siempre: si un problema no tiene solución, significa que no es un problema; hay que abordarlo de otro modo, porque las matemáticas son ciencias exactas y no admiten semejante contradicción.

Después he sabido que los matemáticos disfrutan desentrañando problemas que, estando bien planteados, parecen no poder resolverse. Conjeturas con nombres propios, establecidas como retos aparejados a premios millonarios y reconocimientos científicos del nivel del Premio Nobel, el único, por cierto, que no existe en esta disciplina, según dicen, porque Nobel sospechaba que su mujer le era infiel con un matemático y quiso vengarse de ellos.

No obstante, hasta los problemas más difíciles tienen solución, aunque se resistan durante decenas de años o incluso siglos. Paradojas matemáticas que esperan ser resueltas por mentes privilegiadas.

Obviamente, los problemas a los que se refería el sacerdote de nuestros ejercicios espirituales se situaban a años luz de los que resuelven los expertos matemáticos. Sus enseñanzas tenían que ver con la vida, con la realidad que nos esperaba cuando saliéramos del paraguas protector del colegio.

Ya fuera de palabra o de obra, el discurso de las monjas era justamente el contrario al del jesuita, sobre todo en relación con los hombres.

Estábamos empezando a crecer, y los chicos aparecían en su horizonte como el peligro del que prevenirnos.

–Aprended a decir que no. No dejéis que se aprovechen de vosotras, porque podéis acabar en el arroyo al menor descuido, y no creáis que vuestras familias podrán libraros: torres más altas que vosotras han caído en esta santa casa.

–Nunca vayáis en moto, porque pecaréis sin remedio: si os agarráis, contra el sexto mandamiento; si no os agarráis, contra el quinto, porque os caeréis y os mataréis.

El pecado y el sexo.

Mi generación creció marcada por el miedo a los dos. Especialmente las mujeres. Nos educaron en la falta de información, el miedo al embarazo y la prohibición de utilizar cualquier medio para evitarlo.

Y también con el miedo al escándalo. El famoso «qué dirán» ha retumbado en nuestras casas como un conjuro para ahuyentar los malos comportamientos y los espíritus rebeldes. Historias iguales o parecidas a las de las manos heladas de la muerte, las motos que incitan al pecado y las jóvenes que acaban en el arroyo por no saber decir no, proliferaron en los colegios de monjas de los años sesenta y primeros setenta sin que nadie se planteate el daño que provocaban a sus alumnas. Una de ellas, compañera de un curso superior al de mi hermana y el mío, protagonizó un escándalo en los ejercicios espirituales que dirigió el jesuita y, sin quererlo, se convirtió en nuestro modelo de víctima de una mentalidad sin sentido.

Cursaba el último año del bachillerato superior, debía de tener dieciséis o diecisiete años. No recuerdo los rasgos de su cara, pero sé que era muy guapa. Una de esas chicas decididas, sin complejos, abierta, simpática con todo el mundo. Siempre contenta. Una chica de carácter, de las que generan admiración en las demás. Hoy en día la llamaríamos «líder», o con capacidad de liderazgo, pero en aquellos tiempos esos términos no se habían instalado aún en nuestra lengua. Las monjas la llamarían «cabecilla» de cualquier alteración de la paz del rebaño. Una chica alegre y divertida. Sin embargo, desde que empezaron los ejercicios espirituales no había dejado de llorar. Nadie sabía por qué. Decían que ni siquiera sus amigas más íntimas conocían el secreto que la angustiaba.

Se pasaba las horas libres con el jesuita que nos enseñó a abrir los ojos, confesándose en la capilla o paseando por el jardín, él hablando y ella llorando. Hasta que desapareció una noche sin despedirse de nadie, en un ir y venir de gente alterada recorriendo los pasillos de los dormitorios.

No llegamos a saber qué sucedió en realidad, aunque con el tiempo imaginamos que se había quedado embarazada de su novio. La versión oficial decía que habían ido sus padres a recogerla porque se había puesto enferma.

Aquella noche la oímos llorar en su cuarto más que nunca. No volvió al colegio ni a ponerse en contacto con ninguna de sus amigas.

Fue como si se la hubiera tragado la tierra.

Como si la mano helada se le hubiera posado en el hombro desnudo y se la hubiera llevado para siempre.

El jesuita también desapareció, a las monjas no debieron de gustarle sus enseñanzas progresistas y lo sustituyeron a la mañana siguiente por un cura de los de siempre, de los de la castidad, la fe y la obediencia.

No volvimos a ver al jesuita ni a saber de él. Para mí fue una de esas personas que dejan huella, el único sacerdote que recuerdo de mi estancia en el internado.

Muchas veces lo he imaginado en América Latina, junto a los indígenas, en una de las llamadas «comunidades cristianas de base», arriesgando su vida en defensa de la igualdad, la justicia y la libertad, o en una iglesia de los suburbios de la periferia de Madrid, ejerciendo su ministerio como uno de los llamados «curas obreros», reclamando los derechos de los trabajadores y dándoles cobertura en las huelgas.

Las monjas no volvieron a nombrarlo jamás. A partir de aquel día, intensificaron sus dogmas, sus historias truculentas y sus advertencias sobre los hombres.

La vida reducida a un poliedro sin caras disonantes.

Si mi padre hubiese vivido más, estoy segura de que podría haberme tranquilizado sobre esas historias. No digo que hubiera sido un adelantado a su tiempo, ni que hubiera creído en el amor libre o las relaciones prematrimoniales, por supuesto que no, era católico prácticamente, muy creyente y, supongo, obediente de todos los mandamientos. Pero estoy segura de que él, que conducía una moto y disfrutaba llevando a mi madre a la grupa, incluso cuando estaba embarazada de gemelos, jamás hubiera permitido que sufriéramos con las mentiras de las monjas.

–Puedes dormir del lado que quieras –me dijo la noche en que me llevó a su cama.

Aquella noche dormí a pierna suelta. A la derecha, mi madre, a la izquierda, mi padre. Y yo en el medio, viviendo un privilegio difícil de disfrutar cuando se comparte la vida con ocho hermanos y se ocupa el lugar del medio en la jerarquía de edad. Ni mayores, ni pequeñas. Mi gemela y yo siempre fuimos las medianas. Otro rasgo que imprime carácter, sobre el que merecería la pena reflexionar. El orden que se ocupa entre los hermanos también marca. Pero dejaré esta disertación para otro momento. Como decía una amiga mía cuando empezaba a irme por las ramas: «No te disperses».

La memoria es una raya discontinua que salta de un lado a otro continuamente, y yo tengo la tendencia de seguirla de acá para allá, aunque me pierda en vericuetos que me llevan de un recuerdo a otro y a otro y a otro y a otro.

Mi amiga tenía razón, me pongo a divagar y me alejo del relato sin casi darme cuenta. En ocasiones, incluso me olvido de lo que estaba contando y tengo que hacer verdaderos juegos malabares para regresar al principio de la historia.

Pero así es la memoria. No me pasa solo a mí. Te seduce con sus juegos, te confunde enmarañando las épocas, los lugares y las cuatro dimensiones del universo cuántico, se divierte entremezclando lo vivido y lo soñado, lo real y las marcas que tuvimos que arrancarnos de la piel a costa de vivir y de aprender a buscar los lados del poliedro que quisieron ocultarnos.

30. Primer viaje a la Luna

Mi madre supo desde el primer momento que mi padre padecía del corazón. Se lo dijo él. Y se lo dijeron también mis abuelos paternos unos días antes de casarse.

–Seguramente se morirá muy joven. ¿Estás segura de que te quieres casar? –me cuenta la pobre, como siempre, creyendo que lo hace por primera vez.

–¡Imagínate! Unos días antes de la boda me llamaron tus abuelos para preguntarme si estaba segura de quererme casar. ¡Unos días antes! ¿Qué habría hecho si no hubiera estado segura? ¡Solo unos días antes!

–¿Y qué habrías hecho?

–¡Nada, qué iba a hacer! Menos mal que yo sí estaba segura, lo quería muchísimo y no lo hubiera cambiado por nadie.

El cardiólogo le advirtió de que podría morir en cualquier momento. Cualquier emoción fuerte podría matarlo. Un baño en el mar. Un partido de fútbol. La pasión del amor.

–Y cualquier esfuerzo –nos cuenta cuando recuerda los viajes a Madrid–. No podía coger peso. La gente nos criticaba porque yo llevaba las maletas y él iba detrás con las manos en los bolsillos. Pero a nosotros no nos importaba; al revés, nos reíamos de las miradas que nos echaban. Lo entendieron después, claro, pero ya se habían imaginado cosas raras.

Y yo me pregunto cómo se vive con esa espada de Damocles. ¿Cómo se tienen nueve hijos? ¿Cómo se puede ser feliz?

Estuvo muy grave cuando nacimos mi hermana y yo. El médico le dijo que podría durar ocho años, y acertó, cuando cumplimos ocho años, se lo tuvieron que llevar a Madrid. Allí lo sacaron adelante y le dijeron que podría vivir otros tres.

El médico acertó de nuevo. A los tres años lo tuvieron que llevar otra vez a Madrid y ya no volvimos a verlo.

Para nuestro dolor, llegó el 16 de septiembre de 1965. La fecha que se quedaría para siempre en nuestros calendarios. La que marcó un antes y un después en nuestras vidas y conmemoraríamos año tras año. La que nos arrancó de nuestra tierra y de nuestro hogar.

Desde entonces nos quedamos huérfanos de padre y de infancia, del pueblo, del acento del sur, de los amigos, de la casa grande, de las calles seguras, de las espadas de madera, de los tirachinas y de las peonzas —«repiones» cuando no había que explicar de qué se trataba, como con los «bolindres», el «chinche» y el «guá»—, del cine de verano, de la feria, de las excursiones al campo, de los veranos en el balneario, de las romerías, de las procesiones, de los nazarenos, de los braseros, de las sábanas frías, de los sabañones, de los regalos que no paraban de llegar el día del santo de mi padre: dulces de las monjas de Santa Clara en forma de flores, artesas de helados de *tutti frutti* (el que más le gustaba a él), melones, almendras, bombones, magdalenas, bizcochos y un largo etcétera que se guardaba en una despensa cuya llave custodiaba mi madre, pero que por arte de magia, siempre se encontraba abierta.

Y ella se quedó huérfana del amor de su vida, huérfana de caricias, del refugio del abrazo, del abrigo de paño de lana gris moteada en blanco y negro, de la complicidad, del orgullo mutuo, de los viajes a Madrid, de cargar las maletas y de las miradas.

Tenía cuarenta y un años, y nunca más se volvió a enamorar. Era guapa, dulce, entrañable, joven, mucho más fuerte de lo que ella misma pensaba, y mucho más atractiva, pero no volvió a interesarle ningún hombre.

–Si me hubiera gustado alguien, me habría dado lo mismo: ¿quién iba a querer a una mujer con nueve hijos? –dice ella muy convencida.

Y continúa contando cómo le dijo un pretendiente que la invitaba de vez en cuando a comer:

–Tú me encantas, pero es muy difícil caerles bien a todos tus hijos.

Y no la volvió a invitar.

–Me dio igual, porque a mí él no me gustaba. Yo no podría querer a otro hombre que no fuera tu padre. Pero tenía razón.

Sus hermanas la ayudaron muchísimo al llegar a Madrid. Su hermana pequeña la llamaba todas las noches cuando empezó a trabajar en la clínica, y mi madre lloraba porque no le había cuadrado el balance.

–No puedo más –le decía agobiada por las columnas del debe y el haber–. No sé hacerlo. Todos los días me falta o me sobra dinero. Lo voy a dejar.

Y mi tía le repetía cada noche la misma frase:

–Mañana vas; pasado, ya veremos.

Y así, con el «pasado, ya veremos», sin la más mínima formación en contabilidad, se hizo una experta en cuadrar el balance y tardó más de veinte años en decirle adiós a los números.

Cuando estábamos de vacaciones, nos encantaba ir a la clínica a recogerla y jugar con la máquina de sumar, con sus teclas negras, su manivela para añadir cantidades y el prodigioso botón para obtener el resultado. Pura magia.

Después le pusieron un ordenador que nos parecía el cuadro de mandos de un cohete, lleno de lucecitas y de botones a los que ya no podíamos ni acercarnos.

Era la época de los viajes espaciales y todo lo que no fuera mecánico nos parecía sideral.

Uno de los recuerdos más bonitos que tengo de aquella época es precisamente el de la llegada del hombre a la Luna. Aquella noche, como hacía muchas veces cuando estábamos todos en casa, extendió una manta en el suelo de la salita para que la mitad nos tumbásemos en el suelo y la otra mitad nos sentásemos en el tresillo.

Hubo que rifarlo, como ocurría con frecuencia por cualquier cosa, porque varios gritaron a la vez una frase muy habitual, con la que pretendían reclamar el derecho a elegir sin que nadie se le anticipase:

—Me pido el suelo.

—Me pido el suelo.

—Me pido el suelo.

A la que siguió otra frase también pronunciada por varios:

—Me lo he pedido yo antes.

La pelea estaba asegurada. De modo que mi madre la atajó con una rifa, como solía hacer en situaciones parecidas.

—Aquí no se pide nadie nada.

Y utilizó el «pin, pin, zarramacatín» de turno para poner orden en la salita de estar.

La noche empezó con la ilusión que ella nos transmitía, una fiesta que debía convertirse en un recuerdo para toda la vida. Pero, a medida que avanzaban las horas y el sueño empezaba a vencernos, la ilusión se fue transformando en la obligación de mantener los ojos abiertos y en otra frase repetida una y otra vez, que se ha quedado para siempre entre nosotros:

–¡Niños, no hay que dormirse! ¡Vamos a vivir un momento histórico!

No nos dormimos, por supuesto, ella no nos dejó.

Parece ser que en España se conoció el alunizaje 0,4 segundos antes que en el resto del mundo, gracias a la estación que preparó la NASA en un pueblo cercano a Madrid.

Aquella madrugada del 21 de julio de 1969, y su pequeño paso para el hombre pero grande para la humanidad, se convirtió en parte de la historia de cada uno de nosotros, tal y como quería mi madre.

Así nos enseñó a construir recuerdos bonitos. Yo creo que por eso mi hermana gemela, que era tan novelera como ella, desarrolló una habilidad especial para regalar cosas inmateriales. Le gustaba regalar recuerdos. Si te compraba un anillo, te contaba dónde lo había encontrado, cómo era la tienda y por qué le había llamado la atención. El regalo no era el anillo, sino la historia que lo acompañaba. A mi hija mayor, el día que cumplió dieciocho años, le regaló un brindis ruso en el patio de su casa.

–Cuando llegue, le damos una copa de cava, brindamos y, luego, sin decirle nada, tiramos las copas contra el suelo. A ver qué hace ella.

Mi hija lo recordará toda la vida. Nos miró, con más ilusión que sorpresa, y tiró su copa contra el suelo como si fuese lo más natural.

A mi hija pequeña, en su décimo cumpleaños, le compró una enorme bandeja de huevos, nos llevó a una casa abandonada y una vez allí, sin decir nada, comenzó a tirar los huevos contra una tapia medio derruida.

La niña la miró desconcertada.

–¿Yo también puedo?

Nunca olvidaré esos huevos estrellados contra la tapia, ni las copas contra el suelo del patio de mi hermana. En realidad, no eran copas, sino un juego de vasos azules. El único que sobrevivió lo tengo guardado para regalárselo algún día a mi hija.

A veces le cuento a mi madre estas anécdotas, para que se dé cuenta de lo mucho que mi hermana heredó de ella.

¡Qué grandes las dos!

Mi madre siempre ha tenido una imaginación desbordante. Y una capacidad extraordinaria para transformar lo negro en blanco.

Su economía no le permitía llevarnos todos los domingos al cine o a una cafetería, pero lo sustituía con paseos y algunas frases que se han quedado para siempre en la memoria familiar.

–Hoy solo tenemos pipas para cenar –nos dijo una tarde en el parque del barrio, ante el asombro de un señor que pasaba a nuestro lado–, pero ¡vamos a comer todas las pipas que queramos!

La imagen debía de ser digna de compasión: una joven viuda contentando a sus niños. Todos de luto, ella con su pañuelo de gasa por la cara, a lo Jackie Kennedy en el cementerio de Arlington, y nosotros extendiendo las manos en forma de cuenco, emocionados porque aquella tarde no habría restricciones a la hora de llevarnos las pipas a la boca.

El señor se alejó de nosotros sin saber que se trataba de una broma. Nunca pasamos necesidades de ese tipo. Aunque el sueldo de mi madre no llegaba para cosas superfluas, la comida no nos faltó jamás en el plato, aunque repitiéramos los domingos el gazpacho con tortilla de patatas.

31. Héroe

Hay frases que se instalan en la vida cotidiana con un significado que trasciende al de las palabras. «Se lo han tenido que llevar a Madrid», referida a mi padre, era una de esas frases.

Él viajaba con bastante frecuencia a la capital, pero conducía él mismo su coche; no hacía falta que nadie lo llevase y mucho menos en esa forma verbal reflexiva e imperiosa.

Cuando se pronunciaba en mi casa «se lo han tenido que llevar a Madrid», significaba que había que preocuparse.

Yo recuerdo haberlo escuchado en varias ocasiones, entre ellas las dos que he citado anteriormente, al poco de cumplir mi gemela y yo ocho años, y al poco de cumplir los once. Después la he oído muchas veces en boca de mi madre, con el verbo en tiempo pasado, cuando nos hablaba de mi padre y sus ganas de vivir.

La última vez que «se lo tuvieron que llevar a Madrid», nos llevaron a todos los hijos a su cuarto para que le diéramos un beso. Nuestro último beso, aunque no lo sabíamos. Mi gemela se enfadó con él porque no quería que se fuera, y apenas rozó su mejilla con un gesto fruncido que le pesaría toda la vida. Después nos llevaron a todos al comedor de los niños, desde donde presenciamos muchas idas y venidas. Recuerdo aquel día a fogonazos. Imágenes dispersas que no sabría cómo ordenar.

Los adultos entrando y saliendo de la casa, los niños desfilando al dormitorio principal, en orden, de mayor a menor. Las prisas. La cara de preocupación de las niñeras. Recuerdo también a los amigos de mis padres. Incluso lo recuerdo a él en una camilla con ruedas, empujada por dos enfermeros vestidos de blanco, a lo largo del corredor, para salir por la puerta principal de la casa.

No obstante, es posible que la mayoría de mis recuerdos no sucedieran de esa manera. Puede tratarse de imágenes formadas por sí solas, una de esas construcciones de la memoria, empeñada en jugar con la realidad. De hecho, la hija mayor de uno de los hermanos de mi padre me ha contado hace muy poco tiempo que ella también estaba aquella noche en mi casa y recuerda que se lo llevaron en una silla de ruedas, y que se despidió de ella y de su padre bromeando con una canción infantil que se utilizaba entonces para que los niños se fueran a la cama. Mi tío se quedó llorando amargamente. Era mi padrino y uno de los hermanos preferidos de mi padre.

Mi madre cree que la primera vez que le tuvieron que llevar a Madrid se salvó porque se encomendó a la Providencia Divina, y él también lo creía. Le tenía mucha devoción porque en una ocasión le libró de una muerte segura.

La lámpara de su habitación se cayó una mañana sobre su lado de la cama justo cuando él acababa de levantarse. Se trataba de una lámpara de araña muy pesada, que hubiera caído sobre su cabeza si la Providencia no le hubiera despertado unos segundos antes de que los cristales se estrellasen contra la almohada.

En mi casa siempre se ha hablado de mi padre. Lo hemos tenido tan presente y lo hemos admirado tanto que podría decirse que, en cierta manera, lo hemos despojado de su carácter humano. Mientras vivió, nos parecía el héroe de todos los cuentos. Es curioso, porque sabíamos que estaba enfermo, pero era muy raro verle quejarse. A veces las medicinas le producían ataques de gota y necesitaba utilizar un bastón que reforzaba su elegancia –tenía una elegancia natural que causaba admiración en cualquiera que le conociese–, y a nosotros nos parecía aún más importante. Otras veces se quedaba en su sillón con las piernas en alto, en zapatillas o en sandalias, procurando que nada ni nadie le rozase los pies. Debía de dolerle mucho, pero no se quejó nunca delante de nosotros, al menos yo no lo recuerdo. Siempre me parecía feliz. Hasta tal punto era así que, aunque sabíamos que iba a morirse y rezábamos siempre por él, la esperanza de que Dios atendiese nuestra oración «para que papá se ponga bueno» debía de superar al miedo a perderlo, ese miedo que a mí me asaltaba las vísperas de algún acontecimiento importante.

Sin embargo, lo veíamos tan fuerte, tan divertido, tan amable con todo el mundo, tan respetado, tan vivo, que nuestra casa no era la de un padre enfermo, sino la de una familia feliz.

Después, cuando sucedió lo inevitable, empezamos a rezarle como si se tratase de un santo capaz de protegernos desde el cielo. Mi madre nos hizo a cada hijo una copia de una de sus fotos preferidas. Mis hermanas y yo la llevábamos siempre con nosotras cuando teníamos algún evento importante, para que nos ayudase en los exámenes o para que nos protegiera durante alguna enfermedad. Mis hermanos varones no sé si tendrían alguna costumbre parecida, nunca lo he hablado con ellos, pero también lo han idolatrado, sobre todo cuando eran pequeños.

Ahora la admiración es diferente. Al menos para mí. Ahora intento imaginar al hombre. En realidad, al joven. Al hombre que nunca dejó de ser joven. El que vivió con una amenaza de muerte desde que cumplió catorce años. El que se enamoró de mi madre sabiendo que no podría acompañarla hasta el final del viaje, temiendo contarle su enfermedad por si ella no estaba dispuesta a recorrer el camino donde nunca hubiera querido colocarla, el único camino que le podía ofrecer, tan distinto al que ella debía de soñar cuando leía las novelas de Pérez y Pérez.

Soy mucho mayor de lo que era él durante el tiempo que vivió con nosotros y me pregunto qué sentiría cuando «se lo tenían que llevar a Madrid», qué miedos le asaltarían, a qué manos hubiera querido aferrarse además de a las de mi madre: ¿pensaría en la suya? ¿Cómo manifestaría sus ganas de vivir? Solo tenía cuarenta y cinco años, la edad que tiene ahora una de mis sobrinas.

¡Pobre papá!

Es curioso, porque al principio de su desaparición todos tuvimos pena de mi madre, pero no de él. A ella intentamos protegerla para que no sufriera por nuestra causa. Procurábamos portarnos bien, sacar buenas notas y evitarle disgustos.

A él lo pusimos en un pedestal y lo adoramos como si nunca hubiera pertenecido a este mundo. Era tan magnético, tan simpático, tan fuerte, tan risueño, tan inteligente, tan encantador, tan ecuánime, tan familiar, tan amigo de sus amigos, tan buen marido, tan buen padre, tan buen alcalde, tan todo lo que un buen hombre puede ser, que nos olvidamos de que también él debió de sufrir sus momentos de debilidad.

Después, cuando crecimos, el orgullo que sentíamos por mi padre se extendió hacia mi madre y los pusimos a los dos a la par: los dos eran dignos de admiración. Sin embargo, volvimos a olvidarnos del hombre que vivió con la amenaza de la espada sobre su cabeza, procurando que los demás no lo sintieran así, y no nos planteamos que también él, como mi madre, era digno de infundir pena.

Los héroes no sufren.

No sé si mis hermanos estarán de acuerdo conmigo, a mí sí me ha pasado. Empecé a sentir pena por mi padre cuando me convertí en adulta. Una pena que no lleva a la lástima ni a la compasión, sino a la identificación con el otro.

La lástima nos sitúa en un plano superior al de enfrente, desde donde nos sentimos con la capacidad de concederle nuestra conmiseración, amparados por un concepto de caridad, de piedad o de clemencia que tiene más que ver con lo que se regala magnánimamente que con lo que se entrega porque el otro lo merece.

La pena a la que yo me refiero se parece más a la ternura y a la identificación con el otro, a la capacidad de colocarnos en su lugar, a su mismo nivel, intentando compartir su sentimiento, procurando entenderlo, sufriendo con él.

De ahí que no haya sentido pena por mi padre hasta que no fui adulta y, como dicen los ingleses, me pude calzar sus zapatos y colocarme en su lugar, bajarle del pedestal donde lo había subido para adorarle, y mirarle como a un hombre, con sus grandezas y sus debilidades.

Mi hermana mayor recuerda haberle visto llorar cuando su madre murió, y yo lo vi unos años después, con la guardia bajada, lavándose la cara con desesperación, diciendo una frase que no me atreví a repetir durante muchísimos años, para no invocar a la realidad.

Lo que no se dice no existe.

Querido papá, ojalá hubiera podido consolarte el día en que abuela murió.

Ojalá hubiera podido preguntarte qué sucedía aquella tarde en que te lavaste la cara delante de mí.

Ojalá hubiera manera de saber qué fue lo que te provocó aquel estado en el que no volví a verte nunca.

Ojalá hubiera sido yo un poco mayor de lo que era, para poder ayudarte.

Ojalá hubiera podido conocerte más.

Ojalá pudiera hablar contigo ahora sobre qué sentías cuando te tenían que llevar a Madrid, cómo viviste tu miedo a la muerte, sabiendo, como sabías, que te esperaba en silencio, disfrazada de un día cualquiera en esa Arcadia feliz que supiste construir para nosotros.

Te he echado de menos toda la vida. No sabes cuánto he envidiado a mis amigas cuando las veía con sus padres. De pequeña, porque iban a recogerlas al colegio o asistía con sus madres a la fiesta de final de curso, y de mayor, porque las acompañaban del brazo el día de su boda, porque iban a recoger a sus niños al colegio, o porque las ayudaban a colocar las cortinas o arreglar un enchufe.

Ya sé que los dos últimos ejemplos son una tontería, tú no habrías podido ayudarme con ninguna cortina ni con ningún enchufe, no te veo como a un manitas capaz de coger un taladro o empalmar unos cables, pero no sabes cuántas veces he imaginado cómo hubiera sido mi vida si no hubieras muerto tan joven.

No se puede calcular la cantidad de veces que me he acordado de un día en que fuiste a recogernos al colegio porque estaba diluviando como nunca. Al día siguiente, la gente decía que se había «alagado» una de las zonas del pueblo a las que no nos dejaban ir. Lo decían como si fuera una palabra terrible, con espanto, como si representase algo que tenían que ocultarnos a los niños, una desgracia de la que debían protegernos.

Me he recreado con frecuencia en la imagen de aquella tarde, sobre todo cuando estaba interna en el colegio de Madrid. Me imaginaba que en realidad te habías ido de viaje y cualquier día volverías, para ir a buscarnos en el coche, como en aquella ocasión.

Se trató de una excepción que no volvió a repetirse, porque siempre íbamos y volvíamos andando de casa al colegio, solas o con alguno de los hermanos.

Llovía como si fuera el fin del mundo. El cielo se había oscurecido de repente, las calles estaban tan oscuras que parecía de noche. El agua bajaba por las calles empinadas, convertidas en auténticos ríos que desembocaban precisamente en la calle del colegio, cuyas alcantarillas no podían tragar más, taponadas de barro y de hojas de los árboles que arrancaba la fuerza de la lluvia.

Nos habían castigado a copiar cien veces en el cuaderno: «En la clase no se habla». Uno de esos castigos colectivos tan del gusto de las monjas, que implicaba a toda la clase, aunque solo hubiese hablado uno a destiempo.

Y ahí estábamos nosotras, copiando la dichosa frase una y otra vez, cuando, de pronto, irrumpió en el aula la hermana portera y nos sorprendió con un anuncio que no hubiéramos esperado en la vida:

—Ha venido el padre de las gemelas a buscarlas.

No tendríamos más de ocho o nueve años, pero recuerdo aquella tarde de tormenta con todo detalle. La emoción de pensar que nos rescatabas de un castigo injusto. Nuestra decepción cuando la monja nos dobló el número de veces que debíamos copiar la frasecita de marras, porque «no creáis que os vais a librar porque os vayáis a casa». Tu cara en el recibidor del colegio, esperando nuestra alegría por la sorpresa, inclinado ligeramente hacia delante, con los brazos abiertos para recibirnos. Tu abrigo de lana de *tweed*. Tu sonrisa. Tus ojos tan vivos, siempre alegres.

Deberíamos haberte contado lo del castigo, porque estoy segura de que habrías hablado con la monja que nos lo dobló y la tarde habría sido perfecta. Pero aquella monja nos tenía manía y no queríamos enfadarla. Hacía relativamente poco tiempo que le había puesto unas orejas de burro a un niño por haberse portado mal, y lo había paseado por las clases. A nosotras nos impresionó tanto que se lo contamos a mamá en cuanto llegamos a casa. Y ella se presentó ante la monja al día siguiente, para decirle que no consentiría que volviese a humillar así a ningún niño. Supongo que te lo contaría.

Yo creo que la monja nos cogió manía entonces, porque unos días más tarde nos quitó unos cromos del álbum de la película *¿Dónde vas, Alfonso XII?* Los estábamos cambiando en el patio con otras niñas y, sin ton ni son, nos los quitó de las manos y nunca nos los devolvió. Teníamos la colección casi entera. Años después, mi gemela encontró el álbum completo en El Rastro, el mercadillo más famoso de Madrid, y lo compró para regalármelo.

La monja no les quitó los cromos a las otra niñas, solo a nosotras. Por eso no nos atrevimos a delatarla cuando nos dobló el castigo, porque estábamos convencidas de que cualquier cosa que hacíamos le molestaba. En lugar de enfadarnos con ella, lo hicimos con el causante de que tuviéramos que pasarnos la tarde copiando una y otra vez la frasecita, en lugar de pasarla con los demás hermanos, al calor del brasero, escuchando las historias de miedo con las que los estaban entreteniendo las niñeras.

¿Por qué tuviste que ir precisamente ese día?

¿Por qué no pudimos compartir tu sonrisa?

¿Por qué no nos lanzamos a tus brazos?

¿Por qué los dejamos vacíos, sorprendidos, sin más explicación que una mueca de disgusto, un roce en la cara con los labios, que debieron de parecerte de hielo, y un viaje en el coche empeñadas en no querer decirte qué nos pasaba?

¡Ay, papá! ¡Querido papá! Cuántas veces me arrepentí de aquel abrazo perdido, del beso sin beso y del silencio del coche.

Cuántas veces hubiera querido volver a aquella tarde.

Ojalá la monja no nos hubiera castigado.

Ojalá se hubiera repetido la tormenta otro día.

Ojalá no hubiera pasado aquella época tan deprisa.

Ojalá hubiera podido despedirme de ti sabiendo que me despedía.

Ojalá, ojalá, ojalá, ojalá.

Son tantos ojalá que no tiene sentido seguir, porque todos terminan en el mismo, el de haberte tenido más tiempo.

Sin embargo, a pesar de todo lo dicho, me consuela haber sido testigo de tu desesperación cuando te lavaste la cara y deseaste la muerte, y también me consuela saber que mi hermana mayor vio tus lágrimas cuando tu madre murió.

Sí, me consuela.

Es extraño, ¿verdad? Pero me reconforta saber que no eras un héroe y que puedo sentir ternura por ti.

32. La azotea

A mi padre no le gustaba madrugar –a mí tampoco, he debido de heredarlo–. Desconozco si los médicos, además de una vida sin sobresaltos, le habían aconsejado levantarse tarde, pero siempre que podía se quedaba en la cama hasta las diez. A mi madre, por el contrario, le gustaba levantarse con los gallos. Asistía a la primera misa de la mañana hiciera frío o calor. Se levantaba a las siete y media y se iba la iglesia. Pero tenía una extraña costumbre, sobre todo durante el invierno: después de la misa se volvía a la cama.

–Tu padre se ponía negro, porque decía que le traía el frío de la calle –nos cuenta siempre con una sonrisa–. Yo llegaba con los pies helados y me encantaba encontrar la cama calentita.

Lo cuenta como una muestra de amor, sin añadir nada más a la anécdota; si acaso, la vuelve a contar al momento, con las mismas palabras y la misma sonrisa.

Me la imagino con el pelo húmedo por el relente, buscando acoplarse al cuerpo de él. Debía de oler a puro invierno. Tan joven. Apurando los retazos que quedaban de la noche. Acercando los pies como témpanos al calor que él le estaba guardando.

Refugio de la mañana, de la escarcha adherida a las piedras de las calles, del día a punto de clarear, de la lluvia, del viento y de la vida.

Y a él lo imagino abrazándola para darle calor, arrimando su pecho a su espalda y desperezándose luego con ella, resignado a una costumbre que no podía entender, pero en el fondo le provocaba admiración, porque demostraba su capacidad de adaptarse a cualquier circunstancia.

–Mira que eres... –gruñiría él–. ¡Qué manía! ¡Me traes todo el frío de la calle! ¿Por qué no te levantas cuando te tienes que levantar, como todo el mundo?

Ella le contestaría, medio dormida, medio zalamera, sabiendo que él solo fingía el enfado.

–Porque me gusta volver.

Volver. Ahí estaba la clave. Con su olor a frío. La humedad en el pelo. Los pies ateridos. La seguridad de que él la estaba esperando y la necesidad de desperezarse con él.

Los domingos debían de hacer lo mismo, ella debía de ir a la primera misa, porque yo no recuerdo a mi madre viniendo con nosotros. Recuerdo a mi padre. Ella debía de quedarse en casa organizando la comida o cualquier otra cosa y mi padre nos llevaba a la misa de doce. Recuerdo también que ella nos prestaba su velo a una de las niñas, a la primera que se lo pedía. Éramos cinco, en aquella época las mujeres debían cubrirse la cabeza para entrar en la iglesia, y nosotras siempre andábamos buscando nuestros velos, que no aparecían. Las niñeras también nos prestaban los suyos y, al domingo siguiente, la misma operación y las mismas prisas por pedir un velo antes que las demás, porque la última siempre tenía dificultades para encontrarlo y las discusiones estaban aseguradas.

–Se lo he pedido yo antes.

–¡No! ¡Se lo he pedido yo!

No comprendo cómo mi madre no los guardó bajo llave para evitar las prisas y los agobios del domingo siguiente.

Pero así era ella para algunas cosas, no les daba importancia y, otras, aunque fueran insignificantes, las convertía en una fiesta digna de celebrar a lo grande: los juegos en la azotea el día de la matanza, con las tripas del cerdo llenas de agua; las tardes de verano y los riegos con la manguera; las funciones de teatro en el «club de las niñas», que ella fomentaba invitando a todas sus amigas; los disfraces con su falda de montar a caballo; y un sinfín de cosas más.

El día de nuestro cumpleaños, por ejemplo, no íbamos al colegio. En aquella época se celebraba más el día del santo, al menos en nuestro entorno. Pero mi madre hacía del cumpleaños un día especial. Nos quedábamos en casa y nos permitía jugar a las cocinitas con alimentos de verdad. Un gazpacho, una ensalada, unos aperitivos de chorizo o salchichón. Para nosotras, el mejor cumpleaños del mundo.

Lo mismo sucedía cuando venía a visitarnos al pueblo la hermana menor de mi madre. Vivía en Madrid y tenía una hija de la misma edad que mi gemela y yo, la misma que estudiaba en el colegio de monjas al que iríamos nosotras después a Madrid con mi hermana pequeña, mi prima en régimen de media pensión, y nosotras internas.

Qué envidia nos daba cuando la veíamos marcharse a su casa cada tarde. A veces, cuando mi madre podía darnos algún dinerillo el fin de semana, nos guardábamos una parte para encargarle a mi prima alguna chuchería, y ella nos la traía al día siguiente, multiplicada por dos o por tres.

Nunca olvidaré lo generosa que fue siempre con nosotras. Cuando llegamos a la adolescencia y empezaron a dejarnos salir solas de paseo, nos gustaba merendar los sábados en una cafetería muy conocida de Madrid.

Merendábamos lo mismo cada sábado: un sándwich mixto y un batido, el mío y el de mi hermana, de caramelo; el de mi prima, de fresa. El hecho de pedírselos al camarero por nosotras mismas, arregladas de domingo como era de rigor, nos hacía sentir mayores e importantes.

El dinero que mi madre nos daba a mi gemela y a mí nos llegaba para una sola una merienda. A nosotras no nos importaba compartirla, pero mi prima nunca lo consintió: ella podía pagar dos –supongo que la generosidad de sus padres tendría bastante que ver también en nuestras meriendas de los sábados–, y las tres teníamos siempre nuestro sándwich y nuestro batido.

Cuando éramos pequeñas y venían a vernos al pueblo, nosotras no íbamos al colegio, nos quedábamos con ella jugando a las casitas, cocinando alimentos auténticos y transformando un día normal en uno especial.

Yo creo que precisamente ahí está el mayor mérito de mi madre; es más, me atrevería a decir que se trata de un mérito de todas las madres, o de casi todas. Añado el «casi» porque sé que hay madres que no son como la mía, pero yo creo que suponen la excepción.

En nuestro caso, desde luego, mi madre supo convertir cualquier cosa en algo extraordinario y transmitir su entusiasmo de una forma natural, sin que pareciera que todo partía de ella.

Para mí, mi madre siempre ha sido una mujer alegre, fuerte, imaginativa, con una capacidad sorprendente de recuperación ante cualquier golpe de la vida.

Ella, sin embargo, siempre ha tenido complejo de sosa y de tímida.

De pequeña vivió al lado de su hermana menor, extrovertida y alegre, y después al lado de mi padre, extrovertido también, con un extraordinario don de gentes y un magnetismo difícil de ignorar.

De modo que, tanto de niña como de joven, a ella le tocó ser la tímida, la callada, la vergonzosa. Incluso hoy en día, a sus noventa y cinco años, se considera una persona sin gracia ninguna. Sin embargo, no puede estar más equivocada. Tiene una gracia y un sentido del humor muy especiales, naturales, de esos que no buscan la risa del otro, ni se recrean en el chiste o en el ingenio, sino que salen de dentro de forma espontánea, sin buscarlo, como el aroma que se escapa de un frasco sin necesidad de quitarle la tapa.

De niña, sin embargo, luchó contra ella misma con todas sus fuerzas, como todos los tímidos. No conozco a uno solo que no haya experimentado la necesidad de dejar de serlo, con el consiguiente sufrimiento que genera una lucha interna en la que nunca se vence. Nunca. La introversión es una forma de ser. Nacemos con ella. Impresa en nuestra herencia genética, como el tono de voz o el color de la piel. No podemos huir. Imposible. Si acaso, aprender a aceptarla para que deje de suponer un problema. Porque no es un defecto, sino una característica.

No obstante, ante los demás, la timidez pasa con demasiada frecuencia a considerarse como una muestra de debilidad, como si ambas, timidez y debilidad, fueran causa y efecto o, peor aún, como si estuviesen irremediablemente ligadas.

Únicamente hace falta un par de ojos capaces de confundirlas para situar al introvertido en un nivel inferior y considerarle débil y, por lo tanto, fácilmente manejable, como si la extroversión fuese la meta a la que todo el mundo debería aspirar, y la timidez un defecto del que acomplejarse.

Es curioso, porque también conozco a algunos extrovertidos que reniegan de su capacidad de meter la pata a la menor ocasión, sobre todo cuando son incontinentes verbales. Pero nunca los he escuchado decir que le causaron complejos de infancia o de adolescencia, ni considerar su excesiva facilidad de palabra como un defecto.

Sin embargo, con los tímidos solo hace falta un par de ojos miopes para que se sientan juzgados y les cueste salir de su concha.

Y siempre los hay, un par de ojos o cientos de pares, porque, para mala suerte de los tímidos, una parte muy importante de la sociedad también ha decidido que el introvertido debe superarse: no le queda otro remedio si quiere ser feliz y, para lograrlo, considera que su debilidad le obliga a tener que apoyarse en quien tiene más cerca, de ahí que resulte muy fácil que acabe dependiendo de su punto de apoyo.

Lo cierto es que nadie daba un duro por mi madre cuando mi padre murió. Nadie.

La tímida. La débil. La dependiente. La que cargaba con las maletas mientras su marido caminaba con las manos en los bolsillos. La que se hundiría bajo el peso que se le iba a echar encima. La que no podría soportar lo que le esperaba.

Pero la realidad era otra. La realidad era que no la conocían.

Ella dependía de mi padre, sí, y él de mi madre. Un binomio perfecto que se rompió demasiado pronto, cuando la vida decidió golpearla con todas sus fuerzas por primera vez.

No había nada de mi padre que no le gustase. A veces le he preguntado cuál era su mayor defecto, y ella siempre responde que ninguno.

—No tenía defectos. Era el hombre más bueno del mundo.

—¡Mujer, hasta el hombre más bueno del mundo tiene que tener un defecto, aunque sea pequeño!

Y entonces me cuenta que a veces se le olvidaba decirle que tenían una comida oficial. Cuando llegaba a recogerla, ella ya había comido con nosotros, pero se vestía y salía del brazo con él para comer otra vez.

—Yo me ponía negra —dice utilizando una frase muy suya—, y él se reía.

Le gustaba darle sorpresas que a ella luego no le agradaban, pero disimulaba para no decepcionarlo. Como cuando compró el comedor en el que no nos dejaban entrar. A mi madre no le gustó nada, era demasiado grande, y tenía la madera demasiado labrada, pero en aquella época no había manera de devolver las cosas y, aunque hubiera sido posible, a ella le parecería despreciarle un regalo.

Antes de casarse, él había elegido la casa donde vivirían, en el pueblo cercano al suyo donde él montó su primer bufete. La madre de mi padre acompañó a su futura nuera cuando fue a conocer la que sería su casa de recién casada. A mi padre le había gustado porque estaba en una plaza muy céntrica y porque, nada más entrar en el zaguán, había una habitación perfecta para montar el despacho. Pero el resto de la casa tenía una distribución muy extraña y no era demasiado grande. Además, ellos solo podrían ocupar el piso inferior, pues el superior estaba alquilado.

Cuando mi madre terminó de recorrer la casa con mi abuela paterna, intentó mostrarse contenta con la elección de mi padre.

—No está mal —dijo queriendo ser optimista.

Y mi abuela, a la que mi madre quiso muchísimo, y siempre dijo que era una mujer buenísima, comprensiva y amable, le respondió con una frase que ella termina también siempre con una sonrisa.

—Ni bien tampoco, hija mía, ni bien tampoco.

33. El cuarto de la plancha

La timidez de mi madre la ha colocado en situaciones muy incómodas, en ocasiones tan absurdas que sería mejor olvidarlas, pero, tal y como ella las cuenta, con la gracia del que se ríe de sí mismo sin ningún pudor, porque la edad se ha llevado sus prejuicios y complejos, se han convertido para la familia en anécdotas dignas de cualquier club de la comedia, de esas que no faltan en ninguna Navidad.

Algunas son novatadas de recién llegada a Madrid, como el disgusto que se llevó la primera vez que fue a misa y dejó el bolso en el banco para ir a comulgar, sin saber que los rateros de la capital no entendían de lugares sagrados y acechaban en cualquier parte.

¡Pobre mamá! Desconsolada, ingenua y sin dinero para el autobús. Tuvo que andar más de tres kilómetros para llegar a casa, porque había elegido una iglesia a medio camino del trabajo.

Siempre que paso por esa iglesia me acuerdo de ella.

Una de sus anécdotas más graciosas sucedió unos años después, durante nuestras vacaciones de verano, un día en que volvía del mercado con el carro hasta arriba y se encontró al camión de reparto del butano junto a la puerta de nuestra casa.

En aquella época, la mayoría de las cocinas y calentadores funcionaban con gas butano, dispensado a domicilio en bombonas de un color naranja característico. Normalmente había que llamar por teléfono a la empresa distribuidora para que las sirvieran al día siguiente.

El repartidor llevaba la bombona hasta la cocina de los que habían hecho el pedido, y se llevaba la vacía. Al terminar las entregas, antes de marcharse de la zona, para facilitarles la vida a los menos previsores, avisaba de su presencia golpeando unas bombonas con otras, mientras lanzaba un grito que se oía en todas partes.

–¡El butanoooooo!

En mi casa las bombonas se gastaban como si fueran golosinas y, para colmo, todos le teníamos una manía inexplicable a pedirlas por teléfono, de manera que, con frecuencia –demasiada frecuencia–, nos encontrábamos con la bombona casi vacía y la obligación de estar atentos al grito que nos salvaría de una ducha helada de repente.

Aquella mañana, ya casi la hora de comer, mi madre volvía del mercado con el carro de la compra lleno a rebosar.

Debió de haber escuchado la voz del repartidor desde unas calles más arriba y probablemente corrió arrastrando el carro, para que no se le escapase. Cuando por fin pudo abordarlo, tenía abierta la puerta del camión y un pie en el interior de la cabina.

–¿Podría subirme una, por favor?

–Ya me iba, señora.

–Es aquí mismo, en el primer piso.

–No son horas.

–Perdone, es que…

El hombre miró el carro rebosante hasta los topes, después, miró hacia las ventanas del primer piso, se llevó la mano a la barbilla como si estuviera calculando mentalmente el tiempo que se retrasaría en atender a mi madre y, tras hacer un gesto entre el fastidio y la compasión, cogió una bombona, se la cargó al hombro y siguió a mi madre hasta el portal.

Normalmente ella subía a casa por las escaleras, pero el carro pesaba demasiado y decidió coger el ascensor.

–Suba, suba –le dijo el repartidor cuando abrió la puerta para dejarle pasar–, yo iré andando.

Su tono no podía ser más desagradable, y mi madre no podía estar más nerviosa, jadeante todavía por la carrera. Estaba claro que el repartidor le estaba haciendo un favor, pero también que tenía que hacerla sufrir por el contratiempo que le había causado. Debía llegar antes que él para no hacerle esperar en la puerta y se enfadase aún más, así es que cerró el ascensor a toda prisa y, con los nervios, en lugar de presionar el botón del primero, apretó el del quinto y último piso.

Unos años después cambiaron el ascensor, para cumplir una normativa europea, pero entonces todavía era de los antiguos, con el hueco al aire y la caja y las puertas de madera, cristales y espejos.

Mi madre se dio cuenta de su equivocación cuando el ascensor rebasó el descansillo donde debería haberse parado. En ese instante, el butanero la buscó entre los cristales y frunció aún más el ceño, pero continuó subiendo detrás de ella, con su bombona a cuestas.

El ascensor era muy antiguo, no tenía memoria ni permitía pulsar un piso diferente al que ya se había pulsado, de manera que mi madre continuó subiendo y subiendo, mientras veía cómo la seguía el pobre hombre con su bombona al hombro, peldaño a peldaño, descansillo a descansillo, piso a piso, hasta llegar al quinto.

Mi madre quería morirse, y el butanero debía de querer matarla.

Cuando se abrió el ascensor, el uno le preguntó a la otra, exhausto y casi sin resuello, cargado de ira y de razón:

—¡Señora, ¿no me dijo que era el primero?!

Y ella, en lugar de disculparse y explicarle su equivocación, sin atreverse a mirarle porque no sabía qué decir, le contestó saliendo del ascensor y señalando la escalera:

—Es que ahora tenemos que bajar.

Y allá que fueron los dos, escaleras abajo, porque el ascensor solo era de subida, uno detrás de otro, sin pronunciar una sola palabra más, él con su bombona al hombro, y ella cargando a pulso el carro de la compra.

No sabemos cómo lo contaría el repartidor en su casa, supongo que entre indignado, sorprendido e incrédulo. Nosotros lo contamos añadiéndole una pizca de ternura, nos imaginamos la cara del buen hombre ante la torpeza de mi madre, mudo de desconcierto, y a ella bajando delante de él, un piso tras otro, cargando con su carro rebosante de verduras, por unas escaleras que parecían no terminar nunca, muda por la vergüenza.

¡Dichosa timidez! Mientras más se intenta huir de ella, menos puede dominarse. Si los tímidos supiéramos el atractivo que causamos en determinados extrovertidos, dejaríamos de huir, nos aceptaríamos como somos y seríamos mucho más felices. Es una enseñanza que la mayoría adquirimos con la edad. Tristemente. Lamentablemente. Irremediablemente para muchos, demasiado tarde.

Mi madre tuvo la suerte de saberlo muy joven. La sufrió de niña y de adolescente, pero mi padre se enamoró de ella, entre otras cosas, precisamente por su timidez, y debió de demostrárselo enseguida, porque dejó de ser un problema para ella, con salvadas excepciones como la del repartidor de butano.

Cuando terminó el bachillerato superior, la prensa local informó de su vuelta del colegio junto a su hermana pequeña, a quienes el periodista llamaba «condesitas» y se preguntaba por la fecha de su puesta de largo.

Mi padre leyó la noticia sin conocer a las recién llegadas, sin saber lo mucho que les molestó la noticia, y sin estar al corriente de que en su casa no se vivían buenos tiempos ni existía la menor posibilidad de organizar fiesta alguna.

Unos días más tarde, coincidieron en una excursión al campo, para la que un grupo de amigos comunes engalanaron varios carros tirados por mulas. Mi padre sabía que las hijas del conde iban en uno de los carros. Esperaba encontrarse con dos hermanas altivas y presuntuosas a quienes no tenía interés en conocer. Pero sus prejuicios se hicieron añicos cuando descubrió a mi madre y a mi tía. La una tímida, la otra extrovertida, pero las dos simpáticas y sin rastro de los aires de grandeza que mi padre les había atribuido.

No habló mucho con ellas, pero, al final del día, a punto de la puesta del sol, se le clavó una espina en un dedo y mi madre se ofreció a quitársela. Él extendió la mano y ella se la colocó en el pecho para poder ver la espina en la semioscuridad. Desde entonces, cayó rendido a sus pies. Lo enamoró su ingenuidad, su falta de picardía al colocarse la mano de un hombre sobre el pecho, sin reparar en el efecto que causó en él.

–¡Ya salió! –dijo blandiendo la espina como un trofeo.

–Gracias.

No se dijeron nada más. Los dos continuaron su charla con sus amigos sin que mi madre se diera cuenta de lo mucho que había impresionado a mi padre.

Dos o tres días después, se encontraron paseando por la calle Real. Ella iba con una de sus amigas, la misma cuyo portero, muchos años después, la obligaría a utilizar la puerta de servicio para entregarle el traje de chaqueta que le había cosido mi madre.

–Me han dicho que escribes poesías –le dijo la amiga a mi padre–; podrías escribirme una a mí.

Él no contestó. Al día siguiente se presentó en la calle Real con un poema que comenzaba alabando el dulce nombre de mi madre. Extendió la mano como con prisas y, cuando ella lo cogió, se marchó sin decir una palabra. Y mi madre lo leyó con las mejillas al rojo vivo.

> *... no te extrañe te nombre de esta manera*
> *bastaría que te llamases María*
> *para que tu nombre fuera...*

—Le gustas —le dijo su amiga.
—¡Qué cosas dices!
—A mí no me ha escrito ningún poema.

Seis años y medio después se casaban en la parroquia de su pueblo.

Ella no dejó de ser tímida nunca; aún hoy en día lo sigue siendo, pero dejó de acomplejarla como cuando era adolescente.

Yo no supe que era introvertida hasta que fui muy mayor. Siempre vi a mi madre como una mujer feliz, divertida, muy imaginativa. Una mujer fuerte que me ha servido de ejemplo en todos los momentos difíciles.

Yo creo que hay una sola cosa en la que se le sigue notando su introversión. Le cuesta demostrar sus afectos. Es difícil que exprese el cariño con palabras y cuando se le dicen cosas bonitas las suele rechazar. Siempre encuentra una explicación que desmiente el halago, pero no para que se le vuelva a decir, como ocurre con otras personas, sino para quitarse importancia. No sé... es una especie de traba educacional. A mi tía le pasa lo mismo: es como si las hubieran educado para mostrarse tan humildes que aceptar cualquier alabanza supusiese un acto de soberbia que no pueden admitir.

Hasta hace relativamente poco tiempo, le costaba decir «te quiero» o «te echo de menos». Ahora, sin embargo, lo dice con tanta frecuencia que da miedo pensar la razón.

Yo he vivido en su casa prácticamente dos años seguidos, además de innumerables fines de semana y las veces en que volví tras mis separaciones o cuando murió mi hermana gemela.

Al principio, cuando me quedé con ella porque la veía triste, pensé en quedarme solo una temporada. Dormía en su cuarto, en la cama de al lado de la suya, donde duerme mi tía todos los fines de semana desde hace años.

Yo aprovechaba para volver a mi casa los fines de semana, cuando estaba mi tía. Hasta que un día le dije a mi madre que pronto me iría definitivamente, porque iban a empezar las clases en la universidad.

—Necesito mis cosas.

—¿No te las puedes traer?

—Necesitaría mucho espacio. No son solo libros. Necesito mis apuntes, mi material para las prácticas de los alumnos… películas… recortes de prensa… fotografías… fichas… En fin, son muchas cosas.

—Yo te dejo mi cuarto. Te puedes traer todo lo que quieras. Quitamos mi cama y te caben un montón de estanterías.

—No, mujer. Y tú, ¿dónde vas a dormir?

—Yo puedo quedarme en el cuarto de la plancha.

Se me saltaron las lágrimas. Se trataba de la habitación que había sido de nuestra cuidadora, convertida desde hacía tiempo en un saco sin fondo que, además de para planchar, servía para amontonar todo aquello que no sabíamos dónde guardar. El aire acondicionado portátil. Las sillas plegables que se usaban cuando iba mucha gente a comer. Los juguetes que se iban dejando en cada visita los nietos y bisnietos. Los trastos que se deberían tirar y por alguna extraña razón nadie se atrevía. Y no sé cuántas cosas más.

Había una cama que a veces se utilizaba cuando coincidíamos varios a dormir. Por lo general, en Navidades. Normalmente no hacía falta porque tenemos una cama nido en el cuarto de estar y, junto a la que usa mi tía los fines de semana, era suficiente. Además, la del cuarto de la plancha resultaba agobiante, arrinconada entre tanto trasto.

—¡Ni hablar! —contesté yo ante la ocurrencia de mi madre, decidida a quedarme todo el tiempo que hiciera falta—. Si acaso, arreglaré el cuarto de la plancha para mí.

Y así lo hice. Tiré todo lo que se podía tirar, reorganicé lo que podía colocarse en otro sitio. Pinté la habitación —y de paso toda la casa—, me compré una lámpara preciosa, habilité una mesa y unas estanterías que antes no servían más que para amontonar cosas inútiles, y me instalé en el cuarto de la plancha.

He de reconocer que no fue fácil tomar la decisión. Echaba de menos mi casa. Mi hija pequeña se había independizado hacía muy poco tiempo, y a mí me encantaba vivir sola. Disponer de mi tiempo y de mi vida sin tener que contar con nadie, sin obligaciones familiares. Nada de compartir el mando de la tele, nada de pensar en el menú de la comida o la cena. Nada de horarios, excepto los de mi trabajo en la universidad y los viajes relacionados con mi actividad literaria.

Nunca había sentido la libertad con tanta intensidad. Era una sensación absolutamente plena. Nadie dependía de mí, ni tenía que rendir cuentas a nadie.

Precisamente esa libertad me permitía plantearme vivir en casa de mi madre en un momento en que estaba claro que me necesitaba. A mí o a cualquier otra de mis hermanas. Así es que renuncié a ella y me instalé en el cuarto de la plancha.

Y, por supuesto, también he de reconocer que he vivido la experiencia como un privilegio al que muy pocos pueden acceder. Un regalo de la vida que he aprovechado al máximo, consciente de que estaba viviendo su tiempo de descuento.

Compartir este tiempo con mi madre me ha enseñado muchas cosas, de ella y de mí misma, y me ha dado la oportunidad de conocerla mejor, mucho más de lo que pensé que la conocía.

Siempre ha vivido con ella uno de mis hermanos varones, pero la relación que mantiene mi madre con sus hijos no es igual que la que mantiene con nosotras. Reminiscencias de su educación. Jamás ha permitido que ninguno de ellos la ayude a ducharse, la acompañe al baño o le ponga la cuña. Yo creo que ese tipo de confianza ha favorecido que sea más abierta con nosotras que con ellos para hablar de cualquier cosa. Sobre todo ahora, que está más desinhibida que nunca.

Vivir con ella también me ha dado la oportunidad de compartirla más con mis hijas, que vienen con muchísima frecuencia a vernos. Nos hemos reído tanto las cuatro juntas. Tanto...

Y, sobre todo, por encima de todo, me ha dado la oportunidad de decirle mil veces cuánto la quiero y de que ella me lo diga a mí, sin timidez y sin trabas absurdas.

34. Las dos abuelas

Mi madre heredó el nombre de pila de sus abuelas. Las dos se llamaban igual, así es que, para distinguirlas, las llamaban por el apellido. Raras las dos.

Se pasaban el día sentadas frente a una mesa camilla. La abuela paterna, la madre del conde, era una mujer del siglo XIX, aunque más de la mitad de su vida transcurriera en el XX. Altiva, arbitraria, autoritaria, seca, sin el menor don de gentes ni la mínima empatía con nadie.

A veces, mi madre iba a su casa y se encontraba a las doncellas sentadas en la escalera.

—¿Qué hacéis aquí? —les preguntó la primera vez que las vio, cuando aún vivían en el palacio.

—Esperando que la señora nos diga qué tenemos que hacer.

Y así pasaban la mañana, esperando. En ocasiones, la mañana y la tarde, hasta que llegaba la noche y se marchaban a sus habitaciones para volver a la mañana siguiente.

Mi madre dice que se olvidaba de ellas.

Yo me pregunto por qué no se levantaban de la escalera y trabajaban en lo que hubieran creído necesario. Por qué no se sentían en libertad de decidir. Qué tipo de relación guardaban con la señora de la casa para no atreverse a moverse de la escalera. Qué experiencia anterior las llevaría a permanecer allí una hora tras otra. Cuántas broncas habrían soportado por haberse atrevido a pensar por su cuenta.

La imagen me resulta desgarradora. Dos personas olvidadas, a la espera de las órdenes que no acababan de llegar. Cohibidas, paralizadas por el carácter de la dueña de la casa, soportando una inactividad que debía de alargar sus horas hasta límites insoportables.

Nadie se queda el día entero sentado en una escalera si la experiencia de haberse levando alguna vez no hubiera sido nefasta.

Mi madre lo cuenta como una rareza y no le da más importancia, pero yo también me pregunto si el carácter que mostraba mi abuelo con nosotros no tendría un buen referente en su madre.

Hace relativamente poco tiempo fui al teatro a ver *Las criadas,* la obra de Jean Genet, y me acordé de mi bisabuela. ¿Qué carácter hay que tener para infundir tanta parálisis? ¿Qué megalomanía la debía de poseer? ¿Cómo podía olvidarse de dos personas que la esperaban en una escalera un día tras otro?

Mientras vivió en el palacio, sus nietos reconocidos iban a comer con ella una vez por semana. A mi madre le imponía un respeto reverencial tan exagerado que no decía una sola palabra desde que pisaba el zaguán de su casa hasta que salía de allí.

Cuando se casó la mayor de mis tías, le regaló un dormitorio de palosanto que había sido de ella. Parece ser que precioso, una joya que hubiera costado una verdadera fortuna, de haberlo tenido que comprar.

Debían de estar en horas bajas con respecto a su patrimonio, porque se trataba de una reliquia familiar, una de las muchas que fueron abandonando el palacio poco a poco. Su marido había muerto hacía tiempo y supongo que administró los bienes familiares de la misma manera que el trabajo de sus doncellas.

Unos días antes de la boda de mi madre, su abuela la avisó para que fuese a recoger su regalo. Y mi madre se dirigió a su casa con una emoción enorme. En aquella época ya no vivía en el palacio, sino en una casona donde la acogieron dos de sus hijas cuando su economía se convirtió en un desastre.

Mi madre tocó el timbre de la puerta con la emoción contenida, suponiendo que tendría que contratar un camión de mudanzas para llevar el regalo al pueblo donde viviría con mi padre tras la boda.

Ella esperaba un mueble similar al de su hermana. Un aparador, la mesa del comedor con sus sillas, otro dormitorio de madera noble o cualquier otra parte del mobiliario del palacio que se guardaba en casa de sus tías.

Sus expectativas no podían ser más altas. También podía haber elegido para ella una cornucopia, un cuadro o una de las joyas que aún conservaba. Vestigios del esplendor que había disfrutado, y mi madre había conocido en su niñez.

Su sorpresa fue mayúscula cuando su abuela la recibió en el salón, sentada en un sofá en lugar de en la mesa camilla, con un ceremonial más propio de la entrega de una corona que de un regalo de bodas, y le puso en las manos un pañuelo con la inicial de su nombre bordada en uno de los picos.

—Mira —le dijo señalando la letra—, como te llamas igual que yo, he pensado que te gustaría heredarlo.

No era de encaje. No era de lino. No era de hilo de Holanda.

Ni de fiesta. Ni especial. Ni delicado.

Ni de los que las señoritas del siglo anterior llevaban al baile y dejaban caer ante un pretendiente, con el disimulo justo para hacerle comprender su interés.

No. No era un pañuelo singular.

Era un simple pañuelo de la nariz, cuya única excepcionalidad se encontraba en la esquina, donde reinaba la inicial del nombre de la mujer más extraña del mundo.

A mi madre le duró la decepción toda la vida. Lo recuerda ahora entre risas con muchísima frecuencia, pero no deja de indignarse, porque se ve a sí misma, joven y tímida, teniendo que agradecerle a su abuela su insignificante regalo, sin poder mostrarle el desencanto, la desilusión, el rechazo y la rabia.

Nunca se ganó el más mínimo aprecio de su parte.

A su abuela materna, por el contrario, la recuerda con muchísimo cariño. Una de las hijas del compositor. Una de las dos hermanas casadas en Manila con los hermanos a los que les tocó la lotería y, a la vuelta, se instalaron en el pueblo de mi abuelo, donde tuvo veintisiete hijos vivos.

Al quedarse viuda, se trasladó a vivir a Madrid con una de sus hijas, viuda también, que montó una pensión en un edificio de la Gran Vía, donde una de sus hermanas había montado años atrás otra pensión, en un piso inferior.

Dos hermanas con dos pensiones en el mismo edificio. Una de ellas, que se merecería también una novela propia, se había casado con un independentista catalán al que fusilaron en los últimos días de la guerra civil. Mi tía abuela había huido con sus hijos al sur de Francia, donde vivió la misma miseria, la misma hambre y el mismo frío que el resto de los refugiados republicanos hacinados en las playas que sirvieron como campos de concentración, los llamados «campos de arena».

Mi tía abuela sufrió la misma angustia, el mismo dolor, el mismo abandono, la misma desesperación que los 440.000 españoles que huyeron de las represalias del bando vencedor y acabaron en los campos franceses, pero con una salvedad que, como mínimo, resultaba bastante chocante: ella también se había llevado a su criada.

–La gente del campo nos miraba muy raro cuando rezábamos el rosario todos juntos por la tarde –decía cuando nos contaba su experiencia, con un candor y una sencillez que enternecía a cualquiera–, pero yo seguía rezándolo todos los días.

No sé durante cuánto tiempo permanecieron en Francia, debieron de ser bastantes años porque, a su regreso, sus hijos hablaban un perfecto francés.

A nosotros nos encantaba ir a verla y escuchar sus historias. Por su pensión pasaron actores y cantantes que después se hicieron famosos y dejaron anécdotas en mi familia dignas de formar parte de *Tiempo de silencio*, de Martín-Santos.

Su hija se había enamorado de uno de los huéspedes, un cubano que le hizo la corte y empezó a traer a España a un familiar tras otro mientras le hacía promesas de matrimonio. Primero trajo a la madre, pero no quiso casarse hasta que no pudiera traer a sus hermanos. Después, también a un primo, luego a otro y a otro, hasta que, entre promesas y promesas de matrimonio, los tuvo a todos aquí. Una vez toda la familia en España, él se marchó a Estados Unidos, desde donde hizo la misma operación. Cuando estuvieron todos en Norteamérica, se olvidó de España, de la pensión y de la novia que le había ayudado en todos los movimientos de acá para allá. Pero ella no podía olvidarle. Como no contestaba a sus cartas ni a sus llamadas telefónicas, decidió optar por lo drástico: hizo la maleta, se subió en un avión rumbo a Chicago y se presentó en su casa.

Él se desmayó al abrir la puerta. Y ella se encontró con la peor sorpresa que podría imaginar, cuando, al escuchar el golpe contra el suelo, apareció la mujer con la que el cubano sí había cumplido su promesa de matrimonio.

En fin, lo que digo siempre: en cada familia hay mil novelas por escribir.

A la abuela de mi madre le hubiera encantado tener niños gemelos. Su madre tenía hermanas gemelas y ella, a pesar de sus veintisiete hijos vivos, se había quedado con la pena de no cumplir su deseo. De manera que cuando nacimos mi gemela y yo, no dejó de pedirle a mi madre que nos llevara a Madrid para conocernos. No pudo ser, pero me produce mucha ternura el detalle. Toda ella me la produce.

No conozco muchas anécdotas suyas. No obstante, siempre que he escuchado hablar de ella ha sido para bien. Lo que hubiera disfrutado hoy en día sabiendo que mi madre tiene bisnietos mellizos y gemelos. Los mellizos son nietos de mi hermana gemela, los gemelos, nietos de la anterior a nosotras. Los mellizos no se parecen en nada, uno es igual que su padre y el otro igual que su madre, dos torbellinos preciosos con los que mi gemela hubiera disfrutado una barbaridad, como con sus otros seis nietos. Los segundos son idénticos, viven en Italia y son los que llaman *mamina* a su madre, como a veces llamo yo a la mía. Curiosamente, una palabra muy parecida a como llamaban mis primas mayores a la abuela materna de mi madre. Una mujer sonriente y dulce a la que quería todo el mundo.

Yo creo que la dulzura de mi madre debe de venirle de ella, junto a su nombre, aunque tenga que compartirlo con su otra abuela.

35. Las hermanas del conde

Las historias de las tres hermanas de mi abuelo también merecerían una novela. La de la más joven la contó mi gemela en una de las suyas, aunque muy ficcionada, pero se reconoce el homenaje perfectamente. Se casó con un marqués, miembro de una familia lejana suya, que se quedó ciego en una cacería porque su hermano disparó hacia unos matorrales donde creyó ver una pieza. Fue una tragedia, pero la ceguera le salvó la vida en la guerra civil. Los milicianos llamaron a la puerta de su casa y se llevaron a sus tres hermanos. A él lo dejaron cuando su madre empezó a llorar y a gritar.

—¡Por el amor de Dios, déjenme al menos al ciego!

La hermana de mi abuelo había ido a Madrid para vender el óleo que compró el Museo del Prado, y se estaba alojando en casa de sus primos. Se enamoró del marqués y fue sus ojos desde entonces y para siempre.

Una de sus hermanas se había quedado embarazada sin estar casada y, para evitar el maldito «qué dirán», que tanto importaba en aquella época, sobre todo en las casas de alta alcurnia y estricta moral, la madre envió a la hija a Madrid para ocultar el embarazo, y la obligó a dar al niño en adopción nada más nacer, y a jurar que guardaría silencio para el resto de su vida.

Esa historia me sirvió a mí de inspiración para una de mis novelas. Mi madre era una niña entonces, pero recordaba que volvió después de casi un año y parecía muy triste. Para justificar una estancia tan larga en Madrid, habían puesto la excusa de que había caído enferma y necesitaba otros aires. Pero más enferma parecía al volver. Y así vivió toda su vida, enferma de tristeza, con los brazos vacíos y un secreto obligado que debió de martirizarla. Sin poder nombrar a su hijo, quizá sin saber si había sido niño o niña.

Unos años después, cuando comenzó la guerra civil y el general Yagüe avanzó desde el sur de la península, con su política de tierra quemada y fusilamiento de civiles en masa, a la hermana de mi abuelo se le escaparon unas palabras que nadie entendió y estuvieron a punto de revelar su secreto. Hacía días que se encontraba en cama con fiebres muy altas. Cuando supo que los sublevados avanzaban hacia su pueblo, en una columna integrada en gran parte por lo que muchos conocían como «los moros de Franco», comenzó a gritar ante el desconcierto de todos.

—¡Mis hijos! ¡Mis hijos! —dijo utilizando un plural para el que aún hoy en día no hay explicación.

Inmediatamente, su madre atribuyó su desvarío a las fiebres y nadie se planteó que podría ser otra cosa.

—Está delirando. Ella es soltera, no ha tenido hijos.

A partir de entonces, nadie volvió a nombrar a esos niños. El silencio se impuso hasta tal punto que ningún miembro de mi familia materna, a pesar de ser muy numerosa, supo nunca que mi tía abuela había sido madre.

Mas de ochenta años después, por una de esas casualidades de la vida que resultarían inverosímiles en una novela, se descubrió aquella historia cargada de intransigencia, prejuicios y falta de compasión.

Hay secretos que pugnan por salir a luz, por mucho que los cubra la noche de los tiempos, y cuando salen, adquieren diferentes versiones, según se hayan escuchado de primera mano o de las sucesivas por las que empiezan a correr, es decir, de la memoria de unos y de otros. Mi versión procede de mi madre y puede ser que algunos detalles difieran de las de otros miembros de mi familia, como probablemente ocurra en muchas de las vivencias contenidas en estas páginas. Pero no importan los detalles, lo que cuenta es que todos coincidamos en el fondo de la historia.

El caso es que el secreto de mi tía abuela saltó por los aires por pura casualidad, y la forma en que lo hizo, según me contó mi madre, también merecería una novela.

Sucedió en el norte de España, a donde una de mis primas se había ido a vivir por cuestiones laborales, y donde su hija mayor comenzó a estudiar en un instituto. El profesor de dibujo era un joven del sur al que habían destinado provisionalmente al instituto donde estudiaba la hija de mi prima, bisnieta de mi abuelo y, por tanto, sobrina bisnieta de la joven que no pudo ser madre.

La primera vez que el profesor vio a su alumna, le dijo muy extrañado:

—¡Cómo te pareces a mi hermana!

Una frase que le repetiría con frecuencia, hasta que un día, hablando de la nobleza y sus privilegios, la alumna le dijo a su profesor:

—No todos los nobles tienen privilegios. Mi abuela es la hija de un conde y no tiene nada.

—¿De un conde? ¿De qué conde? ¿De qué ciudad?

Y cuando ella le dijo el nombre del pueblo y del condado, él esperó a que terminase la clase para explicarle un secreto que también se había guardado celosamente en su familia.

—Ven —le dijo el profesor a la hija de mi prima—, te voy a contar una historia.

Y le contó que su abuelo, en su lecho de muerte, llamó a su padre y le confesó que había sido adoptado. Su verdadera madre era la hermana de un conde que vivía en un pueblo del sur, el mismo conde y el mismo pueblo que su alumna le acababa de nombrar.

—Por eso te pareces tanto a mi hermana. Tú madre es nieta del conde. Nosotros somos nietos de su hermana.

Los dos eran descendientes de la abuela paterna de mi madre. Quién le iba a decir a aquella mujer que hacía esperar a las criadas en la escalera durante horas que casi un siglo después de condenar a su hija a vivir con los brazos vacíos, a cientos de kilómetros de su pueblo, se iba a descubrir su secreto.

Ninguno de los protagonistas vivía ya. No había manera de reparar el daño. Pero yo decidí empezar una novela con aquella historia, para brindarle un homenaje a la hermana de mi abuelo, otra mujer maltratada por la vida y por los prejuicios sociales, que vivió siempre como una solterona, junto a otra de sus hermanas, cuya historia también merecería una novela.

Yo conocí a las hermanas de mi abuelo cuando eran viejecitas —o al menos nos lo parecían—, la dos vestidas de luto riguroso —incluso los pendientes los recuerdo de color negro—, solas en una casona de muros anchísimos, en cuyo salón había un ventanal con cortinones de terciopelo rojo, siempre echados, siempre a oscuras.

Distribuidos por todas las mesas de la casa había platitos de porcelana llenos de agua con flores de jazmín. Toda la casa olía a jazmín, invariablemente, fuese invierno o verano. El olor se extendía desde cualquier rincón oscuro de la casa.

—¿Habéis ido a ver a las hembras? —nos decía mi abuelo con su tono autoritario, utilizando una pregunta que no era tal, sino una orden que había que cumplir.

Y nosotros íbamos a casa de nuestras tías abuelas con muy pocas ganas y con bastante miedo, porque aquella casa oscura, con aquellas tías lejanas vestidas de negro, con su olor pastoso y dulzón, nos parecían sacadas del cuento de Hansel y Gretel.

Ahora pienso en ellas y vuelvo a sentir la misma ternura que me arranca mi tía C, y también indignación por el modo de referirse a ellas, como si fueran parte de una yeguada o de un rebaño. Las hembras. Mi abuelo no lo decía de forma despectiva, desde luego que no, en aquella época se inscribía así a las mujeres en todos los formularios oficiales en los que había que especificar si el individuo era hombre o mujer. Varón y hembra. También Rosalía de Castro, en uno de sus poemas más reivindicativos con los derechos de la mujer, se refería a ellas como «hembras». Pero a mí siempre me chocó en los labios de mi abuelo.

Es curioso, desde que se comenzaron a publicar en el siglo XVIII, los diccionarios de la Real Academia de la Lengua Española contemplan el femenino de «varón», *varona*, al igual que el masculino de «hembra», *macho*. Sin embargo, varona es un término que apenas se ha utilizado y, hasta el año 1991 no se utilizó el de *mujer* en cualquier registro civil.

El caso es que, para mi abuelo, sus hermanas eran «las hembras», y así las llamaba cuando se refería a ellas.

Yo me pregunto ahora cómo sería su vida. ¿Qué harían tantos años en esa casa, las dos solas, sin salir absolutamente para nada? Supongo que irían a misa, pero ni siquiera estoy segura. Nosotros siempre creímos que eran solteras, hasta que mi madre nos contó que una de ellas sí lo era, la que después supimos que había sido madre, pero la otra era viuda. Se había casado con un terrateniente que se la llevó a vivir a un cortijo. No sé si llegarían allí la misma noche de bodas o al terminar la luna de miel, pero al llegar a la finca, la recién casada se dio cuenta enseguida de que su marido tenía una relación con la cocinera y, sin pensarlo dos veces, se plantó ante él y le dio un ultimátum.

—O la cocinera, o yo.

Para su sorpresa, él eligió a la cocinera, y ella llamó a mi abuelo para que fuese a buscarla.

Mi madre recuerda que muchos años después, tras haber vivido con su hermana soltera en la casa que a nosotros nos daba miedo visitar, se presentó en casa de mi abuelo con una noticia que no podía hacerla más feliz.

—¡Ya soy viuda! ¡Ya soy viuda! —repetía una y otra vez, reclamando un estatus con el que conseguía alejarse del estigma de «mujer separada» que debió de marcarla durante décadas. Porque nosotros no sabíamos que había estado casada, pero dudo mucho que su boda no se hubiera celebrado por todo lo alto, y la forma en que terminó su matrimonio no hubiera sido la comidilla del pueblo y de los cortijos de la zona, un bocado demasiado goloso, que pocas bocas debieron de negarse a saborear.

36. Veranos

El mayor insulto que puede salir de la boca de mi madre es «imbécil», un «imbécil» que pronuncia separando ostensiblemente las sílabas, para que cada una adquiera la importancia adecuada. La primera la alarga pronunciando la *m* muy lentamente, como si quiera coger fuerzas para que la segunda retumbe en el aire con todo el peso del insulto; la tercera apenas la pronuncia, la *i* se pierde en el eco de la *e* y se diluye en la *l* como un azucarillo en café caliente.

–Immm-¡BÉ!-cil.

El segundo mayor insulto es «estúpido», pronunciado de forma similar. Alarga la primera sílaba, resalta la segunda como si quisiera enfocar la ofensa en la segunda persona del singular a quien va dirigida, y deja caer las dos últimas rápidamente, unidas en un solo golpe de labios.

–Esssss-¡TÚ!-pido.

El tercero es «ineducado». Más que un insulto, lo lanza como un reproche pronunciado con cierto tono de conmiseración y condescendencia, sin resaltar ninguna sílaba, sin énfasis, pero rotundo y sentenciador. Sustituye al «maleducado», «grosero», «antipático» o «desagradable», y se refiere a quien no sabe comportarse con los modales adecuados. Para ella, un ineducado es una persona que no ha recibido educación y, al no haber llegado a esa circunstancia por propia voluntad, en cierto modo, está exento de la culpa que lleva aparejada el término. Sin embargo, los atenuantes se aplican solo hasta cierto punto, de ahí el reproche y la rotundidad, puesto que cualquiera puede hacer el esfuerzo de educarse por su cuenta.

El imbécil y el estúpido, en cambio, no tienen la menor justificación, actúan a sabiendas de lo que hacen y, por tanto, se merecen su llamada de atención sin paliativos.

Los usa en contadísimas ocasiones. A veces, refiriéndose a alguien del pasado con quien tuvo una experiencia muy desagradable o se portó mal con alguno de nosotros. Otras veces lo utiliza cuando alguien se merece una bronca de las que se van a quedar en el recuerdo.

En cierta ocasión, se lo dirigió a mi hija mayor y a una de mis sobrinas, poco antes de la boda de mi hermano pequeño. Mi hija tenía diecisiete años y mi sobrina diecinueve. Hacía tiempo que llevaban diciendo que les encantaría raparse la cabeza. Una moda que se había extendido bastante entre los jóvenes.

Era verano y nos habíamos reunido una gran parte de la familia en el pueblo donde vivía mi hermana pequeña, en la Costa del Sol. Una costumbre que se mantuvo durante muchísimos años, con la que nos resarcimos de los veranos que no pudimos pasar juntos en la playa cuando éramos pequeños.

Una tarde, después de comer, mi hija y su prima salieron juntas con unas melenas que daba envidia mirarlas, y volvieron con un solo mechón en la zona del flequillo, igual de largo que la melena que dejaron en el suelo de la peluquería.

Mi hermana mayor casi se echa a llorar al ver a su hija. A mí no me gustó tampoco nada la mía, pero lo entendí como un acto de valentía, y las felicité.

–El pelo crece muy rápido. Si a vuestra edad no os arriesgáis en algo tan fácil de solucionar, jamás tendréis valor para enfrentaros a decisiones mucho más complicadas.

Mi madre, sin embargo, las miró indignada y les lanzó uno de sus temibles insultos:

–Sois immmm-¡BÉ!-ciles.

Raras veces la he visto tan enfadada, a excepción de cuando éramos pequeños y nos reñía apretando los labios, como si tuviera que contener la rabia que se le concentraba en la boca.

Faltaban cuatro meses para la boda de mi hermano, suficiente para que les creciese un poco el desaguisado y no llamasen demasiado la atención, pero mi madre estaba horrorizada solo de pensarlo.

–¡Con esas pintas, no vais!

A mi madre se le olvidó el enfado ese mismo día, en cuanto empezaron las bromas de la familia con las dos pobres rapadas. Por ahí andan las fotos de la boda, donde no faltan las dos primas con sus cabezas más o menos a la moda, y mi madre tan contenta a su lado.

Yo creo que su enfado no se limitaba al corte de pelo, sino a lo que suponía como acto de rebeldía de dos niñas que hasta entonces no habían causado problemas.

Se quedaron las dos clavadas en el suelo. No creo que puedan olvidar aquel «immm-¡BÉ!-ciles», ni la mirada furibunda de su abuela.

En aquella época veraneábamos juntos casi todos los hermanos con nuestros hijos. Una experiencia maravillosa que se terminó sin ninguna razón conocida, quizá porque los niños crecieron.

Cuando mi madre se quedó viuda no pudo llevarnos nunca a todos a la playa. No tenía dinero para alquilar un piso donde cupiéramos los diez, ni siquiera para uno pequeño. Quizá por eso nos gustaban tanto las vacaciones en familia. A mí me siguen encantando. Las paellas en el chiringuito, los bocadillos de media tarde en la playa, las caminatas por el paseo marítimo, los helados y las charlas interminables.

Mi madre y mi tía se quedaban con mi hermana pequeña, cuya casa actuaba como cuartel general, con las consiguientes protestas de «aquí no se dejan las toallas mojadas y llenas de arena», «no os sentéis en el sofá con el bañador mojado», y cosas por el estilo, en una casa que no era de veraneo y se trastocaba todos los años.

Nosotros y nuestros hijos nos quedábamos en apartamentos alquilados en edificios cercanos, donde hemos llegado a dormir hasta tres familias juntas.

¡Qué recuerdos tan entrañables guardo de aquellos veranos! Mi madre era tan feliz. Se hacían realidad las vacaciones que nunca había podido darnos. A veces nos juntábamos más de veinte personas, entre hijos, yernos, nueras y nietos. Y cada año, conforme aumentaban las familias, sumábamos uno o dos más.

Años después quisimos repetir la experiencia en una playa de Galicia, para quitar a mi madre del calor asfixiante de los veranos de Madrid, donde, como decía mi padre, cuando llega la calima «los árboles parecen pintados».

A Galicia ya venían algunos de los nietos de mis hermanas, bisnietos de mi madre --ahora tiene veinte, y uno en camino--. Alquilamos una casa grande a donde fuimos tres o cuatro veranos. Hasta que mi madre empezó a tener dificultades para trasladarse y dejó de viajar. La habían asaltado en la calle. Le tiraron de la cadena que llevaba al cuello y se cayó al suelo. Se rompió varios huesos. La recuperación fue larga y dolorosa. Desde entonces empezó a tener continuos dolores de espalda y mucho miedo a caerse. Ya no se atrevía a viajar largos trayectos.

A partir de ahí, se acabaron los veraneos en común. Yo lo echo mucho de menos. Me encantaba ver a mi madre ejerciendo de gallina clueca, con un montón de hijos y nietos a su alrededor, controlándolo todo, pero sin parecer que lo hacía. Las compras, las comidas, las salidas y entradas de los más jóvenes, que ya tenían edad para ir solos a las fiestas del pueblo, los horarios de los bebés, las lavadoras, etc.

Ahora se queja de que en su casa ya no manda nada. Dice que ni siquiera se le pregunta qué hay que comprar cuando vamos al mercado, ni qué menú se pone para cenar o para comer. Dice que cuando mis hermanos y mis sobrinos mayores se apuntan para venir a su casa a comer o cenar, no le consultan a ella, sino a mi hermano, que es quien organiza la cocina y se ocupa de la intendencia. Ella protesta, pero en el fondo sabe que ya no puede con esa carga, ni su mente ni su cuerpo la aguantarían. Pero sigue siendo la matriarca del clan, poderosa presencia que, como dijo mi padre, está en todo y en todos, como un hito donde nos aferramos a diario.

37. La niña muerta

La infancia está repleta de insignificancias a las que los mayores no suelen prestar atención, anécdotas sucedidas en su día sin mayor transcendencia, transformadas con el tiempo en lugares a donde regresar.

Un olor, un sabor, una caricia, una canción o un color son capaces de llevarnos hacia rincones remotos que parecían olvidados, escondrijos del pasado donde nunca hubiéramos pensado volver a poner los pies.

Cualquier detalle puede convertirse en un mundo.

Gracias al poder evocador de los sentidos, regresamos a un beso, un baile, un juego, un castigo, una alegría, una pena, un amor o un desamor.

Yo recuerdo el juego de «Los moros vienen» como uno de los que me aterraban de niña y siempre asocio con el miedo al dolor. Nos poníamos las amigas sentadas en el suelo formando un círculo, y una de nosotras empezaba a caminar alrededor de las demás entonando una canción que le daba título al juego.

–Los moros vienen.

–¿A qué? –preguntábamos todas las demás.

–A mataros –continuaba ella, caminando cada vez más deprisa, eligiendo la víctima que tendría que sustituirla en sus amenazas.

–¿Con qué?

–Con un cuchillo de acero.

Y yo sentía el cuchillo clavado en mi espalda, con un dolor imaginado que justificaba la última frase que pronunciábamos todas al tiempo, insolidaria y atroz.

—Que se levante mi compañero el primero.

En ese momento, la niña que daba vueltas alrededor de las demás depositaba en el suelo, detrás de una de nosotras, una piedra que simulaba el cuchillo y obligaba a la elegida a comenzar con la misma canción amenazante.

No sé de dónde procede este juego. Lo he investigado y he comprobado que pasó a Suramérica con algunas variaciones. Parece ser que alude a las cruzadas, pero yo he pensado muchas veces que quizá se referían a los mismos moros que causaron el horror durante la guerra civil y asustaron a mi tía abuela. Quizás ella también había jugado de pequeña a «Los moros vienen», y había sentido el mismo espanto que yo, como si realmente existiera el cuchillo de acero que podía acabar detrás de cualquiera.

Hay cosas que se quedan para siempre en la memoria como una herida invisible que no llega a cicatrizar del todo. Algunas tienen importancia y otras no tanto, pero todas forman parte de lo que somos, de nuestros gustos y nuestros aborrecimientos.

Cuando yo era pequeña, muchos libros llegaban a nuestras manos con algunas hojas pegadas por el borde superior. Había que separarlas, normalmente con un cortaplumas, y siempre soltaban un polvillo que me daba bastante grima tocar. No era fácil conseguir un corte limpio para que no quedasen restos de una hoja en el filo de la otra. Lo más frecuente era que quedasen unos pequeños salientes irregulares que afeaban los libros y me daban una rabia tremenda.

En contraste con la grima y la rabia que me producían las hojas mal cortadas, me fascinaba el olor de los libros recién abiertos, vírgenes aún de nuestros ojos, con los lomos bien apretados y el recuerdo aún caliente de las prensas y de la humedad de la tinta.

Dicen que el olfato es el único de los cinco sentidos que no cambia a lo largo de la vida. Podremos tenerlo más o menos agudizado, pero la mandarina siempre olerá a mandarina, la rosa a rosa y la cebolla a cebolla. De ahí que, a la mayoría de las personas, el olor de los lápices de colores nos retrotraiga a la infancia. No creo que haya un olor más convencional. No sé si todos los oleremos del mismo modo, pero lo hagamos o no es difícil que alguien que aspire el olor de una caja de lápices de colores no se remonte a la tranquilidad de los días felices, el colegio, los dibujos en casa después de las clases, la merienda, los amigos, los hermanos, las vacunas, el sarampión o cualquier día sofocado por la fiebre, cuando no faltaba la mano de la madre sobre la frente, reparadora y sedante.

Ni siquiera creo que tenga el mismo poder evocador el olor de la tierra mojada –se le llama «petricor», uno de los pocos olores con nombre propio, que yo sepa–, o el del aire que anuncia tormenta, olores también muy convencionales, fáciles de identificar, probablemente iguales para todos o muy similares, pero cada cual con sus propias evocaciones personales, asociado a un momento concreto de la vida.

A mí el olor de la tormenta me recuerda siempre a los veranos de mi infancia, cuando se iba la luz y mi madre se inventó un juego para mantenernos distraídos. Según ella, si la avisábamos de que se había ido sin llevarse la maleta, regresaría enseguida a por ella. Así es que, cada vez que había un apagón, en mi casa empezábamos a gritar todos a una:

–¡La maleeeta! ¡La maleeeta! ¡La maleeeta!

Y ese mismo grito es el que me viene a la memoria cuando me llega el olor de la tierra mojada. Un juego de mi infancia que creía universal hasta hace relativamente poco tiempo, porque, aunque lo he preguntado, no he encontrado a nadie que se haya entretenido avisando a luz de olvidarse la maleta.

La memoria es un eco que retumba desde lejos y siempre encuentra la manera de llegar.

A mi madre, por ejemplo, últimamente, el olor de las flores le trae a la mente la muerte de una de sus hermanas, siendo ambas muy pequeñas. La niña debía de tener dos o tres años, y mi madre cuatro o cinco.

Según ella recuerda, colocaron a su hermana sobre la mesa del comedor, rodeada de flores. Y a ella y a sus hermanos les prohibieron pasar hacia ese lado de la casa.

Los velatorios duraban dos o tres días, de modo que la niña debió de estar encima de la mesa durante ese tiempo, de donde mi abuela no se separó un instante. Mi madre recuerda haberse saltado la prohibición de acercarse al comedor, y pasar por delante de la puerta abierta en varias ocasiones. Alrededor de la mesa repleta de flores –siempre insiste en las flores–, se encontraban las mujeres que acompañaban a su madre, todas de luto riguroso, rezando el rosario.

Tal y como ella lo cuenta, se diría que vio a la niña tumbada en un lecho de flores, vestida de domingo, sobre una mesa enorme, sin ataúd que demostrase que no se encontraba dormida.

A la hora de la merienda del tercer día, poco antes de que llegaran a recoger a la niña para llevarla al cementerio, mi madre entró en el comedor para pedirle a mi abuela un trozo de pan, y ella sacó un genio que jamás le había visto y la mandó a la cocina con una niñera.

Han pasado más de noventa años y lo recuerda todavía con dolor. Seguramente, más que el hambre, fue la ausencia de su madre durante dos o tres días seguidos lo que le hizo entrar en el comedor. También pudo ser la tristeza por la muerte de su hermana, o el revuelo de visitas inundando la casa. No puede precisarlo. Pero sabe que necesitaba entrar en aquella habitación, que le dijo a su madre que tenía hambre y le pidió un trozo de pan, y que ella la echó de su lado con una regañina que se quedó para siempre en su memoria, asociada a las flores que rodeaban el cuerpo de su hermana muerta.

Siempre que la escucho contar esta historia, a mí me vienen a la mente dos cuadros. Uno, de Julio Romero de Torres, *Mira qué bonita era*, una visión costumbrista de la muerte, que podría haberse inspirado en el recuerdo de mi madre, y que yo he descubierto hace muy poco tiempo. El otro es *Ofelia*, de John Everett Millais, rodeada de flores en su lecho de agua, antes de que el río la haga suya para siempre.

Impresionante representación de la muerte y de la juventud en ambos.

Vi por primera vez el cuadro de Millais con mi hermana gemela, en la Galería Tate de Londres, hace treinta años, en un viaje relámpago que realizamos solas a la capital británica.

A las dos se nos saltaron las lágrimas ante *Ofelia*. Nos abrazamos sin decir una palabra, sabiendo lo que estábamos sintiendo las dos, y compartimos un miedo extraño y tristísimo, que resultó ser premonitorio con el tiempo.

Las dos habíamos imaginado a la otra con la dulzura de la muerte en los ojos y la boca entregada a lo irremediable.

Mi hermana escribió esa misma tarde un poema titulado *Ahogada*, incluido posteriormente en un poemario con el que ganó un importante premio literario nacional.

Yo nunca he podido leer el poema sin que me vuelvan las lágrimas como en la Galería Tate.

> *No abrirá sus ojos en abril.*
> *Nunca fueron sus labios*
> *tanta luna.*
> *Nunca su rostro fue*
> *tanta mitad.*
> *Y en sus laderas*
> *resbala el agua.*
> *No sabe el río*
> *que la conduce íntimamente.*
> *Y que el mar la desea.*
> *Y es dudoso que sepa*
> *que ella es el caudal.*
> *La arrastra*
> *como arrastra la música.*
> *Hacia el mar.*

Hay un verso de este poema que me impresiona sobre cualquiera de los otros. *Nunca su rostro fue tanta mitad.* Cuando mi hermana lo escribió, ella pensaba en mí y, cuando me lo leyó, yo pensé en ella. Igual que cuando miramos el cuadro de Millais en Londres. Ofelia era ella y era yo, las dos en una y una en las dos, la mitad de ella y la mitad mía.

Ahora, cuando vuelvo a leer el poema, pienso en lo difícil que me resultó asumir que ya siempre sería una mitad. Saramago me ayudó mucho con su frase, «antes erais una en dos, ahora sois dos en una», sin embargo, aunque sé que tiene razón, debo decir que mi corazón no acaba de sentirlo así: a pesar de que han pasado casi veinte años de la muerte de mi gemela, mi corazón siente que, desde que ella se fue, hemos sido dos en una sola mitad. Siempre seré su mitad, y ella siempre será la mía. Y no me importa. Es una de las características que ha marcado mi vida desde que nací. Lo asumo, como los demás asumen que tienen los ojos marrones o verdes o azules. Yo siempre tendré una mitad a la que echo de menos.

Curiosamente, una de las personas que más me ayudó a ordenar mi desconcierto sobre la muerte de mi gemela fue el ídolo al que adorábamos cuando éramos pequeñas, con quien tuve la oportunidad de hablar unos días después de enterrarla.

El origen de aquella conversación se produjo en el hospital, cuando mi hermana me dijo que si no fuera por lo que era, ella repetiría, porque estaba recibiendo solo amor.

–Todo lo que se me antoja, lo tengo –me dijo cuando le mandaron un litro de horchata desde Valencia con un mensajero, porque le había apetecido y en Madrid no encontramos por ningún lado.

–Pues pide algo que te hubiera encantado toda la vida –le dije yo, medio en broma medio en serio–, algo muy especial.

Ella empezó a mirar hacia arriba y a fruncir las cejas y los labios, como si estuviera buscando una idea que no acababa de encontrar.

–¿Y qué puedo pedir? Así… de pronto… No se me ocurre nada…

–Pues… No sé…

Y de repente, me vino a la mente un deseo que teníamos de toda la vida. Un sueño imposible. Un desvarío absoluto con el que las dos nos echamos a reír.

–¡Ya lo tengo! Pide conocer a Marisol.

Primero nos reímos, pero luego nos miramos como cuando se baraja la posibilidad de que algo llegue a suceder.

–¡Sí, hombre! Como que Marisol va a querer venir a verme.

–¿Por qué no? A lo mejor ha leído tu novela y te admira, como muchísima gente.

–¿Te lo imaginas?

Y esa pregunta suya fue la clave para que empezase a girar una rueda que hizo que Marisol supiera que a mi hermana le encantaría conocerla.

No voy a nombrar a las personas que participaron en esa rueda, pero a todas las llevo en el corazón, y a todas les agradezco lo que hicieron. No fue fácil, porque la actriz cambia de número de teléfono con frecuencia para conservar el anonimato en el que ha conseguido vivir.

Pero la rueda giró hasta llegar a ella. Y el resultado no podía ser más emocionante. Pepa Flores estaba dispuesta a viajar a Madrid para que mi hermana cumpliera su sueño. Me lo dijeron cuando estában a punto de sedarla.

No pudo ser, no le daba tiempo de llegar, pero a mi hermana le hubiera hecho feliz que su ídolo supiera quién era y conocía su novela.

–Yo no soy Marisol –me dijo Pepa Flores cuando la llamé por teléfono para agradecerle su intención de venir–, hace más de treinta años que dejé de serlo.

–Lo sé, pero te convertiste en otro referente para nosotras. Una persona comprometida y coherente, que no tuvo miedo de seguir un camino muy distinto al que estaba acostumbrada.

Estuvimos hablando casi dos horas. Yo tenía delante una foto de mi hermana, y le conté que era incapaz de hablar con ella, que no la sentía dentro, como me había asegurado cuando se despidió de mí, y Pepa Flores me dijo una frase que, como la de Saramago, me sirvió para empezar a construirme de nuevo.

—Ella eres tú, y tú eres ella, por eso no la sientes. Nadie se siente a sí mismo dentro de sí mismo.

Es curioso, porque algo parecido había escrito mi hermana muchos años atrás, en un poema que me dedicó después de haberlo intentado muchas veces y no conseguirlo.

Ahora sé
que escribo para mí.
Quise decirte
tantas cosas bonitas
que no pude...

Ahora sé
que mis ojos
se parecen a los tuyos,
que no he de buscar
palabras
para amarte,
que mi amor está ahí
y que te quiero.

Solamente.

Ahora sé
que si quisiera
te escribiría
versos muy tiernos;
pero debo escribir
para mí...
y serás tú.

Solamente.
Porque somos la misma.

Ahora sé…

Hay mucha gente que me dice que tengo que pasar página, que no hable tanto de mi hermana, que yo soy yo y ella es ella. Pero aquel día, mientras hablaba con Pepa Flores, fue la primera de las dos únicas veces que conseguí hablarle. Miré su foto, le sonreí y le dije: «¡Estoy hablando con Marisol! ¿Te lo imaginas? Tiene la misma voz».

La segunda vez que hablé con mi hermana fue cuando encontré el colgante para regalarle a su nieta los besos de su abuela, el día en que decidí empezar la novela que ella me encargó. Nunca más he conseguido hacerlo. Y es que Pepa Flores tenía razón. Yo soy ella, y ella soy yo. La mitad de mí y la mitad de ella. Ella se llevó una parte de mí y yo me quedé con una parte de ella.

Sé que hay gente que no lo entiende. Quizá solo los gemelos puedan hacerlo o solo los gemelos que han perdido a su gemelo. Pero así es como yo lo siento. El día en que mi hermana se marchó sentí lo mismo que cuando vi el cuadro de Ofelia en Londres, nunca su rostro fue tanta mitad.

38. El cielo azul

Además de con la muerte de mi padre, la vida decidió zarandear a mi madre brutalmente en otras tres ocasiones. Las dos primeras durante 2003, su *annus horribilis*, y la tercera, ocho años más tarde.

En enero de 2003 operaron de urgencia a mi hermana mayor de un tumor cerebral. La intervención duró doce horas angustiosas. Mi hermana estuvo a punto de no salir del quirófano. Los médicos dijeron que la habían perdido en dos ocasiones, pero salió.

La hermana mayor de mi madre se encontraba hospitalizada desde hacía varios días, muy enferma. Según nos dijeron mis primas, aquel día ofreció su vida por la de mi hermana, y, en sus propias palabras, Dios se lo tomó al pie de la letra. Murió mientras mi hermana se salvaba y, aunque mi madre no cree que Dios las hubiera permutado, siempre lo cuenta como un acto de generosidad que le agradecerá eternamente a mi tía.

La segunda sacudida de ese año llegó en noviembre, cuando le detectaron a mi gemela un cáncer en estado terminal que tardó veintisiete días en llevársela. Desde el seis de noviembre hasta el 3 de diciembre de 2003.

–¿Qué es lo que pasa? –me preguntó mi madre al llegar al hospital, antes de entrar en la habitación donde habían ingresado a mi hermana–. Me acabo de encontrar con la cuñada de tu hermana y casi me ha dado el pésame.

No sé dónde encontré las fuerzas para decirle a mi madre que su hija se moría. Ni dónde las encontró ella para no derramar una sola lágrima delante de nosotras.

Abrió la puerta de la habitación de mi hermana con una dignidad que sobrecogería a cualquiera, se colocó a la cabecera de la cama y volvió a demostrarnos a todos por qué ha sido siempre digna de nuestra admiración.

No dejó de ir al hospital ni un solo día. Mi gemela le pedía que le contase cuentos y ella terminó con todos los que recordaba de cuando éramos niños.

Después una de mis hermanas compró un volumen de mil y un cuentos infantiles para que mi madre pudiera leerle uno distinto cada día. Y ella, en lugar de leérselos, se los aprendía para contárselos a su estilo, con su propia voz.

Mi madre y su capacidad para superar cualquier tormenta de la vida.

A mí siempre me ha encantado dormirme la siesta en el sillón mientras habla con mis hermanos o con mis hijas. Me calma su voz, tan dulce y cálida que parece que te arrulla.

A veces, cuando está sentada en su sillón, yo me siento a su lado en el suelo y pongo la cabeza en sus rodillas. Me acurruco como si fuera una niña pequeña y le digo: «Te quiero, te quiero, te quiero». Y ella me acaricia el pelo y bromea:

–Pues yo a ti no.

Tengo una amiga que siempre que viene a verla le dice que está enamorada de ella y le dice muy seria:

–Si yo fuera más joven, te pediría matrimonio.

Y mi madre le sigue el juego con toda la naturalidad del mundo y una sonrisa burlona:

–También tendría que ser más joven yo.

Con mis hijas se ríe a carcajadas en cuanto la provocan, y nos contagia la risa floja con una alegría que atrapa. Igual que cuando vemos alguna película cómica o cuando nos cuenta algunas de sus anécdotas más divertidas. Es imposible no caer a sus pies.

¡Cómo no admirarla!

Ocho años más tarde de la muerte de mi gemela, un nuevo zarpazo llevaría a uno de mis hermanos al hospital, el que nos sigue a nosotras, el número seis. También le descubrieron un tumor cerebral del que hubo que operarle de urgencia. También fue en enero, como ocurrió con mi hermana mayor, y también estuvo a punto de costarle la vida.

Mi madre no pudo estar en la sala de espera durante su operación, pues guardaba reposo absoluto debido a una caída. Intentamos ocultarle que todo se había complicado y hubo que operarle dos veces más. Pero ella no hacía más que preguntar por su hijo, porque su instinto le decía que algo no estaba saliendo como debía salir.

En las tres ocasiones, he visto envejecer a mi madre lo que no había envejecido en años. La recuerdo acercándose a la entrada principal del hospital donde iban a operar a mi hermana mayor. Yo salía del aparcamiento. La vi a lo lejos, colgada del brazo de uno de mis hermanos, no recuerdo cuál, o tal vez fuese mi hija mayor. Era muy temprano y hacía mucho frío. Le pesaba la vida en los pies y en la espalda. Andaba encogida, arqueada hacia delante, muy despacio. Desde entonces no he vuelto a verla derecha, supongo que ya tendría un poco de chepa, pero creo que fue ese mes de enero de 2003 cuando empezó a encorvarse cada día un poco más.

Siempre me había impresionado su manera de andar. Sabía llevar los tacones de aguja como si fuesen zapatillas. Esbelta, derecha, segura, con el paso firme y un movimiento casi imperceptible de caderas, como si no las moviera, pero moviéndolas, igual que muchas de las cosas que hace sin parecer que las hace. No sé... Mandar sin mandar, ser graciosa sin serlo, mantener una familia numerosa con un sueldo que no superaba la bonificación que le correspondía por el número de hijos, conseguir que su piso parezca enorme sin serlo, que hasta hace unos años fuéramos a comer allí todos los sábados, sin que supusiera para nadie una obligación. Una costumbre que también se perdió sin saber muy bien por qué. A mí me hubiera encantado que siguiera hasta hoy. Nos seguimos reuniendo, claro, cada uno ha adquirido una costumbre. Unos van los miércoles a comer, otros los domingos o los lunes a merendar, otros para cualquier ocasión, y muchas veces coincidimos prácticamente todos los que vivimos en Madrid, casi siempre en fines de semana, pero los sábados ya no damos por hecho que comeremos allí.

Me dan mucha envidia las familias que pueden reunirse en una casa grande. Lo que más me gustaba de la que compré en el pueblo cercano a Madrid, frente a la de mi hermana, era la facilidad para reunir a todos los míos. Lo echo muchísimo de menos. He celebrado en mi casa infinidad de fiestas a lo largo de mi vida, incluso cuando he vivido en pisos pequeños, pero las que más he disfrutado han sido las de aquella casa con jardín. Cualquier motivo era bueno. Casi todas las he organizado con mi hermana gemela, sobre todo el día de nuestro cumpleaños. Nos encantaba. Invitábamos a todos los hermanos, los amigos en común y los amigos de cada una. La última la celebramos al cumplir los cuarenta y nueve años. Y la primera sin ella, al cabo de un año, seis meses exactos después de su muerte. A partir de ahí ha habido dos o tres más, pero ninguna ha sido lo mismo.

Me resultó muy difícil decidirme a celebrar mi cincuenta cumpleaños. Mi hermana y yo habíamos hablado muchas veces de que tiraríamos la casa por la ventana y, cuando llegó la fecha, no me sentía con fuerzas para superar ese día sin ella. Lo único que me apetecía era meterme debajo de la cama, llorar y dejar que el tiempo pasase. Solo quería dejarme llevar por la tristeza, por una pena infinita que ni siquiera hoy puedo explicar.

No hay palabras. Es cierto que no las hay, no es una frase hecha. No se puede describir con palabras el hueco que me rodeaba. No era un pozo. Ni un abismo. Ni un precipicio. Ni la sima de un océano oscuro y sin vida. Ni una cueva que se interna hacia el centro mismo de la Tierra. Ni un laberinto. No. Era el vacío absoluto. Y me rodeaba. Un vacío insoportable. O, para ser más exacta, una nada insoportable. Sin posibilidad de llenarse, sin magnitud en que pueda medirse, ni límites, ni bordes, ni asidero al que agarrarme para poder salir.

Pero no podía esconderme bajo la cama, porque también me planteé que sería muy difícil salir. ¿Cómo lo haría? y, sobre todo, ¿cuándo? No. No podía. Ni por mi madre, ni por mis hijas, ni por los hijos de mi hermana. No podía rendirme al dolor. Me sentía obligada a superarme por ellos. Y también por mi hermana, que me pidió que siguiera adelante, que aprovechase la vida y no me permitiese a mí misma provocar compasión.

De modo que organicé la mejor fiesta que pude, convoqué a toda la gente que me quería y celebré mi entrada en la cincuentena rodeada de cariño, en mi jardín, bajo un cielo de junio limpio de nubes.

Y así he vivido todos estos años sin ella. Bajo el maravilloso cielo azul de Madrid. Rodeada del cariño de los demás.

39. Los cuentos de la abuela gamberra

Cuando éramos pequeñas, mi gemela y yo a veces dormíamos en la misma cama y nos turnábamos para hacernos cosquillas en la espalda la una a la otra. Nos encantaba, era un placer exquisito. Pero lo mejor no eran las cosquillas, sino que la encargada de darlas tenía que inventarse un cuento para la otra.

No había nada que pudiera igualarlo. Qué maravilla. Estar escuchando el cuento mientras sentías los dedos que bajaban y subían por debajo del camisón, como hormiguitas pequeñas y suaves. Sobre todo lo recuerdo en noches de invierno. Noches mágicas, llenas de imaginación, en las que las dos preferíamos ser la que escuchaba, porque el segundo cuento que nos contaba la otra nos llegaba ya en un duermevela delicioso, calentitas bajo las mantas, del que no queríamos salir.

En el hospital, además de pedirle a mi madre que le contase cuentos, mi gemela también nos pedía a algunas personas que nos los inventásemos y los escribiéramos. Desde que se enteró de que iba a ser abuela, le rondaba por la cabeza la idea de un libro de cuentos infantiles para dedicárselos a sus nietos. Se llamaría *Los cuentos de la abuela gamberra* porque ella imaginaba así la relación con sus nietas, como una abuela divertida que les regalaría historias, recuerdos y cosas inmateriales, como cuando les regaló a mis hijas los huevos contra la pared y el brindis ruso.

Como referente, tenía a la prima que nos había quitado el lacito azul cuando nacimos. Ella les regalaba a sus nietos el sonido del mar, una ola enorme, una playa o el resplandor de la luna sobre el agua. Y mi hermana quería hacer lo mismo. Ya lo había hecho con mi hija pequeña y sus amigos. En una ocasión les regaló un parque precioso de un pueblo de la sierra de Madrid.

—Os regalo este parque; desde hoy, es vuestro —les dijo solemnemente en un parque lleno de juegos infantiles de madera, a los que se lanzaron encantados del regalo.

Habíamos acabado allí después de una excursión a un pantano donde pensábamos pasar el día, pero un enjambre de avispas acudió a nuestra comida con un hambre voraz, y tuvimos que huir desesperadas. Mi gemela nos dijo que cuando volviera a su casa, escribiría un relato sobre unas avispas y unos niños que llevarían los nombres de mi hija y de sus amigos. Tendrían ocho o nueve años, y volvieron de la excursión contándoles a todo el mundo que iban a ser los protagonistas de un cuento y eran dueños de un parque.

El cuento existe, y está dedicado a ellos. Y el parque sigue en el pueblo de la sierra y lo hemos visitado en un par de ocasiones.

El mismo día que ingresó en el hospital, yo había comprado dos cuadernos pequeños iguales para que cada una apuntase sus emociones. A ella le gustaba tener siempre uno en la mesilla; pensé que quizá le viniese bien, pero no tenía ganas de escribir.

No recuerdo qué fue de su libreta, no volví a verla desde que nos marchamos del hospital. En la mía empezamos el libro de cuentos que a ella le hubiera gustado escribir para sus nietos, pero se quedó en una mera intención.

Hacía dos meses que había nacido la primera de sus nietas, y ella me contó un cuento que quería dedicarle. No sé si lo tenía ya pensado o se le ocurrió sobre la marcha. Trataba de una niña que quería conocer la luna, y los demás le decían que no podía ser. Pero su abuela, que era una gamberra, le dijo:

—¡Cómo que no! ¡Por supuesto que conocerás la Luna!

Y le construyó una escalera con todos los colores del mundo. Pero no fue suficiente, faltaban unos metros para llegar. Entonces, la niña se puso a llorar y su abuela empezó a pensar con la mano en la frente. La niña la imitó. Cuando los del pueblo las vieron con las manos en la frente, decidieron ayudarlas: se colocaron uno encima de otro, cogieron la escalera de colores y consiguieron que se alzara los metros que faltaban para llegar a la luna. Y así, la niña y su abuela alcanzaran juntas la luna.

Mientras ella hablaba, yo lo iba escribiendo en mi libreta y, cuando terminó, se lo leí y me dijo:

—Ahora tienes que escribirlo.

Se refería a darle forma de cuento escrito: ella solo lo había esbozado, sin descripciones, ni estructura, ni desarrollo.

Después, la hermana anterior a nosotras escribió de su puño y letra otro cuento, en realidad un esbozo también, sobre una princesa que siempre estaba muy triste, y se asomaba a un pozo donde se reflejaba la luna.

Y, por último, yo esbocé otros dos, uno sobre las hadas de un bosque que habían perdido su capacidad de volar y les piden ayuda a unos duendecillos, y otro sobre una perla que podía arrancarle sonrisas a cualquier niño que estuviera triste.

No hay nada más en mi cuadernillo sobre el proyecto del libro de la abuela gamberra. Al final, se convirtió en una especie de agenda en la que fui apuntando los primeros poemas que escribí tras la muerte de mi hermana, el texto para la contracubierta que me encargaron sobre uno de sus libros y alguna que otra cosa más sin importancia.

No hice nada con los cuatro esbozos de cuentos. Tal y como dijo mi gemela, había que escribirlos, y nunca tuve fuerzas para enfrentarme a ese proyecto. La idea era integrarlos en un libro colectivo y ponerle el título que había pensado mi hermana, *Los cuentos de la abuela gamberra*, pero nunca he llegado a pedirles a otros autores su colaboración. Los derechos se destinarían a una asociación contra el cáncer infantil, un objetivo con el que estoy segura de que habría muchos escritores dispuestos a participar. No sé... De momento, el proyecto sigue ahí. Tal vez retome la idea algún día, cuando venza mi dolor.

No sé... Quizá sea el momento de volver a pensar en este proyecto. Ahora tiene ocho nietos, y todos estarían muy orgullosos de *Los cuentos de la abuela gamberra*.

Quizá yo ya haya vencido mi dolor. Quizá. Su ausencia sigue siendo un hueco que me rodea, creo que lo será hasta mi último aliento, pero ya duele de otra forma, más tranquila, menos convulsa. Y soy consciente de la enorme suerte que he tenido de nacer con ella.

Jamás había sentido la soledad. No sabía lo que era hasta que mi hermana gemela murió.

Cuarenta y nueve años y medio sin saber el daño que puede causar el sentirse solo.

Recuerdo que unas semanas después del entierro, llamé a su editora, quien sería también la mía —mi primera editora y una grandísima amiga—, y le dije:

—No te puedes imaginar lo sola que me encuentro.

—Bienvenida al mundo —me contestó ella sin contemplaciones—. Todos nacemos solos. Tú has tenido la suerte de tener un ángel a tu lado desde que naciste. Ahora tienes que aprender a vivir como los demás.

He pensado muchas veces en aquellas palabras. Sigo echando muchísimo de menos a mi hermana, pero he aceptado la soledad como una condición del ser humano, una entre tantas. He aprendido a estar sola y, de alguna manera, disfruto de ciertos aspectos de la soledad y huyo de otros. Me gusta vivir sola, por ejemplo, o ir sola de compras, pero no me acostumbro a ir al teatro, al cine o de viaje sin poder comentar las emociones que me provocan.

La vida me ha regalado tanto. Sería injusto pedirle más. Me ha regalado a mi familia y el cariño de muchísimas personas, lo percibo allá donde voy, y le estoy enormemente agradecida.

Y me ha enseñado a valorar lo que tengo, a mirar hacia atrás sin dejarme arrastrar por lo que perdí. A utilizar lo vivido como un impulso para seguir hacia delante. Recordar sin renunciar al pasado, pero sin querer volver a vivirlo. Integrarlo en la memoria como un paso más del camino, a veces lleno de piedras y otras de flores.

Pero, sobre todo, la vida me ha enseñado que empieza muchas veces y todas merecen la pena vivirse.

40. La caída

Mi madre se cayó en el cuarto de baño en la madrugada del 3 de junio de 2019.

Hacia las cuatro de la madrugada, me despertó un golpe seco procedente del baño que ella solía utilizar, justo enfrente de la habitación donde yo dormía. Me levanté de un salto y abrí la puerta a sabiendas de lo que iba a encontrarme. Estaba tendida en el suelo, en una postura en la que resultaba dificilísimo levantarla. Enseguida llamé al penúltimo de mis hermanos, el que vive con ella desde siempre, y entre los dos la llevamos a la cama entre fuertes dolores.

Nunca se recuperó del todo. Murió poco más de un año después.

Le habíamos dicho de todas las maneras posibles que no debía levantarse sola por la noche porque podría caerse. Pero no quería molestar a nadie para que la ayudara, ni, por supuesto, ponerse un pañal. La sola palabra le horrorizaba.

Curioso paralelismo con los niños. Y curiosa su gran diferencia: la capacidad de aprender en los niños y la rapidez en olvidar de los ancianos.

Yo no creo que los ancianos y los niños se parezcan. Lo decimos para simplificar lo que sentimos cuando somos testigos del deterioro de nuestros seres queridos. Pero no es cierto que sean como niños.

En general, nos encantan los niños, nos atraen por el mero hecho de serlo. Nos producen un sentimiento de protección muy fuerte, aunque no sean nuestros. Sonreímos al verlos hacer sus gracias –se le llama así, «hacer gracias», porque nos hacen reír–. Nos acercamos a mirarlos cuando van en sus carritos. Sentimos el impulso de abrazarlos.

Huelen a inocencia, a limpio, a ternura, a besos de madre. Por eso nos gustan.

Sin embargo, los ancianos huelen de otra manera. No sentimos el impulso de abrazarlos, en general, si no son de la familia. No suelen atraernos.

A mi madre le preocupaba muchísimo oler mal. Nos lo preguntaba con mucha frecuencia, y no ha habido un solo día de su vida que no se pusiera su colonia o sus gotas de perfume tras las orejas después de peinarse. Porque es cierto que tienen un olor característico. Los japoneses lo llaman *kareishu*. No tiene nada que ver con las costumbres de aseo personal, o la falta de ellas. Parece ser que procede de una molécula que genera la piel a partir de la oxidación de los ácidos grasos.

El deterioro de los lípidos de la piel comienza hacia los treinta años, y se va agudizando con la madurez, conforme se pierde la capacidad antioxidante del cuerpo.

O sea que mi madre tenía razón en preocuparse.

–¡Qué triste es la vejez! –decía en ocasiones–. Qué feos nos ponemos.

–Pero si tú estás guapísima.

–¡Anda ya, mujer! –protestaba ella, cargada de razón.

–Claro que sí, eres muy guapa. Cada edad tiene una belleza especial.

Supongo que me pierde el cariño, pero no lo decía por decir, yo creo que ella era una anciana muy bonita.

Apenas tenía arrugas, conservaba una piel muy luminosa y unas piernas espectaculares. Y su hermana pequeña era igual. Debe de ser un regalo de la genética.

Mi tía llamaba a los pañales «bragas para mayores». Había empezado a usarlos de vez en cuando, y se los aconsejó a mi madre como un remedio comodísimo. Sin embargo, aunque había conseguido que siguiera su ejemplo y se lo pusiera un par de fines de semana, continuaba rechazándolos frontalmente, así es que se levantaba descalza y recorría semi a oscuras los diez o doce metros que separan su habitación del cuarto de baño.

A mí me daba terror el sonido de sus pies descalzos contra el parqué. Me recordaba al de las manos de mi hija pequeña, cuando gateaba en el piso de arriba de la casa donde vivíamos, y me daba pavor que se precipitase escaleras abajo, porque su padre había leído en alguna revista que era más seguro enseñarles a bajarlas que poner vallas de seguridad.

Muchas noches, muchísimas, oí los pasos desnudos de mi madre por el pasillo, y contenía la respiración temiendo el sonido que me despertó aquella madrugada del 3 de junio, el día de mi cumpleaños y de mi jubilación.

Aunque los médicos no supieron diagnosticar a ciencia cierta las consecuencias de la caída, las radiografías no estaban claras –sus huesos estaban demasiado dañados por la edad y resultaba complicado distinguir una fractura antigua de una nueva–, pero dijeron que posiblemente tuviera afectada la cadera y un par de vértebras aplastadas. Sufría unos dolores tremendos que la obligaron a pasar varios meses sin apenas poder levantarse.

Para evitar que se cargarse el ambiente de su dormitorio, los que venían a verla entraban en turnos de tres o cuatro. Después de acompañarla un ratito se marchaban al salón, donde se iba concentrando todo el mundo. Dos meses después de la caída, decidimos contratar a su cuidadora interna, nuestro Sol del Perú.

Se puede decir que no hubo una sola tarde que no recibiera visitas, ya fueran las de sus hijos, sus nietos y bisnietos, sus sobrinos o su hermana pequeña, que mantuvo la costumbre de pasar con ella los fines de semana hasta casi el final de su vida.

Las tardes de reuniones familiares en el salón eran prácticamente permanentes.

A mi madre le gustaban aquellas reuniones más que a nadie en el mundo. Las risas, las confidencias, las noticias sobre unos y otros, las anécdotas de cada uno –siempre repetidas–.

Excepto las discusiones, que ella detestaba y había que atajar por lo sano para no disgustarla, no habría querido perderse ni una sola tarde de las que se preveía que debería guardar reposo. De modo que decidimos comprar una cama de hospital y colocarla donde pudiera disfrutarnos a todos, sin limitación de tiempo y de número de personas al que obligaba su habitación.

Al principio se negaba a usar la cama articulada. Le molestaba verla al lado de los sofás, donde ella prefería tumbarse, pero mi hermana pequeña encargó a un tapicero una funda y unos cojines al estilo de las camas-nido, con una tapicería muy similar a la de los sofás, y mi madre se acostumbró a la nueva decoración y a usar la cama de vez en cuando.

Pasados cuatro o cinco meses, consiguió recuperarse bastante de la caída. Podía andar unos pasos con ayuda, los necesarios para ir al cuarto de baño o para moverse del sillón al sofá o a la mesa del comedor. Para los desplazamientos un poco más largos utilizaba una silla de ruedas. No obstante, la cama se quedó en el salón, porque no teníamos la seguridad de que no volviese a necesitarla.

Llegó a las Navidades de 2019 más o menos igual, con mucho dolor por las secuelas de la caída, pero con una analítica y un corazón que su doctora comparaba con los de una joven de veinte años.

Aquellas fueron sus últimas cenas de Nochebuena y de Nochevieja.

Recibimos el año nuevo con el deseo de que mejorase al viejo, como siempre, pero con redoblada emoción, porque no solo despedíamos un año nefasto para mi madre: también le dábamos la bienvenida al 2020, un año con un número precioso y una década que el siglo anterior había calificado de feliz.

Brindamos con ese optimismo compartido que generan las campanadas del reloj de la Puerta del Sol, como si el cava y las uvas presagiaran la resolución de nuestros problemas y pudieran traernos la felicidad que nos merecemos, toda la del mundo, la que deseamos con la fórmula de siempre, todos a la vez, tras la última campanada del año, repleta de abrazos, de besos, de llamadas a los que no han pasado la fiesta con nosotros y de incontables mensajes de móvil, una especie de mantra para invocar a una mejor suerte, mejor vida y mejor año de todos los anteriores.

–¡FELIZ 2020! ¡FELIZ 2020! ¡FELIZ 2020!

Era tan bonito el número. Tan perfecto. Tan redondo. Tan esotérico. Tan esperanzador.

Cómo íbamos a saber que se convertiría en el año que lo cambiaría todo. Un año para olvidar; probablemente, el peor de nuestras vidas. Y no solo de las nuestras: de las de todas las personas del planeta. Una pesadilla difícil de imaginar. Una película donde los protagonistas éramos todos los habitantes del mundo, con un guion marcado por tres palabras omnipresentes –distopía, coronavirus y covid–, y cuyas líneas argumentales más amargas se centraban en las personas mayores.

No he sentido más miedo por mi madre jamás.

Yo había estado viviendo con mi madre durante más de un año y medio, pero al contratar a su cuidadora le cedí a ella el cuarto de la plancha y yo dormía en el salón, en la cama articulada. Unas semanas después de las Navidades, le expliqué a mi madre que echaba de menos mi cama y comprendió que quisiera volver a mi casa. Sin embargo, poco tiempo después, cuando hablaron de confinarnos, mi hermano penúltimo decidió pasar el encierro en el campo, en casa de unos amigos, porque creía haber contraído el virus y temía contagiárselo a mi madre. Así es que me pidió que le sustituyera y fuese a pasar el confinamiento con mi madre y su cuidadora.

Nos confinamos unos días antes de la fecha oficial. Fue muy duro a veces, porque el deterioro de mi madre se acrecentó muy deprisa y era muy triste presenciar cómo se iba apagando, pero no puedo estar más agradecida a la vida por haberle mandado a mi hermano una tos y un malestar general que, finalmente, no tuvo nada que ver con la covid.

Durante el confinamiento, mi madre sufrió un par de microictus que, aparentemente, no le dejaron secuelas. Pero se le notaba que se estaba yendo poco a poco: le habían disminuido los reflejos mentales y la memoria inmediata; incluso la remota le empezó a fallar más que de costumbre. A veces me preguntaba quién era yo, o me confundía con su hermana, quien se había marchado al norte, para pasar con su hija un confinamiento que nadie podía sospechar que se alargaría como se alargó.

Sin embargo, la ironía de la vida no tiene límites. Mi prima se llevó a su madre a su casa para alejarla del virus, pero no pudo evitar que se cayese un par de meses después de llegar y que, además de una fractura en el hombro, sufriera una fractura de cráneo y un derrame cerebral, comenzando así un camino hacia abajo en cierto modo comparable con el que inició mi madre el día de mi cumpleaños. Mi prima también se acababa de jubilar. Las dos murieron un año y tres meses después de la caída.

Los médicos dijeron que, probablemente, mi tía no pasaría de aquella noche.

Sus hijos, los de su hermana mayor, los de su hermano y nosotros, habíamos creado un chat de WhatsApp para saber de nuestras familias durante la pandemia, además de aliviarle un poco a mi madre y a mi tía la sensación de aislamiento gracias a los mensajes de audio y de vídeo que podían enviar y recibir, mi tía a través del móvil de mi prima y mi madre del mío.

Fue un *shock* para todos. Veinticuatro horas de una espera angustiosa. Leíamos los mensajes de sus hijos con el corazón en la boca. Había sido una segunda madre para todos.

A mi madre no quisimos decirle nada. Mejor esperar a ver qué sucedía durante la noche; después, decidiríamos. Pero la noche se alargó veinticuatro horas más, y otras veinticuatro, y otras, y otras... Mi madre podría extrañarse de no recibir los mensajes de su hermana, y alguien podría haberse enterado y llamarla para preguntarle por ella. No podíamos mantenerla engañada mucho más. Tenía que decírselo.

Fue un momento muy extraño. No sé si su mente no quiso registrar mis palabras o tal vez las dulcifiqué demasiado, porque no reaccionó como habíamos temido. Solo preguntó si estaba bien y si podía hablar con ella.

–Se ha dado un golpe muy fuerte en la cabeza. Ahora está en la UCI. No la quieren operar.

–Claro, por su edad. Pero ¿puedo hablar con ella?

–No, mamá, no puede ser: está en la UCI.

–Pero ¿está bien?

–Está en la UCI, mamá.

No volvió a preguntar. Se le olvidó como se olvidaba de todo últimamente, y no sufrió como habría sufrido de haber estado bien. De vez en cuando yo le daba las noticias que mis primos enviaban al chat, pero se le olvidaban también al momento.

Su capacidad de concentración se había reducido sensiblemente. Ya no era capaz de seguir las conversaciones generales o las tramas de las películas, a excepción de las del Oeste, yo creo que porque todas son más o menos iguales.

–Esta película ya la han puesto –decía, aunque fuese de riguroso estreno– y es malísima.

Le temblaban demasiado las manos para poder coser; se cansaba de leer, apenas pasaba un par de páginas de un libro y lo dejaba porque tenía que volver a leerlas.

Yo le regalé unas novelas de Antonio Pérez y Pérez que me consiguió una amiga en una librería de viejo. Ella las miraba extasiada, pero las letras le resultaban demasiado pequeñas.

–¿Cuántos años tengo yo? –preguntaba a menudo.

–Noventa y cinco, mamá.

–O sea que voy a cumplir noventa y seis.

–Eso es.

Se le olvidaba al instante y volvía a preguntarlo en cualquier otro momento.

Sin embargo, a pesar de todas sus limitaciones, su capacidad para sorprendernos seguía siendo inmensa.

Hasta unos días antes de su muerte no dejó de jugar con su cuidadora peruana a las sopas de letras, en una competición de «a ver quién encuentra más que la otra», que siempre ganaba mi madre; otras, nos sorprendía con su finísimo sentido del humor, una ironía, un gesto o un juego de palabras que nos provocaba una risa contagiosa que ella misma iniciaba; otras veces nos recitaba los poemas de mi padre, sin olvidarse una coma ni titubear; en especial, uno escrito en castúo –la lengua que popularizaron los poetas Chamizo y Gabriel y Galán–, con el que había ganado un premio, que solía recitar mi tía en las fiestas familiares:

> ¡Qué triste estoy, señó Frasco,
> dende que m'ha visto er méico!
> Fue por curpa la parienta,
> S'empeñó, con ese empeño
> que ponen toas las mujeres
> en jacé lo blanco negro:
> «Que si te barrunto argo,
> que si no estás ná de güeno,
> que si tienes calentura,
> que si ponte el termometro,
> que si estás más amarillo
> que una sandia d'invierno...»

Mi tía sobrevivió para sorpresa de todos los médicos. Unas semanas después de caerse, la trasladaron a la planta, pero salió de la UCI con la mente bastante perdida.

Mi prima aprovechó varios momentos de lucidez para llamar a mi móvil y pusimos al teléfono a las dos hermanas. Fueron otros de esos momentos que no olvidaré nunca. ¡Qué ternura! Se reconocieron, se dijeron que tenían ganas de verse, y se despidieron deseando volver a juntarse pronto, sin que ninguna tuviera consciencia de la gravedad de la situación.

Mi madre murió un par de meses después de que su hermana saliera del hospital. A mi tía no le dijeron nada. ¿Para qué? Seguía muy desorientada.

El deseo por el que las escuché discutir a menudo como dos niñas pequeñas, sobre que ninguna quería sobrevivir a la otra para no sufrir, en cierto modo, se cumplió para las dos. Mi tía murió nueve meses después que mi madre. Ninguna sufrió la pérdida de la otra. Volverán a encontrarse en el más allá, si es verdad que existe, y se abrazarán como el día en que llevaban casi un mes sin verse, pero ya sin muletas y sin dolores, eternamente unidas, felices, con sus otros hermanos, sus maridos y sus hijos, tal y como ellas creyeron siempre.

EPÍLOGO

Adiós, mamá

Y por eso, Señor, con toda el alma,
volvemos a pedirte confiados
que no falte la rosa en su mejilla
para poder cogerla a cualquier hora.

Antonio Chacón Cuesta, 1965

Adiós, mamá

Empecé a escribir esta novela el 12 de septiembre de 2019 en el avión que me llevó a Santiago de Chile para pasar unas vacaciones. Era el día del santo de mi madre.

Ese mismo día, un año después, la enterrábamos con mi hermana y mi padre, fallecidos respectivamente el 3 de diciembre de 2003 y el 16 de septiembre de 1965.

Mi madre había muerto el 3 de septiembre de 2020. Quince meses después de caerse el día de mi cumpleaños.

Curiosas casualidades.

Mi hermana pequeña pensaba que mi madre nos dejaría en el aniversario de mi padre.

–Es tan elegante –la escuché decir varias veces– que se va a ir el mismo día que papá, su gran amor.

No fue así, no pudo esperar los trece días que hubiera necesitado para coincidir con el 16 de septiembre, una fecha que hemos conmemorado durante décadas con una misa en la que procurábamos estar todos juntos. Sin embargo, como dijo mi hermano mayor, eligió un 3 de septiembre, el día de mi hermana y el mes de mi padre, para no añadir un número más a nuestro calendario de los días tristes.

Una gran parte de la novela está escrita desde septiembre de 2019 a marzo de 2020, cuando llegó a nuestras vidas el virus que nos volvería a todos del revés y nos obligaría a un confinamiento donde perdí totalmente la concentración para escribir, e incluso para leer.

Me había paralizado el miedo a que mi madre pudiera contagiarse y la ingresasen en un hospital, en las circunstancias que estaban viviendo los enfermos de las UCIs.

Cuatro días después de dejarla en nuestro pueblo junto a mi hermana y mi padre, empecé a escribir de nuevo y retomé este proyecto. Era el 16 de septiembre de 2020 y se cumplían cincuenta y cinco años de la desaparición de mi padre, la primera muerte que marcó nuestras vidas.

Una nueva casualidad. ¿O no?

El caso es que durante el confinamiento no escribí nada. A veces no me dormía hasta el amanecer, y otras no conseguía cerrar los ojos ni un solo minuto de la noche.

Algunos amigos míos habían perdido a sus padres en situaciones dramáticas. Yo no podía dejar de pensar en la forma de evitar la hospitalización de la mía. Me imaginaba cómo podría negarme a ingresarla si se contagiaba, qué tendría que hacer para librarla de la pesadilla.

A ella le horrorizaba la soledad. Yo no podía imaginarla en sus últimos momentos sin poder buscar nuestras manos y nuestros ojos. Sin nuestros besos, sin el calor de sus hijos, nietos y bisnietos.

No podía imaginarla sola en un hospital. No quería. Tenía que evitarlo. Imposible dormir. A veces me pasaba la noche llorando, aterrada ante las noticias que monopolizaban los informativos y el gran número de personas que no habían podido evitar la soledad de sus padres, así que decidí que haría todo lo necesario para que ella no sufriera ese infierno.

La protegí del virus durante una cuarentena que nosotras alargamos hasta más de cuatro meses.

Me parapeté con ella y su cuidadora tras las puertas de la casa donde vivía desde hacía más de cincuenta años.

Le hice fotos cuando salía al balcón para aplaudir a los sanitarios.

La grabé para que mandase besos y abrazos virtuales a la familia regularmente.

Le leí algunos de los capítulos que escribí antes del confinamiento, y me emocioné con su emoción al escucharlos.

Dormí a su lado, cociné para ella, la hice reír, me reí con ella e intenté consolarla cuando lloraba.

La acompañé hasta el último segundo de su vida y entendí que se fue cuando tenía que irse. Un consuelo al que me aferro cada vez que me asaltan las lágrimas y el vacío.

La disfrutamos tantos años que habíamos llegado a pensar que sería eterna, pero su cerebro no dio para un ictus más. Cumplió los noventa y seis años por los que había preguntado con frecuencia, y murió un mes y medio después, cuando se habían relajado las medidas de la llamada «nueva normalidad» y pudieron venir sus hijos y nietos para despedirse, incluso alguno de sus bisnietos mayores. Otro de los consuelos a los que aferrarse. No se contagió del virus. No hubo que llevarla al hospital. Murió en su cama, rodeada del amor que sembró.

Me consuela mucho también que la muerte fue buena con ella, que no tuvo miedo, que se marchó como había vivido, como un referente indiscutible para todos nosotros, dulce, discreta, sencilla, valiente, fuerte, generosa hasta el último aliento. Nos miró a cada uno, nos dedicó una sonrisa y se convirtió para siempre en un ángel.

Vuela, mamá. Vuela.

Pero quédate siempre con nosotros.

Y a Dulce, por supuesto.

Índice

Prólogo. MI CASA 15

1. El umbral 21
2. El pasado remoto 26
3. El abrigo en el armario 32
4. Tiempo de descuento 40
5. El disparo 46
6. El uno y el dos 52
7. Ahora tienes que ser tú 58
8. El lazo azul 66
9. Un hospital como casa 72
10. El gato de Schrödinger 84
11. Una casa con dos puertas 92
12. Las ramas del árbol 97
13. El universo en la salita de estar 105
14. El clan 116
15. ¡Corre! 125
16. Berlín 133
17. El colgante azul 139
18. Nieve 148
19. La puerta falsa 161
20. Siempre se van los mejores 168
21. Un ministro con prisas 177
22. *Parlez vous français?* *184*
23. Juramento 189
24. Un joven rebelde 195
25. La familia de Manila 204

26. El tiempo de los muertos..................... 214

27. En casa de mi abuelo........................ 221

28. El lado izquierdo 226

29. Ejercicios espirituales 232

30. Primer viaje a la Luna 239

31. Héroe..................................... 245

32. La azotea 254

33. El cuarto de la plancha...................... 261

34. Las dos abuelas............................ 270

35. Las hermanas del conde..................... 276

36. Veranos................................... 282

37. La niña muerta............................. 287

38. El cielo azul 297

39. Los cuentos de la abuela gamberra 302

40. La caída................................... 307

Epílogo 317

Adiós, mamá 321